# 王者の妻　上

## 豊臣秀吉の正室おねねの生涯

永井路子



朝日文庫

本書は一九九六年四月、ＰＨＰ文庫より『王者の妻　上巻　秀吉の妻おねね』
として刊行されたものです。新装版にあたり改題いたしました。

王者の妻　上●目次

# 王者の妻　上

## 豊臣秀吉の正室おねねの生涯

# よい話

夢見ごこちとはこのことであろう。

両の乳のあわいを、たえずくすぐられているような、何とも落着かないこの気持。そしてその胸のあたりから、魂とやらいうものが、ついふわふわと浮かれてゆき、つづいてからだもそれを追って、思わず宙を踏むような——

いや、残念ながらそうは行かない。なろうことなら、そんなふうになってみたいのだが、忍者にあらぬおねねは、いつに変らぬ殊勝げな顔をして、さりげなく縫いものをしていなければならない。

さりげなく?

——そう、そのとおり、そのとおり。

それが女というもののたしなみなんだから、とおねねは自分に言ってきかせて、縫いもののほうへ目を落す。

藍の色が匂うばかりの麻の小袖は、今日鋏を入れて縫いだしたばかりである。この秋の仕着せにと伯母が出してくれた糸の細い麻の布を、妹のおややとおそろいに染めあげて、いま、またそろって袖を縫いはじめたところなのだ。

おねねは十四、おややは九つ。父の杉原助左衛門に、続いて母に死にわかれ、伯母の家に養われるようになってからもう数年経つ。伯母のつれあい、浅野又右衛門長勝は、ここ織田家のお弓衆頭《がしら》、侍仲間からみれば下っ端だが、軽輩ぞろいの一族の中では出世頭《がしら》である。

なかなか親切な人で、父が死んだときも、跡を継いだ兄の家定の身の立つように後楯になってくれ、若い身そらで妹たちのめんどうまでは見きれまいと、おねねたちをひきとってくれた。

しかも、この夫婦には子供がなかったので、おねねたちは、ほんとうの娘のようにかわいがられた。縫いもの、染めもの、機織《はたお》りは、伯母が手をとっておねねに教えてくれた。そして今度は、おねねが、おややに教えてやる番なのである。

ところが、このおややと来た日には――

口ばかりたっしゃで、その上慌てものなので、世話の焼けることおびただしい。この間も裁《た》ちあわせをしていて、布が足りないと大騒ぎをするので調べてみたら、袖を三枚もとっていて、

「ああ、そうか、腕は二本だった」

などと言うしまつなのである。だから、

「そら、針を落した」

「ほれ、へらづけをまちがえた」

と、縫いものの間じゅう、おややにかかりきりなのだが、今日のおねねは、それどころではない。

それはなぜか？　運命の幕をひらく瞬間が、彼女におとずれようとしているからだ。幕のひき手は、浅野家の奥の間に坐っている「あのお方」である。

――ああ……

息がつまりそうになったとき、側でおややの声がした。

「あねちゃ、あねちゃてば」

おややは、おねねのことを、

「あねちゃ」

と呼ぶ。口がたっしゃになった今でも、これだけは舌のまわらないころの言い方がなおらないのだ。

呼ばれて、おねねは我にかえった。からだから半ばさまよいだしていた魂が、やっといつもの場所に納まったような気がして、姉らしい落着きを取戻した。

「縫えたの？」

「うん、ほら」

「どれどれ」

縫い目は曲っているが、どうやら折り目のつけ方もまちがってはいないようだ。

「まあいいけど、縫い目がちょっとおそまつね。これじゃあ蛇がのたくってるみたい。今度からはもっと気をつけなさいね。ほら、こんなふうに」

自分のを見せてやると、しばらく手にとって眺めていたおややが、突然、

「きーっ」

猛烈な笑い声をあげるなり、袖をほうりだして、部屋の中にひっくりかえった。

「な、なによ」

おねねは慌てた。

――なんということか。女の子が、とほうもない声をあげて笑いだすなんて……

第一、奥の間にいる「あのお方」に聞えたら何とお思いになるだろう。

急いで口に蓋をしようとすると、おややはその手をはねのけ、ひっくりかえったまま、足をばたばたさせて、なおもきゃっきゃっと笑いころげるのだった。

「あねちゃ、あねちゃてば、あはは、あはは」

「しいっ、おややっ」

こわい顔をしても、いっこうにききめがない。

「けけけけ、きゃきゃ、きーっ、きーっ」

好きかってな声でわめきちらし、しまいには苦しそうに横腹を押えながら、

「その袖、その袖」

おややは、からだを折りまげ、顔を真っ赤にして、袖を指さした。

「その袖、あねちゃ、自分の腕、通してみ」

「え?」

急いで拾いあげ、右の腕を通そうとして、おねねは、あっ、という顔になった。

手が出ない。

それもそのはず。

たんねんに針目はそろっていたけれども、その袖は、ごていねいにも、袖下から袖口まで縫いふさいであるではないか!

――まあ……

「きーっ」

おややは跳ねあがって喜んでいる。

――まあ、私としたことが……

心ここにあらず、だからだ。

と、今まで笑いころげていたおややが、急におませな表情を作って言った。

「しようがない。あのお方がおいでだものね」

あのお方。

いま浅野家の奥の間に坐っている「あのお方」のことは、織田家で知らないものはない。

とにかく、たいへんな美男である。前髪立ちのころ、領主織田信長の寵童だったという噂もある。家柄もいい。代々尾張荒子《あらこ》の城主として二千貫文の地を領していた家の四男坊だ。

金もあり、毛並みもよい貴公子のあのお方。

いや、もう「あのお方」などという、もってまわった言い方はよそう。そろそろその名をあかすときが来ているようだ。

前田又左衛門利家。かつては犬千代と呼ばれた彼はそのころ二十三歳の美青年になっていた。

しかも、ただのにやけた色男ではない。十四歳で初陣《ういじん》したとき、敵の部将に眼の下を射られたが、その矢を抜きもせずに大槍で相手を突きふせ、首をあげたので、信長の激賞をうけ、百貫文の地を与えられた。

が、その後、まもなく、彼はある事件をひきおこした。ささいなことで、信長お気に入りの同朋衆《どうぼうしゅう》の十阿弥《じゅうあみ》という男を殺してしまったのだ。おかげで信長の逆鱗にふれ、永の暇《いとま》を申し渡され、せっかくの恩賞もふいにした。

それからしばらく彼は浪々の身となっていたのだが、去年、桶狭間《おけはざま》の合戦が始まると、大身《おおみ》の槍をひっさげて、忽然として戦場に姿を現わした。この合戦は信長が東海の雄《ゆう》今川義元を倒し、天下取りの第一歩を踏みだした歴史的な戦いだが、利家もまた、

――帰参の好機！

と思ったのだろう。縦横無尽に暴れまわり、いちばん先に敵の首をあげたが、信長は褒めるどころか、言葉ひとつかけてくれない。と、利家はやにわに首をほうりなげ、戦場にとって返して、また一つ首をあげた。が、信長はとうとう最後まで、

「よくやった」

とは言わなかった。

それでも利家はあきらめなかった。越えて今年、美濃の森部で長井甲斐守《かいのかみ》と一戦を交えたときも真先かけて敵の首を二つあげた。彼が血にまみれ、泥にまみれた姿で首をひっさげて平伏したとき、はじめて、

「又左……」

と信長はその名を呼んだという。

もともと、しんそこ憎い又左ではなかった。それどころか、自分によく似た激情型の

若者を、信長は好きで好きでたまらなかったのだ。それがかわいさ余って憎さ百倍だったのだから、許すとなると今度は愛情がせきを切った。

ただちに前に数倍する四百五十貫文の地が与えられ、赤母衣《あかぼろ》が許された。戦場で赤いほろをかけることを許されることは、第一級の勇者として認められたことである。

利家はいまや織田家きってのスターであった。そしておねねが、彼の存在に気をとれはじめたのも、ちょうどそのころからだった。

赤母衣武者の利家は、武勇談ばかりでなく、もう一つの面でも、かなり有名な存在だった。

たいへんおしゃれなのである。それもふつうのおしゃれではない。はでな、人々をぎょっとさせるようなおしゃれで、これを当時の言葉でカブキ者といった。今の歌舞伎の語源はこれである。

つまり利家は、今でいえば、金持の息子で毛並みもよく、世界チャンピオンとなるようなスポーツマンで、流行の先端を切った格好でのし歩くといったタイプだったのだ。

もっとも信長が、茶筅髷《ちゃせんまげ》に、しめなわをぐるぐる巻きにした脇差をさして歩いたのも、逆手のおしゃれのようなものだから、この点でも彼らは似たもの主従だといえるかもしれない。

こんなわけだから、利家が、はでな小袖にきらびやかな太刀を佩《は》いて清洲《きよす》の城下町を

てて、黒頭巾の頭をふりたてて、

「瓜めせ、瓜めせ」

と呼ぶ声につられて、おねねはふと立ちどまった。商人のまわりには、すでにかなりの人だかりがしている。

瓜はおややの大好物だ。

——買っていってやろうかしら……

人垣ごしに品さだめをしようとしたが、我も我もと手を出す客が多くて、なかなか番が回って来そうもない。

——やめとこ。

思いなおして人垣を離れようとしたとき、危うく、おねねは、きらびやかな段熨斗目《だんのしめ》の小袖の胸にぶつかりそうになった。

慌てて、身をかわしながら、

「あ……」

思わず息を呑んだ。あの有名な赤母衣又左の顔が、彼女の真上にあった。

——ま、どうしよう。

どうやってその場から逃げ去ったかおぼえていない。五、六間小走りに走ってから、おそるおそるふりかえってみると、なんと、赤母衣又左は、じっと彼女をみつめているではないか……

足がぶるぶるふるえた。

——見てる、あのお方が。

わざと気づかないふりをして歩きだしたが、背筋がみるみるこわばった。自分でも、からくり人形のような歩き方になっているのがわかった。そしてそのこわばった背筋の一点がきりきり痛んだ。

——あのお方が、見てらっしゃる。

女の勘のようなものが働いたが、それでいて不安でならない。ついにたまらなくなって、と、おねねはそっと後ろをふりむいた。

おねねの勘はまさしく的中していた。赤母衣又左どのは、まだ彼女の後姿を見送っていたのである。

ふっ、とからだじゅうの筋肉が一時にゆるむ感じだった。

──やっぱり、見てらした……

それからは足どりにゆとりができた。自分が人目につくほどの目鼻だちに生れてきたことを、これほどうれしく思ったことはなかった。

「おねねどのは、きりょうよしだ」

これまでもずいぶんこう言われたが、今まで彼女は自分で美人だと思ったことはない。褒められれば悪い気持はしない、という程度である。

「姉《あね》さまじゃけ、年よりおとなに見えるな」

こう言われたこともある。たしかに女になるのも早かったし、十七、八に見られたことも一度や二度ではない。

──どうやら、あのお方も、私を女として認めてくれたらしい……

赤母衣又左がみつめてくれたというだけで、おねねは十分に幸福なのであった。

ところが──

偶然といおうか何といおうか、それ以来、おねねは清洲の城下で、よく又左とすれちがった。そしてそのたび、又左が、人一倍深々とした眼差を送ってくるようにおねねには思われた。

しかも、それからまもなく、彼女は伯父の配下のお弓衆のひとり、弥兵衛という男から妙なことを聞かれたのだ。

「おねねさまは前田又左さまと知りあいかね」

ぼそりと言った弥兵衛はおねねより一つ年上の十五歳、伯父の又右衛門の親類で、弓衆の中でも最も眼をかけられている若者だった。

「又左さまを、私が？　そんなこと」

おねねは即座に首を振った。

「弥兵衛どのはどうしてそのようなことを？」

「いや、今日、又左さまに呼ばれてね、おねねさまのことをきかれたもんだから」

「まあ、何て？」

「おねねどのは、浅野又右衛門の娘御かって。それから――」

「それから？」

「まあ、いろいろとね」

弥兵衛はにやりとしただけだった。もともと口数の少ない男なのである。

「いやなひと」

おねねは大きな眼で睨《にら》みつけてやった。

――それにしても、どうしてあのお方は、私の名前をご存じなのかしら。

からだじゅうが、ぱあっと桜色にいろどられてゆくのを弥兵衛に見すかされるような気がして、思わず衿をかきあわせた。

それから今日まで約半月、なんと慌しく日が過ぎていったことだろう。噂にたがわず一本気で、それに多分にせっかちらしい又左は、ついに浅野家に現われたのだ。

——もしや？　ええ、もしかすると……

おねねがある期待を持ったとしても、これはやむを得ないことではないか……

又左が浅野家をおとずれてから、すでにかなりの時が経っている。が、奥の間の襖《ふすま》はぴたりと閉ざされたまま、物音ひとつしないのが、おねねには少し気がかりである。

——どうしたのかしら？　覗いて来ようかしら。

と、思ったとたん、おねねは、ぎくりとさせられた。

「どうしたのかな。覗いて来ようか」

おねねが考えていたとおりのことを、その耳で聞いたからなのだ。

——あ、わ……

心の中をすっぱぬかれてうろたえてふりむくと、おややが丸い眼をしてみつめている。

「まあ、いやな子」

おねねはますますうろたえた。たった九つ、それも姉に似ず小柄で瘠せっぽちのくせに、妙におませなこの妹は、どうやら姉の気持をすっかり読みとっているらしい。もともと又左のことなど何も打ちあけていないのに、何から何までのみこみ顔で、自分をからかおうというのだろうか。

「だめ、そんなことするもんじゃありません」

睨んでも、おややは平気である。

「だって、あねちゃだって、聞きたいんでしょ。又左さまが何とおっしゃったか」

「まあ」

「きっと、おややは……だと思う」

わざと言葉をぼかして、意味ありげな顔をした。

「え、何ですって」

それには答えず、すまして言った。

「悪くないなァ」

「何が」

「いいお家のお侍で、強くってさ。お馬があって、背が高くって——」

「おやや、なんてことを」

「お金があって、有名で——」

「およし、およしったら」

おねねは慌てておややの手をつかんだ。

なんということを言うの、お前は。

たしなめようとして、ますますおねねはへどもどした。おややがいまあけすけに言ったとそっくりのことを、今の今まで考えていたからなのだ……

と、そのとき、奥の襖のすべる気配がして、きゅっきゅっと衣《きぬ》ずれの音が聞えてきた。

「お帰りよっ」

言うなり、おややはおねねの手をひっぱると、門口へ飛んでいった。

「失礼申しあげました」

長勝夫婦のわきに三つ指をついたおややが、こましゃくれて言うのに誘われて、

「おお」

又左は微笑し、そのまま意味ありげな視線を送って来た——とおねねには思われた。

又左が去ると、おややは、さっそく長勝にとびついた。

「ね、何のお話だったの？　いいお話？」

「う？　うむ、うむ」

が、なぜか長勝の答えは冴えないのである。

おややはなおもしつっこく伯父にまつわりついた。

「ね、何なの。前田さまは何ておっしゃったの。ねえったら」

「……」

「いいお話？　悪いお話？」

「ああ、ふむ、ふむ」

長勝がうわのそらの答えをするので、おややは焦《じ》れた。

「ね、伯父さまったら」

袴にぶらさがられて、やっと気がついて、

「うん、うん、いいお話だとも」

長勝はおややの髪を撫でてやり、

「さ、あっちへおいで。伯父さまは、あねちゃと少しお話をせねばならぬ」

あやすような口調でそう言った。当然話の仲間入りするつもりだったおややは、あてがはずれて口をとがらせた。

いいお話。

おややにはそう言ったものの、おねねの先に立って奥の間に歩いてゆく長勝の背中には、何か思いあまっているらしい気配が見える。

奥の間に入るなり、長勝はぴたりと襖をしめ、板の間にどっかり胡座《あぐら》をかいた。そのわきに、今しがたまで又左が坐っていたらしい円座のあるのを、おねねはちらりと見た。

「おねね、そなた、いくつになったかの」

長勝がまずたずねたのは、それであった。

「十四になりました」

「十四か、ふうむ。身近にいると、つい子供だと思ってしまうが、もうそろそろ娘だなあ」

現代では十四といえばまだ子供だが、そのころでは、たしかにもう「娘」のうちだった。十五、六で嫁ぐのはあたりまえだったから、すでに適齢期なのである。

「すると、嫁入り話がおきても、ふしぎはないということになるな、なるほど」

長勝は顎を撫でた。長勝は背も高いが、顎も長い。撫で甲斐のある顎をしきりに撫でながら、彼は言った。

「又左どのの来られたのも、じつはそのことだ」

おねねは、ぱっと赤くなった。まるで目の前の円座に又左そのひとが坐ってでもいるかのように顔をそむけてさしうつむきながら、しかし胸の中で呟《つぶや》いた。

——そうですわ、伯父さま、もう私だって女ですわ。

とも知らず長勝は続ける。

「いや、俺も驚いた。そなたにそんな話が舞いこむとは思っていなかったからな」

「……（まあ、伯父さまの認識不足）」

「あまり急な話で、いなやの返事もできかねた。ともかくお話だけ承って帰っていただいたんだが」

「……（お返事してくださってもよかったのに）」

「その話の相手というのがだな」

長勝の顎を撫でる手がとまった。

「驚くなよ、おねね」

が、伯父の口からその人の名を聞いたとたん、おねねは、あっという顔付になった。

いや、驚くな、と言っても無理であろう。

緊張のぎりぎりに来て、ふいに、ぐにゃりとからだじゅうの骨が溶けてしまったような、何とも奇妙な瞬間をおねねは味わったのだ。

——聞きちがい。

そう思いたかったが、残念ながらそうではなかった。

伯父の口からは、ついに、又左のマの字もとびださなかったのである。

かわりに伯父の口から洩れたのは、
木下藤吉郎秀吉。

又左とは似ても似つかぬ小柄な醜男《ぶおとこ》の名前だった。

おねねは、しばらくの間、きょとんとして、伯父の顔を見守っていた。木下藤吉郎という男のことを考えるよりも、いま彼女の胸を占領しているのは、嫁入り話の相手が、又左ではなかった、という思いだった。

――なんとまあ、思いちがいをしたものか。

ひどくがっかりしたが、わっと泣きだしもしなかったのは、ひとつには十四歳という年の幼さのせいであろう。ひとりでそわそわしていたものの、命をかけた恋というところまでは燃えていなかったのだ。

そして、またひとつには――

一人相撲をとって眼を回し、腰をぬかしてしまった自分を笑いとばすような、天性の逞しさを、この少女がそなえていたからでもあろう。早く父を失ったおねねは、めそめそするより前に、転んでもさっさと塵をはらって起きあがる才覚を身につけていたのだった。

胸の中の驚きがおさまると、おねねの、ふくよかな頬に、照れたようなかすかな笑いが浮かんだ。長勝にはその笑顔の意味がわからなかったらしい。

「どうした、うん？」

話をやめて、おねねをまじまじとみつめた。

「いえ、あの――」

白い頬にくっきり笑くぼが浮かんだ。

「又左さまじゃなかったんですね」

「なに」

「私、又左さまが、お申しこみにいらしたのかと思っていたんです」

「こ、こりゃ、なんと」

長勝はうろたえて、また顎を撫でた。

「そ、そりゃ――」

気の毒な、と言いたかったのだろう。

長勝の眼からすればおねねの考えは、ちっとばかり子供っぽすぎた。又左とおねねでは家の格がちがいすぎる。向うは四百五十貫どりの名門の若武者、わが家はせいぜいお弓衆頭《がしら》だ。が、そうまで言ってしまうのは、幼いおねねには、もっと気の毒だ――が、伯父が気づかうほどでもなく、当のおねねは、思いのほかあっさりしていた。

「でもいいんです、それなら……。それであの、木下藤吉郎どのって」

言いかけて、肩をすくめた。

「あの、猿どののことですか?」

「うむ、まあそうだ」

長勝はちょっと困った顔でうなずいた。

「又左どのはつまり――」

顎を撫でながら彼は続けた。

「つまりその、藤吉郎のかわりに来たのだ。又左どのは、それ、藤吉郎がはじめて殿様

なつとめぶりが目にとまって、今はお小人頭《こびとがしら》になっている。そこでの忠実に仕えたころからの顔見知りでな」

木下藤吉郎が、主君信長の草履とりだったことは知らないものはない。そこでの忠実なつとめぶりが目にとまって、今はお小人頭《こびとがしら》になっている。

藤吉郎が信長に仕えはじめたころ、又左は前髪立ちの犬千代として信長に近侍し、その寵愛を得ていた。

「顔見知りといっても、身分はちがう。一方は大身《たいしん》の息子だし、一方は氏素姓もはっきりしない足軽あがりだ。でも、あのとおり藤吉郎は人なつこいたちで、犬千代どのともすぐ口をきくようになった。そのころから、なかなか気働きのある見どころのある男だと、又左どのは思われたそうだよ」

そのあと例の事件で、又左は信長から追放されたが、藤吉郎は、ときどき彼を見舞いにいったらしい。

「今川との合戦が起ったときも、藤吉郎が又左どのに出陣を知らせてくれたそうな。おかげで又左どのは大手柄をたてた。そのときはお許しを得られなかったが、今度お許しが出たのは、やはり桶狭間のときの働きがいとぐちを作ったようなものさ。だから又左どのは言われた。藤吉郎があのとき、とりたてて手柄もたてなかったのが気の毒でならぬ。俺の手柄を半分ぐらい譲ってもいいと思ったくらいだ、とな」

だから藤吉郎にはできるかぎりのことをしてやりたい——こう思って、おねねとの橋渡しを頼まれると、喜んでやって来たというのである。

「又左どのは言われた。藤吉郎の風采はあのとおりだ、けれども——」

言い出して長勝は顎を撫でた。

——まずいな、これじゃあ……

全くまずすぎる。かんじんの婿どののよいところは、ちっとも出てこない。藤吉郎は又左のような血筋ではない。藤吉郎は又左のような手柄をたてていない。藤吉郎は又左のような美男ではない。

全くまずい売り込み方をしたものよ。年下の美男に仲人を頼むなんて……

げんに長勝自身、藤吉郎におねねをやる気にはとうていならないのだ。

——それよりも、又左どのの顔をつぶさないようにお断りするにはどうしたらよいか。

早くもそのことに頭を悩ましていたのである。

かんじんの長勝がそのくらいだから、おねねはてんから問題にしなかった。部屋に戻ったとき、おややがとびついて、

「ね、どうだった」

とたずねると、

「いい話、いい話。とってもいいハナシ」

くすりと首をすくめてみせた。このときのおねねは、二人が結ばれるようになろうとは、夢にも考えてはいなかったのである。

# すがき藁《わら》

長勝はそれでも、なかなかこの縁談を断ろうとはしなかった。又左に対する遠慮からである。

――俺たちとは格もちがうし、なにしろ気の短い方だからな。なかなかの難問じゃて。

婉曲に、角のたたないように、この場をおさめるには……と思案しているところに、ますます彼を慌てふためかせる事態が起った。

ある日、突然、藤吉郎自身の来訪をうけてしまったのである。

「いや、このたびは、どうも、その……」

要領を得ない挨拶をもごもごとくりかえしている前で、

「いつもお障りもあらせられず……」

小柄な男は、満面の笑みを湛《たた》えている。

――なるほどこれは……

長勝はその顔をしげしげと見た。

――額から頰への皺のよりぐあい、猿そっくりだ。

二十六とか聞いたが、どことなく水気のきれた感じで、これでは猿の干物《ひもの》であろう。が、なかなか勢いのよい干物で、顔じゅうのしわを伸び縮みさせて、藤吉郎はよく喋《しゃべ》った。

「去る桶狭間の合戦の折には、お弓衆のお働きは全くおみごとでござった」

「いや、それほどでも――」

「御遠慮は無用でござる。私が他国を流浪しておりましたときから、すでに当家のお弓衆のみごとな働きぶりは、承っておりました。それを目のあたり拝見して感服つかまつった。そこへ行くと私などは馴れませぬのでな、自分一人の進退すら思うにまかせず、ろくな手柄もたてられず」

――根は正直な男らしいな。

と長勝は思った。

「もっとも戦いらしい戦いは、私にはあれがはじめてでしたからな。前田又左どのに戦いのしかたを教えてもらったようなものでした」

それから彼は又左をしきりと褒めた。

――してみるとこの男、又左の仲人の効用を信じて疑わないとみえるな。

この陽気な話しぶり、もう縁談は決ったような気がしているらしい。長勝は彼の独り合点がおかしくもあり、いささか気の毒でもあった。

あとになってわかることだが、彼は女性問題になると、常にこうした、滑稽なへまをやらかす。軍略や政治的な駆引には、一分の隙も見せない彼なのだが、こと女に関するかぎり、ひどくとんちんかんな布石をやってのける。今度は、いわばその皮切りであったわけなのだが――

ともあれ、彼は終始にこやかだった。帰りしなには、おもむろに絞り染の女物の反物をとりだした。

「や、そのようなことは。いや、なにしろ、ねねはまだ、ほんの子供でござるによって」

長勝は急いで手を振ったが、いやいや、と猿どのは鷹揚《おうよう》に首を振った。というのも、このときの彼はまさに自信にみちみちていたからである。

藤吉郎の考えによれば――

この作戦は万が一にも狂いはないはずだった。

第一、織田家きっての人気男、前田又左が仲人である。又左からの話というだけで、浅野長勝は大喜びするにちがいない。

――俺はもちろん家柄もないし、さして手柄もたててはいないが。

と、彼は考える。

――俺より家柄もずっといいし、赤母衣を許された勇者である又左が、あれは見こみがある、と言ってくれれば、これにまさる保証はない。

縁談をうけたほうが、しぜんと又左と彼を比較して、首をかしげてしまうなどということは夢にも思わなかった。つまり彼は、世の中の若い男たちが、こんなときにえてしてやりがちの失敗を、みごとにやってのけていたのだ。

しかも続いて打った手もまずかった。又左の売込みのあと、彼は物量作戦に出た。今日の訪問の絞り染の手みやげなどは序の口で、これ以後、彼はせっせと浅野家に物資を運びこむ。が、これもじつをいえば、浅野家を当惑させるだけの効果しかなかったのだ。が、彼はそのことに気づいていない。宣伝、物量の両作戦のあと、残るは果敢、執拗な攻撃あるのみ——と、彼はおねねに波状攻撃をかけることになる。といっても目下の彼には手勢がいるわけではないから、彼ひとりで全軍の役割を引受ける。その結果、おねねは、朝に晩に、使いに出る道筋のどこででも、藤吉郎と顔をあわせることになった。

——まるで藤吉郎どのが幾人もおられて、あちらにもちょろり、こちらにもちょろり、と顔を出されるような……

危うくそんな錯覚を起しかけるくらいだった。

——なんと目まぐるしいお人か。

おねねは、くすりと肩をすくめた。

が、こんなふうに笑われるようでは、もう万事はおしまいなのだ。作戦じたいとしては、後の名将秀吉をほうふつとさせるものだったが、どうやら今度は失敗だった。度をすぎる贈物も、しつこいばかりにつきまとうことも、みんな女をうんざりさせるものでしかない、ということに彼は気がつかない。

これも若い男にありがちの誤算である。しかも彼は自分の誤算に気づいてはいない。それどころか、顔をあわせるたびに、おねねの笑顔に親しみが加わるような気さえしていた。ちょうどおねねが又左に抱いたと同じ錯覚を、彼はおねねに抱いたのである。

せっかちな彼は、しだいに笑顔やちょっとした挨拶だけでは満足できなくなっていた。

──何ぞ、もっと近づく折がないものか。

その機会は意外に早くおとずれた。

その日、おねねは、夕暮の清洲の町を急ぎ足に歩いていた。伯母から知りあいの家に、萩の餅を届けることを頼まれて出かけたところ、思わずひきとめられて、遅くなってしまったのだ。

しかも、帰りがけに、

「わが家でとれた新栗じゃ」

ずしりと重い包みを渡された。

栗は伯父の長勝の大好物である。気前のいい家で、このほか、

「これはお内儀に、これはそなたに――」

手織りの反物や、都で求めて来たという、蒔絵の手箱まで持ち出して来た。

「そんなにいただけませぬ」

しきりに辞退したが、

「あってじゃまになるものでもなかろ」

と、むりやり持たされてしまった。

手箱と栗と織物――。何とも持ちにくい組合せである。何度も右、左を持ちかえ、夕暮の町を急いだが、なかなか道ははかどらない。

そのときである――

「おねねどの、おねねどの」

薄闇の中から男の声がした。おぼろげに浮かび出る小柄の姿をたしかめるまでもなく、藤吉郎にきまっている。

――ありゃ、また、おいでやった。

にやりとしたのを、藤吉郎は、好意の微笑と受取ったようだ。

「遅いお帰りでござるな」

ずいと近づいて来た背丈は、ほとんどおねねと変らない。

「お荷物も大変だ。どれ、一つ持ちましょう」

——いえ、けっこう……

と言うよりも早く、おねねの腕は軽くなっていた。

「そちらのも出しなされ」

藤吉郎は、もう一方の荷物もひったくるようにした。

「そ、そんなには——」

「あ、いやいや、このくらいは何でもない」

「でも——」

「お前さまのお供ができれば、わしもうれしい」

——まあ、呆れた……

なんとぬけぬけと言うものか。

「なろうことなら、お前さまも肩にかついで行きたいくらいだ」

少し品の悪い冗談だと、おねねは顔をしかめた。

が、藤吉郎はそれに気づいていない。やっと話ができたうれしさに、生来の口の軽さから、あれこれと喋りまくった。

「浅野長勝どのはよいお人じゃ。またお内儀どのがよく気のつくお人じゃとはお弓衆の評判でな」

相手が黙っているのは俺の言うことに文句がない証拠と、彼は勝手に解釈して、ますます上機嫌になった。

――この日を待っていたんだな、俺は。

あっというまに、二人はもう長勝の家の前に来てしまっていた。

「ありがとうございました」

門の前で、おねねは、ていねいに礼を言い、荷物に手をさしのべた。

夜目にも白い指先だった。

新栗と手箱と織物を渡しかけて、ふいに、藤吉郎は、その白さに眼がくらんだ。

――吸いつくように……

まさしく吸いつくように、彼の指は次の瞬間、その白い指先にからみついていたのである。

「きゃっ」

おねねは思わず叫んでいた。ぎょっとして指をひっこめ、まるで汚いものにでもさわったように、指先をぶるぶるっと振った。

渡しかけられていた荷物は宙に浮き、
がらがらっ！

大きな音とともに、地面に四散した。

「やれ！　これは……」

慌てて闇の中に這いつくばって、栗を拾おうとする藤吉郎に、

「やめてください。すぐお帰りください！」

おねねの声が飛んだ。

「帰れと？」

「ええ。すぐに」

「でも、この栗、拾わねばならん。あ、いかん、手箱もこわれた……」

「いいです、そんなこと。それよりも、すぐお帰りください」

「………」

丸い眼をみはり、まっすぐ藤吉郎をみつめて、おねねは言った。

「そういうこと、なさる方、嫌いです」

「や、や……」

きょとんとした顔付で、藤吉郎は絶句した。それから、おそるおそる口を開いた。

「ほんとうに、おねねどのは、俺が嫌いか」

「はい」

「うむ、む……」

猿の干物のような藤吉郎の顔が、ひときわ縮み、皺が深くなった。

「……すると、この藤吉郎の嫁御寮になるのはとりやめか」

「とりやめるにもなんにも――。まだ、私、お嫁にゆくという御返事はしていません」

あっ、というように藤吉郎は息を呑みこみ、まじまじとおねねの顔をみつめたが、やがて、

「そうであったな」

吐息のように、ぽつりと藤吉郎は言って眼を伏せた。顔だけでなく、からだ全体が、縮んでしまった感じで、

「だめか、やっぱり……」

うつろな声を出した。

おねねの心の中に、あるおののきが通りすぎたのは、この瞬間である。

――こんなに正直にがっかりする人があるだろうか。

藤吉郎が自分を好いているということの意味を、このとき、彼女は、はじめて真剣に考える気になったのだ。

おねねは、しゃがみこむと、せっせと栗を拾いはじめた。

藤吉郎は、さすがに手を出しかねたのだろう。まるで、いたずらを見つけられた子供のように、手をだらりとさげて、突っ立っている。栗を拾い終ると、ぶざまに投げだされ、蓋の破れてしまった手箱も手早くまとめて、おねねは急いで家の中にとびこんだ。

藤吉郎の方を見向きもしなかったが、それでも、挨拶もできず、ぼんやり自分の後姿

を見送っている彼の視線を、おねねは意識した。そしてその意識をわれとわが眼で見すえるように、大きく瞳を見開いて立ちどまり、それから思い決したように履物をぬいで上にあがった。

「おねねかい？」

土間の中から伯母の声がした。

「遅かったね」

「すみません。ひきとめられてしまったので」

障子をあけると、伯父はもう伯母に酌をさせて、酒を飲みはじめていた。

「これは伯父さまに、栗を。この織物は伯母さまにですって。それからこれは私」

とみやげものをひろげてみせた。

「まあ、どうしたの、蓋が割れている」

「いま、落してしまったんです。あとで、そくいでつけてみます」

それから、おねねは、伯父の前に坐りなおした。

「伯父さま」

「うん？」

「あの、藤吉郎さまとの縁談ですけれど」

長勝は盃を口へもってゆく手をとめた。

「伯父さまが、いいとおっしゃるなら、私、藤吉郎さまのところへ参ります」

盃が膳の上に戻された。おねねをみつめながら、長勝はゆっくり顎を撫で、

「いいのか」

やや、いたわるように言った。

「はい」

「どうして？」

いますぐ、今夜のてんまつを話す気にはなれなかった。

長勝はむしろためらいを見せた。

「むりにとは言わぬ。俺は、むりに嫁《い》けと言っているのではないぞ」

彼は、むしろ自分に言ってきかせるように、そう呟き、

「さて、なあ」

伯母をふりかえった。

「なにしろ年もちがいますしねえ。あの方は二十六、おねねは十四。あんなに熱心に言ってはくださいますがねえ。でも女は望まれて嫁くのが、しあわせといいますがねえ」

伯母も迷っているふうであった。

たしかに望まれて嫁くのは女としてはしあわせなことであろう。が、自分がいま考えていることは、ちょっとちがうような気が、おねねはした。

むしろ、やいのやいのと言って来たときは、藤吉郎のことは何とも思わなかった。が、嫌いだと言われたときの彼のがっかりした様子に、おねねは心を動かされたのだ。

――又左さまのお嫁になれないとわかっても、私はあれほどがっかりはしなかった。してみると、あの方の思いはホンモノなのかしら――

とおねねは思ったのだ。

このとき、長勝はもう一度顎を撫でた。

「そうさな、決めるとするかのう」

そのぼそりとした一言で、ついにおねねの縁談は決った。

――なんて気のぬけたような決り方なんだろう。

おねねも内心そんな気がしないではない。縁談が決るというのは、もっとわくわくした劇的な瞬間だと想像していたのに、いっこうにそれらしい盛上りがないのである。長勝は、藤吉郎を、悪い人間ではない、と言った。伯母も、熱心に望んでくれているのだから、と言った。つまり、ぜひこのひとがいいというのではない。反対する理由がない、という程度のことなのだ。

かんじんのおねねにしても、うっとりするような思いはさらさらない。

――ふうん、こんなものかなあ。

何となく眼をこすってみたくなるような、物足りない感じなのだ。

が、世の中の娘たちの多くは、縁談が決ったとき、そんな気がするものではないだろうか。周囲の反対を押しきった熱烈な恋愛の末でもないかぎり、女は、ほっとする反面、――これで私の一生も決ってしまった。これでいいのかな。

というような悔いに似た思いを感じるのだ。そして、おねねも、その例外ではなかった、ということなのだろう。

後の輝ける未来を、全く予想しなかったおねねを、しかし、おろかだといって笑うわけにはいかない。いや、むしろ、彼女の眼こそ、健康で正常なのだ。

後年、富と権力と名誉をひとりじめにした秀吉のまわりには、その甘い汁を吸おうとして、媚びへつらう人々がひしめきあったが、おねねだけが、こうした幻想に押し流されなかったのは、この正常な眼差のせいである。

買いかぶりや誤算が夫婦の間にひびを入らせることは、今でもよく見聞きするところだが、彼女にかぎって、それだけはなかった。

闇の中に這いつくばって栗を拾おうとした藤吉郎、それをとめられたときの、落胆しきった藤吉郎。

おそらく彼女は、この顔を一生忘れないだろう。そしてそれを思い出すごとに、

――あのときのあのひとったら……

肩をすくめるにちがいない。彼がいかに偉くなろうと、おねねにとって、彼は、つね

に、木から落ちた猿どののなのである。

もっとも、このことは、藤吉郎にとっては、あまりありがたいことではない。彼のたてた綿密な作戦計画は以後、政治軍事方面では、つねに大成功をもたらしたが、おねねに対しては、いっこうに神通力を発揮しなかった。

おねねに対する作戦は、全くの完敗だった。そして、このときも惨澹たる敗け方のゆえに、彼は奇蹟的に、勝星を拾った、というべきであろう。

が、ともあれ——

二人の結婚は決った。問題はその先である。

さしあたって婚約者にとっての重大問題は、どこに住むかということだった。

いちばんそれについて気を揉んでいるのは伯母である。

「藤吉郎どののお長屋は狭すぎましょう」

が、それは表向きのことで、子供のない彼女は、おねねが側を離れるのが淋しくてならなかったのだ。

お弓衆頭である長勝の屋敷は狭くはなかったし、彼はなかなか内福でもあった。しかも、うまいぐあいに、屋敷のうちの長屋も一棟空いていた。

「縁談は承知するが、そのかわり、ここに——」

と言ってやると、藤吉郎は一も二もなく承知した。もうだめだと頭をかかえていたところに、思いがけなくよい返事が来たので、それ以外の条件などはどうでもよかったのだ。

「よろしゅうござる。おねねどのも、そのほうが気安かろ。いや、某《それがし》もまだ家中《かちゅう》に知りあいも少のうござる。長勝どののお側に住めれば心強い」

翌日彼は、のこのこと長勝の家に出かけていった。

「なにしろ私は早く父を亡くしておりますのでな。こうしてお近くに住めば、親父さまにお仕えするような気がして、なんぼうかうれしいことでござる」

藤吉郎の口のうまさには定評がある。それにしても、殊勝な口のききぶりだと、われながら惚れ惚れとしたそのとき、くすりと脇からしのび笑いが洩れた。

ゆで栗を運んで来たおややである。

ん？――

藤吉郎はいぶかしげな眼をしながら、栗に手を出した。

おねねのいる部屋に戻ってくると、こらえかねたように、おややは、

「きゃあっ」

と笑い声をあげた。

「静かになさいな、どうしたっていうの」

おねねが制するより早く、

「似てる似てる、お猿さんそっくりだあ」

それから急にきまじめな表情になって、気の毒そうに言った。

「ねえ、あねちゃ、いいの、ほんとに」

「何が？」

「あの、藤吉郎どののお嫁さんになってもいいの」

「いいのよ」

「どうして？」

「どうしてでも、あんたにはわからないことだわ」

藤吉郎がいま手を出した栗の実がきっかけだ、と言ったたって、おややにはわからないだろう。すると、おややは眉をよせ、

「ふうん、そんなもんかなあ、男と女って」

いっぱし、おとなびた顔を見せた。

とも知らず、藤吉郎は奥の間で、忙《せわ》しく栗をかじりながら、長勝夫婦をびっくりさせるようなことを言ってのけていた。

「では、いつ移ってまいりましょう。明日、または明後日《あさって》？」

「何とお言《い》やる」

長勝は呆れて藤吉郎の顔をみつめた。

いくら話が決ったといっても、明日、明後日に乗り込んで来るという婿どのがいるだろうか。

「婚礼ということになれば、一応ねねの支度もととのえねばならぬ」

が、藤吉郎は、いとも簡単に手を振った。

「あ、いやいや、どうせ同じお長屋の中のこと。祝言をすましたあとで、ゆるりとなされても間にあいます」

「かと申して――」

「舅《しゅうと》どの――」

もう藤吉郎は婿気どりである。

「日頃殿様が仰せられておられまする。物事は早いが肝要。こうと決めたら、すぐかかれ。思案は阿呆にまかせておけ、と」

「そ、そりゃあそうだが」

「それにこの世の中では、いつ合戦が始まるかもわかりませぬ。なるべく早く祝言だけはすませておきたいもので――」

ぐずぐずしていて気でも変られたら、と藤吉郎は必死なのである。が、長勝にすれば、祝言の夜の晴着ぐらいは買ってやりたいところだった。そう言っても、藤吉郎は、

「某のさしあげたものでは間にあいませんか。あの絞り染などはおねねどのによう似合

いましょう。新しく銭を出されるのはもったいない」

今まで、はでに贈物をしていたのが、急にけちになった。と、思ったら、突拍子もないことを言い出した。

「じつは私、今年の正月、殿より左義長《さぎちょう》の幟《のぼり》をいただいております」

左義長というのは、一月十五日、正月のしめ飾りなどを焼いて無病息災を祈る行事で、どんど焼きともいう。清洲城内の左義長のとき、はでごのみの信長は、大きな幟を作らせた。

「殿は、その場かぎりでお棄てになるつもりだったようですが、あまり美しいので、私がお願いして頂戴いたしました。それを――」

「その幟を立てるのか？」

長勝は呆れた顔をした。

「立てれば、何やら祝いの気分になりましょう」

「幟を立てる祝言など聞いたことがない」

「ではほどいて、おねねどのの裲襠《うちかけ》にでも」

「幟をか」

長勝はますます呆れて顎を撫でたが、藤吉郎はすました顔をしている。

「喜ばれましょう、きっと」

「ねねが？」

「いや、殿が」

それから長勝の耳許へにじりよって、声を低めた。

「おはでごのみにみえて、なかなかしわい方ですからな。婚礼に幟が役に立ったとお聞きになれば、いやな気はなさるまい」

――ははあん、要領のいいやつだな。ごまのすり方もなかなか芸が細かい。

長勝は顎を撫でる手をとめて、藤吉郎をみつめた。

藤吉郎の言ったように、明日、明後日のうちというわけにはいかなかったが、それでも、秋の半ばにならないうちに、二人の婚礼は行われた。

旧暦八月三日――というから、十五夜前の、すがすがしい、清涼の季節である。

「何事も簡略に、簡略に――」

とはいうものの、お弓衆頭の家ともなれば、つきあいもかなり広い。誰彼、と指を折ってみると、とうてい長勝の家の奥座敷には入りきれそうもない。

「はあて……」

思案する長勝の前で、今度も藤吉郎は、いとも簡単に手を振った。

「御心配には及びませせぬ。土間にていいたそう」

日頃お弓衆が出入りするから、浅野家の土間はかなり広く作られている。

「でも、土間ではねえ」

おねねよりも伯母が、まず、しぶい顔をした。

「第一、おいでくださった方がお坐りになれないじゃありませんか」

が、藤吉郎はすましたものだ。

「では、薄縁《うすべり》でも敷きましょう」

「土間に薄縁じゃぁ、足が痛くなりますよ」

「じゃあ、すがき藁《わら》でも下に敷いて――」

すがき藁というのは、簀子《すのこ》などの材料にする葦《あし》のたぐいである。これを編んで、簀子や簾《すだれ》を作るのだが、それを土間に敷けば、ちっとは床がふっくらしようというのだった。

急ごしらえの祝いの席もどうやらできあがった。左義長の幟は、さすがに裲襠《うちかけ》にはならなかったが、屏風がわりに花嫁花婿の後ろに飾られて、祝い客の目をひいた。

「ほほう、これは――」

そのたびごとに藤吉郎は、

「殿様より拝領の品です」

ちょっと胸を反《そ》らせて言う。宣伝効果は十分であった。

あとからあとからやってくる客は、それぞれ祝いを言い、酒を飲み、ねねのういういしい花嫁ぶりを褒めた。

「あの、しおらしさ、あどけなさ」

「藤吉郎め、うまいことしおったな」

お弓衆頭の娘分を、足軽あがりの新参者がせしめたのだから、こう言われてもしかたがないし、言われた婿どのも、その幸運をかくそうとはしない。

「たしかに三国一の花嫁であります。うひひひ」

「こら、手放しでのろけるな」

「一生に一度のことですからな。お見逃しを」

婿どのは、飲めない酒で顔を赤くし、ますます猿そっくりになって来た。

が、一方のおねねは、といえば、下をうつむいたきり。それも宴たけなわとなって唄がとびだし、幸若舞がとびだすころになると、しだいにべそかき顔になって来た。

が、上機嫌の藤吉郎は、まだそれに気づいてはいない。

夜ふけて宴は終った。

「こりゃ、えらい馳走になりました」

「まずは祝着《しゅうちゃく》、祝着」

客は賑やかに座を起《た》った。なかには、

「藤吉郎、今夜の首尾を、待っているぜ」

酒くさい息を吹きかけてゆく仲間《なかま》もいる。

「ああ、いいとも。たっぷり聞かせてやるからな。耳にせんをつめておけ」

言いながら、ちらりとおねねのほうをふりかえった。今にも泣きだしそうなその顔に気づいたのはその瞬間である。

――こりゃなんとしたことだ。

内心、かなり慌てふためいた。

――冗談が過ぎたかも知らん。なにしろ、ほんのねんねえだからな。

手を握ろうとしただけで、きゃっと言われたことを思い出した。

――このぶんでは、馴らすまでに、手のかかることだろうて。

客を全部送り出して戻って来ると、おねねはまだ、ひとりぽつんと坐っていた。その悲しげな顔に、藤吉郎はわざと陽気に言った。

「疲れたろ、ん?」

手を肩にかけたが、おねねは、そっと横をむいてしまう。

――ありゃ、ますます雲行きがおかしいぞ。

いつのまに、こんなことになってしまったのか。座につくときは、上機嫌だったはずなのに……それとも急に気が変ったのかな。

ここまで来て、嫁になるのはいやだなどと言われたら一大事と、藤吉郎は遠まわしに機嫌をとりはじめた。

「今夜のそなたの美しさ。客人で、褒めぬお方はなかったではないか」

「……」

「見れば見るほど、惚れ惚れする」

うつむいたおねねには、期待したほどの反応は見られない。さらば、と彼はからめ手に回った。

「伯父御と伯母御のうれしそうな顔を見たか」

「……」

「娘同然のそなたの晴姿だからなあ」

「……」

「いや、伯父御のおかげで、新参の俺も分不相応の祝言ができた。なんとたいそうなお客だったな。やはり、この土間にしてよかった。奥の間では、とうてい入りきれなかった。すがき藁に薄縁、なかなかよい思案だったろうが」

そのとき、くすん――とおねねが、しゃくりあげたように藤吉郎には思われた。と、同時にその上体が大きくゆらいだ。

「あっ、どうした、おねね」

急いで抱きかかえると、

「なにがいい思案なもんですか」

思いがけない元気な声で、口をとがらしておねねは言った。

「でこぼこの床が痛くて痛くて、ほれ、このとおり、立てなくなってしまった……」

さっきの泣きべそ顔は、身動きもできずに坐っていなければならないつらさのためだったのである。

――なんとびっくりさせる娘か。

藤吉郎は、呆れもし、おかしくもなって来た。土間にすがき藁に薄縁を敷いて、多数の客をさばくのは名案ではあったが、とんでもないしわよせが、花嫁におしよせていたのである。

「俺は立ったり坐ったり、酌をしたりで、気づかなかったが」

足が痛くなるのを、べそをかきながらこらえていたとわかると、その幼さが、ひどくいじらしくなって来た。

「おお、よしよし、それは悪かった。まだ痛いか。じゃ、俺がおぶってやろう」

花嫁姿のまま背負われたおねねを見て、伯母はびっくりした。

「まあ、おねね！　藤吉郎どのも……」

「いや、大事ない、大事ない。お長屋はすぐそこ。こうして連れてゆきます」

新居にあてがわれた長屋の、新床《にいどこ》の上に、藤吉郎は、そっと、おねねを降した。器用に花嫁衣裳をはぎとり、

「痛いのはここか」

やさしく足を撫ではじめた。

「ちがう。もっと上のほう」

「ここか」

半ば感覚のなくなっていた足が、やっと自分のものになって来たそのとき、おねねは、

「ひゃっ」

思わず、身を縮めるような衝撃に出くわした。

何か、なま温かい、濡れたようなものが、足に吸いついたのだ。慌てて身を起そうとしたが、がっちり下半身を抱きすくめた藤吉郎の手がそれを許さなかった。

「静かに、な」

やさしく、というよりはむしろおごそかに彼は言い、もう一度唇を足に押しあててから、

「おまじないだ」

「何のおまじない？　足が痛くなくなる？」

「いや、夫婦《めおと》になるおまじないだ」

今度はやさしく髪を撫で、額に頰に唇にと、くちづけをくりかえしていった。いつのまにか両の乳もあらわにされていた。そこに彼の唇がふれたときだけ、おねねのからだ

は、びくりとふるえたようだった。

が、それきりおねねの記憶はさだかでない。

いや、自分のからだに押され、刻まれたものは、はっきりおぼえているのだが、それにからみあった心と感覚の記憶がないのだ。何といっても彼女は十四、それらの甘さも苦さも知りつくすのはもっと先のことであろう。

ともあれここに一組の夫婦は誕生した。ときに永禄四（一五六一）年、信濃では上杉謙信と武田信玄の川中島の戦いがまさに行われようとしていたが、もちろん幼妻《おさなづま》はそんなことを知る由もない。

## のぞみは城

結婚してみてわかったのは、婿どののしまつやぶりである。

「ねねよ、ねねよ」

藤吉郎は、何かにつけてこう言った。

「浅野家は内福だ。それはいい、それはけっこうなことだが、それに馴れて、そなたもちょっぴり大まかだな」

「そうでしょうか」

ねねにはそれが合点がいかない。

「私だって、早く父を亡くし苦労してますもの。ぜいたくをしたことはありませんよ。きものや、紅《べに》など欲しいとは思いませんし」

じじつ、ねねは、ほかの若い娘のように、そうしたものを欲しがりはしなかった。古いものを器用に染めかえたりしてもう一度役に立てることが好きだった。

もちろん、それは藤吉郎も認めている。これが古物だというと大げさに驚いてみせ、

「ほう、それがなおし物か。そなたのような美しい女子《おなご》が着ると新品も同様だ」

そして、大まじめな顔になって、

「そなた、どちらかというと、新しいものより、なおし物のほうが似合うなあ」

などと言って、おねねを喜ばせたり、がっかりさせたりするのである。

が、そのことと、大まかなのとは別なのだ、と藤吉郎は言う。

「自分自身ではぜいたくをせぬが、そなた、人には気前がよすぎるな」

そう言われればそうかも知れない。自分が倹約して余裕ができると、何となく人にくれてやりたくなってしまうたちなのだ。

「人を喜ばせるのは、いいことなんだが、よく考えてからやってくれよ」

「はい、はい」

もっとも、この癖はあまりなおらなかった。彼女がのちに北政所《きたのまんどころ》となってからは、物をやる相手も変って来て、季節季節の初物などを、せっせと朝廷に運びこむが、これもじつは、若いころの気前のいいおかみさんかたぎの変型なのだ。そして、藤吉郎もいつのまにかこれに感化されて、やがて日本一の気前のよい男みたいな顔をしはじめる。が、じつはといえばおねねの気前のよさに感染してしまったまでのことなのである。

だから、おねねに感化される前の藤吉郎は、なかなかのしまつやだった。

「だって、俺の出世は、そのしまつで拾ったようなものなのだからな」

彼はよくそう言った。清洲の城中で使う薪の裁量を委《まか》されたとき、自分で火を焚いてみて、一日にどれだけ使うかをたしかめ、それによって、一月《ひと》いくら、一年いくらと計算してみたら、今までの三分の一ですむことがわかった。これを信長に報告したことで彼は一躍信長のお気に入りになったのだ。

「へえ、三分の一にねえ」

おねねが眼を丸くすると、

「うん」

鼻うごめかして藤吉郎が言った。

「じつは、このことは、もう前に試しずみのことだったんだ」

「どこで？」

「そなたも知っていようが――」

藤吉郎は言った。

「この御家中に御奉公する前に、俺は今川家の松下嘉兵衛どののところにいた」

草履とりから始めて、だんだん主人に認められ、お納戸役――今の経理係のような役を委されたとき、まず見つけたのが、薪の無駄で、彼は年間の薪の使用量を割り出し、嘉兵衛を感心させた。

「それからまもなくさ、俺が松下家をやめたのは」

おねねはふしぎそうな顔をした。

「まあ。御主人は褒めてくださったんでしょう」

「行く末とも、眼をかけてやろうということだったが、俺のほうが気がすすまなかったんだ」

もちろん、松下家のお納戸役は魅力がないわけではない。物乞い同然の姿で転がりこんだ貧家の小倅藤吉郎にとっては、かなりの出世だ。

「が、何というか、今川家というのが古くさいんだなあ」

今川家はそのころ海道一の名家だった。それだけに、家中では家柄や石高《こくだか》がものを言い、何事もしきたり第一だった。今でいえば、学閥、年功序列で固まった大会社のようなものだ。これでは彼のような新参者の伸びる余地はない。しかも、松下嘉兵衛の家来では、今川から見れば陪臣にすぎない。末の見こみは知れている。

「そこへ行くと御当家はちがう。第一、殿様の御気性が、ばりばりっと、目もさめるようだ。力のあるものは、どんどん引きあげてくださるからな」

つまり、学閥も、年功序列もない、新興会社のようなものなのだ。

「だから見ろ、桶狭間の合戦で、いっぺんに今川方は負けちまったじゃないか」

「藤吉郎どのの見通しもよかったわけですね」

「今となっては、そういうことになるな。しかし、やめるときは正直いって迷ったよ。せっかくお納戸役まで行ったんだからな」

今でいえば、そろそろ係長に手の届くところまで行っていたわけだ。その「安定」を棄てて、織田家の平社員、いや平社員以下の草履とりからやりなおすのは、ちょっと勇気のいることであった。

が、いったんそうと決めてしまうと、彼は松下家での経験を、ありったけ活用した。どんなとき、どうすれば、草履とりは喜ばれるか。信長の一手先、一手先を読んで、たちまちのうちにその存在を印象づけた。

次は薪の裁量だ。この手もすでに松下家で実験ずみだったから、作戦はみごとに成功した。

「まあ、おみごとですこと。やっぱり御当家へ替られてよかったわけですね」

「うん、それに、そなたのような、きりょうよしの嫁御寮ももらえたしな」

にゅっと藤吉郎の手がおねねの衿元へのびた。

藤吉郎は、ちょっと見さかいのないところがある。ひる日なかでも、二人っきりでいるときには、ひょいとおねねの衿元に手をつっこみ、乳房にさわったりするのだ。

「ひゃっ」

そのたびごとに、おねねは、とびあがってしまう。

「うわあ、くすぐったい」

するると、藤吉郎は、ひどく情なさそうな顔をする。ちっとはうれしそうな顔をしてくれよ」

「だめだなあ、いつまでもねんねえで。ちっとはうれしそうな顔をしてくれよ」

「だって——」

くすぐったいのは、しかたがないではないか、とおねねは、まだ、あどけなさの残る頬をふくらませるのである。このごろはだんだん心得て来て、するりと体をかわしたりする。今も、みごとに藤吉郎の手は空《くう》をつかんでいた。

「お気の毒さまでした」

「ばあか。鬼ごっこではない」

「そう、もっとまじめな話をしていたところ」

これには藤吉郎も苦笑いをうかべるよりほかはない。

「うん、そこでだ」

しかたなしに話をもとへ戻す。

「ま、とにかく、ここまでは、俺の頭の中の見取図のとおりだったが、この先のことはどうなるか」

「そうですねえ」

「いつまでも、薪の勘定では埒《らち》はあかぬ」

手柄といっても、薪の使用量が、ぐんと減ったという、いわばマイナスが少なくなっただけのこと。戦国の当時としては、いまひとつ、ぱっとしたところがなくては、働きとしては認められない。

「それに、悪くすると、こいつ銭勘定が上手だというので、そればかりやらされるかもしれないしなあ」

経理や、庶務、用度係よりも、直接営業成績をあげて納得させるほうが近道なのだ。そして、戦国時代の営業といえば、戦いそのものなのである。

「ところが俺は侍の出ではないしな」

「そのぶんでは、お弓も強いのは引けそうもありませんね」

お弓衆頭の家の娘らしいことを、おねねは言った。

「弓に自信があるくらいなら、いますぐでも、お弓衆にしてもらうさ」

「あの弥兵衛どのくらいならねえ」

と、おねねは伯父の血筋にあたる例の男の名をあげた。

「なかなか弓のすじもいいので、伯父は弥兵衛どのを養子にして、跡を継がせるらしいですよ」

「ふうん、おややと添わせるのか」

「あら、あれはまだほんのねんねですわ」

「いや、もうすぐそなたぐらいにはなるさ」

それからまもなく——

信長は、藤吉郎にうってつけの仕事を命じて来た。信長は、藤吉郎が予想していたよりも、さらに深く彼を見ぬいていたらしいのである。

信長は藤吉郎のことを「猿」と呼ぶ。が、彼が猿に似ていることは、織田の家中の公認のようなものだから、文句の言えるすじではない。いやそれどころか、彼自身、

「猿は縁起がいいんだ。なにしろ山王さまのお使なんだからな」

などとおどけて言ってまわっているくらいだ。もっともおねねはあまりいい顔はしない。

「じゃあ、わたしは猿嬶《さるかか》か」

口をとがらせると、藤吉郎はしきりになだめる。

「まあ、そう言うな。猿はけものの中では、いちばん、かしこくて手の先が器用なんだ。ちょうどおまえのように——」

「へえ、それでもお世辞のつもり？」

「許せ許せ、猿嬶大明神」

藤吉郎がむしろ猿という渾名《あだな》を定着させようとしているには、じつはもう一つ理由があった。信長は機嫌が悪くなると、もっと猛烈な渾名を投げつけてくるのだ。

「ハゲネズミ！」

こいつはかなわぬ、と藤吉郎は思っている。ネズミというのが第一小者じみていけないのに、それのハゲちょろけているなどは、全く取柄がないではないか。

——これだけは、おねねには聞かせられぬ。これにくらべれば、猿のほうがまだ景気がよい。

と思っているのだ。

ところで——

信長はある日、特に「猿」を呼びつけたのだ。

例によって信長の命令はごく簡潔であった。

「わかったな」

言いつけたあとで彼はそう言った。

「はっ」

「わかったらすぐやれ」

「はっ」

信長の前を退って来て、藤吉郎は腕を組んだ。

——運だめしの時がやって来たぞ。

思わず武者ぶるいせずにはいられなかったが、一方、ここでしくじったら、という不

安もないではない。つまり、

「猿、よくやった」

と褒められるか、

「ハゲネズミ!」

と罵られるか、運のわかれ目でもある。そして、ハゲネズミと呼ばれたら最後、主人は、彼をネズミ同然、ドブの中に蹴とばして、一生かえりみてくれないかもしれない。

信長の命じたのは、

「清洲城の塀のこわれたのを直せ」

ということだった。ちょっと前に嵐があって百間ばかり崩れたのだが、補修がいっこうにはかどらない。そこで信長は言ったのだ。

「猿、そちがやってみい。見積りからやりなおせ。薪をやったようにやればできぬことはあるまい」

そのとき、信長は普請《ふしん》奉行のやり方を肚《はら》に据えかねていたのだった。

見積りにも、工事計画にも、全く合理性がなく、工事は職人の言いなりだし、一方、何事も上役にお伺いをたてたりしているので、工事はなかなか進まないのである。

「ふん、なんというやつらだ。ふぬけめ」

癇癪《かんしゃく》を起したそのとき、ふっと思い出したのは「猿」の働きぶりだった。

薪を実際に自分で使ってみて、城中の一日分の薪の量を割り出し、それで一《ひと》月、一年の薪の量を決める――こうしたやり方をもってすれば、塀を直すのにどのくらい材料がかかるかは、しろうとでもすぐ計算ができるはずだ。働く者の工賃だって同じことではないか。

そこで信長はさっそく「猿」を呼びよせた、というわけなのだ。

この命令をうけたとたん、藤吉郎の頭に浮かんだのは、

――悪い仕事ではないな。

ということだった。

薪の勘定から見れば、ずっとスケールが大きいし、城の塀ともなれば、軍事的性格が含まれる。台所のかまどの前でそろばんをはじいているよりも、世界はずっとひろがるわけだ。

――よし、運だめしだ！

藤吉郎は清洲の城を出ると、家まで走りに走り、長屋へとびこむなり大声でわめいた。

「ねね、ねね」

からだが小さいくせに藤吉郎は声だけは大きい。

「わっ」

縫いものをしていたねねはとびあがった。

「なんて大きな声を出すんです。家がこわれちまう」

「そんなこと言ってる場合じゃない」

息せき切って立ちはだかり、彼は言った。

「おねねよ、あるか」

「何が」

「金だ」

「さあ、三貫文ぐらいはありましょう」

「それだけか」

藤吉郎は少しがっかりした顔をした。

「いったい何にお使いになるんです」

「殿の御命令で急に入り用ができた」

「なら殿様からおもらいになればいい」

「それが、そうはいかん、いますぐに欲しいんだ」

藤吉郎はぐるぐると部屋を歩きまわった。

なんと忙《せわ》しい人か――とおねねは呆れて夫をみつめている。第一殿様の御用だと言いながら、殿様からはお金がもらえないというのだから、全く理屈が通らない。

が、まるで物ねだりする子のように部屋の中をぐるぐる回っている姿を見ると、十二も年上の夫が、急に他愛のない弟のようにみえて来て、思わずにやりとしてしまった。

「そんなにお金が欲しいのなら……」

「あるのか、ほかに」

「ないこともない」

「もったいぶるな」

おねねは、藤吉郎をその場におきざりにすると、次の間へ走りこみ、唐櫃《からびつ》の蓋をとりのけた。

それから唐櫃の中へかがみこむなり、猛烈な勢いで中のものをはねのけはじめた。

この唐櫃はおねねの衣裳箱である。婚礼に着た絞りの小袖、大好きな藍染の単衣《ひとえ》や、くけ帯、下着――そんなものがひっぱり出されると、みるみるあたりに散らかった。桜ともみじをいっしょに集めてぱあっとまき散らしたような騒ぎに、藤吉郎はあっけにとられた。

「おいおい、どうした」

その声も耳に入らぬ様子でおねねはなおも唐櫃の中をかきまわしては、手あたりしだいに小袖や帯を部屋じゅうに散らかしていったが、やがて、顔をあげると、ふしぎそうに首をかしげて呟いた。

「ない」

「どうしたんだ。いったい」

藤吉郎が声をかけるのも気がつかない様子で考えこんでいたが、うん、と大きくうなずくと、今度は別の木箱の蓋をあけた。

この中には、飯碗や皿や折敷《おしき》など、ささやかな世帯道具が入っている。おねねはこれも忙しげな手つきでとりだした。箱に首をつっこんでせっせと中のものをとりだしてはあたり一面にとり散らかして行く様子は、ちょうど小鳥が餌箱をつっついて、まわりじゅうに餌をまき散らすのに似ていた。

中のものを全部出して、底をさぐっていたおねねが顔をあげたとき、その頬はあからみ、眼付はいささか深刻になっていた。

「ない」

先より小さい声で呟くと、そのまま、両手で顎を支えて、じいっと、天の一角を睨みつけている。

「おい、おねね。おねね」

藤吉郎は少し気味が悪くなったらしい。および腰になって、そろそろと近づこうとするのを、おねねの手がぴたりと押しとめた。

「待って」

天井を睨みつけていたその瞳が、しばらくして、ちらっと光った。と、思うと、

「そう、そうっ」

言うなり土間にとびおり、這いつくばって、かまどの脇にある大きな水甕《みずがめ》の後ろに手をさしこんでいたが、

「あった、あった」

何やら紐につないだ長細いものをとりだして、うれしそうに振ってみせた。

「はい、二貫文。私のへそくり」

「なあんだ」

「唐櫃に入れて来たんだけど、どこへかくしたか忘れてしまったの」

「やれやれ」

藤吉郎は苦笑しながらそれを受取った。

「ありがたい。しばらく借りておく」

今度は彼が鉄砲玉のようにとびだす番だった。それを見送りながらおねねは溜息をついた。

「これからの片付けが大変だ」

土間をさぐった手で汗をぬぐったので、鼻の頭が少し黒くなっている。

大分長いことかかって、おねねが部屋の中を片付け終ったあとも、藤吉郎は家には戻って来なかった。

彼がおねねの前にふたたび姿を見せたのは、それから四、五日後のことである。もともと年より老《ふ》けた顔だちなのだが、眼がさらに落ちくぼみ、一段と水気が切れた感じで、猿どのは、ますます干物に近くなっていた。が、それでいて、落ちくぼんだ眼はいつにもましてぎらぎら光っている。

「おねね、喜べ、うまくいったぞ」

「何がですか」

「知れたこと。殿様に命じられた塀の修理のことにきまっているじゃないか」

「へえ、そうですか」

「なんだ知らんのか、呆れたやつだ」

「だってあなたは何もおっしゃらないで、とびだしていっちゃったんですもん。何のことか知らないのはあたりまえですよ」

「やれやれ、俺の仕事は清洲城下の大評判だぞ。お嬶《かか》のそなたが知らないとは何事だ」

これは藤吉郎一流の大ぶろしきであろう。が、とにかく、藤吉郎が城の塀を、信長が期待するよりもすばやく、より完璧に仕上げたことは事実である。

「それというのも、あの五貫文のおかげだ。礼を言うぞ」

藤吉郎は、おねねの手をとっておしいただくまねをした。

「あの五貫文で俺は酒と肴をできるだけ買いこんだんだ」

得意げに彼は手柄話を始めた。その酒肴を持って、彼は塀普請の棟梁たちをたずねた。

「お城下では、そなたの腕前は大変な評判だ」

どこへ行っても、まずこう褒めそやしてから、

「ついては、その腕前をとくと見せてほしい」

と言って、十人の棟梁に、百間を手分けして修理することを請負わせたのだ。褒められれば悪い気はしないし、競争普請ということになれば闘志も燃えて来る。こうして棟梁を回るうちには、ほぼ材料の見当もついたので、手早くこれを準備し、ただちに工事にかからせた。

と、同時に彼は信長に願い出て褒美の酒や銭、米を用意してもらった。このあたりが彼の呼吸のうまさで、はじめに棟梁に持って行く酒を買う金を請求したりすれば、欲張りなやつだと印象を悪くするが、現実に着工したあとなら金のはずみ方もちがって来るものなのだ。

しかも、殿様からの御褒美がかかっているということになれば、人々も一段と精を出すようになる。

何より効果をあげたのは、百間の塀を十組に分けた人海戦術であろう。かくて清洲城の塀は数日にして修理が完成してしまったのである。

「へえ、それはおみごとな」

無邪気に感心するおねねの前で、藤吉郎は鼻をうごめかした。

「どうだ、おねね、ちと思い当ることはないか」

「思い当ること？」

おねねは、いぶかしげに丸い眼をあけた。

「さてもみごとなる六韜三略《りくとうさんりゃく》、この兵法はな、じつはといえば、すでに試しずみのことばかりよ」

「はあん、いつ？」

「気がつかないのか、鈍いやつだな」

「だって……」

「考えてもみやれ、そもそも、そなたを射とめるときに、俺はとうにこの手を使っているわな」

「へえ……」

第一、まず前田又左衛門に浅野長勝の家へいってもらって、藤吉郎をうんと褒めてもらった。つまり宣伝戦だ。今度は逆に相手を褒める手を打ったが、帰するところは同じ。とにかく、何となく相手をいい気持にすればいいのである。

つぎは、物量作戦だ。おねねの家に絹やら綾やらを運びこんだと同様に、彼は酒や肴を、ふんだんにまき散らし、信長からも恩賞をたっぷりと引き出した。

そうしておいての人海戦術だ。おねねのときはなにしろ藤吉郎の孤軍奮闘だったから、一人数役のつもりで、おねねの周辺にしきりに出没したが、今度は実際におびただしい人数を動員して一気に工事をやってのけた。

「どうだ、そっくりだろうが」

聞くなり、おねねは、胸をのけぞらして笑いだした。

——何を言い出すかと思えば、このひとったら……

お気の毒ながら、おねね獲得戦に打った手は、みんな失敗ばかりではないか。又左が褒めれば褒めるほど、又左にくらべて藤吉郎の貧弱さが浮き出るばかりだったし、やたらに物を運びこまれて長勝夫婦は当惑した。そしておねねにいたっては、しつこくつきまとう藤吉郎にうんざりさせられるばかりだった。

——私がこのひとと結婚してもいいと思ったのは、つまり、このひとの作戦が、あまりにもみごとに失敗したからなのに……

とも知らず、作戦の大家《たいか》のような顔をしている藤吉郎とは、なんておめでたい人なのか。それとも、世の中では、案外こういった、間のぬけた作戦が成功するのか。

この清洲城の修理については、現代の歴史学者の中にも、「分業と協業の理を応用したもの」として、かなり高い評価をしている人がいる。が、おねねには、こんな理屈は通用しない。彼女のおぼえているのは、万策尽きて地べたに這いつくばったときの藤吉郎のちょっと悲しげな顔だけなのだ。

——それでいい気になってるんだから、呆れてしまう。

あんまりおねねが笑いころげるので藤吉郎は妙な顔をした。

「なんで、そんなに笑うんだ」

「いえ、その……何でもないの」

おねねは笑いやめて眼をくるくるさせた。

「あなたもひとつ、忘れものしてませんか」

「忘れもの？」

「ええ」

「何のことだ」

「私の二貫文」

「おお、そのことか」

藤吉郎は、ちょっと、まぶしげな顔をした。

「まだ、ちょっと待ってくれ。殿様からは、いずれ、たっぷりと恩賞があるからな。そのときは倍にして返す。いや三倍でもいい」

「まあ……」

「そなたもえらいもうけではないか。いや、ひょっとすると、この二貫文、しまいには、千貫、二千貫になるかもしれぬ」

聞いているうちに、おねねの頬に、はっきり笑くぼが浮かんだ。

――呆れた、この大ぶろしき。

でも何やら、うまい作戦のような気もしないではない。あのとき、このひとの作戦はみんな失敗したのに、げんに、私はこのひとの嫁になっているし、今度だって、うまうま二貫文をまきあげられてしまったではないか。

――まあ、ご本人がそう思っているんだから、そうしておこう。

おねねの笑顔を見て、藤吉郎は慌てた。

「何がおかしい。何を笑う。そりゃ千貫、二千貫はちょっと行きすぎだが、ほんとうに二貫文は倍にして返す」

「いいの、いいの。私の考えていたことは別のこと」

「え？」

おねねは、わざと大まじめに言った。

「あなたって、ほんとに大軍師じゃないかっていうこと」

「う、う、そう褒めるな」

藤吉郎は猿づらを伸び縮みさせて、照れくさそうに笑った。

「二貫文は必ず返す」

「あら、そんなこと」

おねねは、けろりとしている。

「ほんとはね、返してくれなくてもいいの」

「え？」

「だって、私、どこへかくしたか忘れていたんですもの。あんなことがなかったら、きっと一生忘れていた。だから、見つかっただけ、もうけものです」

「や、や、や」

藤吉郎は眼をぱちぱちさせた。

——呆れるほど、気前のいいやつだな。まるで大名の女房衆のような口をきく。

おねねはそんなところのある女なのである。

その日以来、藤吉郎は、清洲の城下を歩くのが、たのしみになった。

——あの塀を直したのは、この俺だぞ。

猿どのは出仕の行きかえり、自分の直したその城を、惚れ惚れと眺めては胸を反《そ》らせた。もっともそっくりかえるのは小柄なこの男の癖で、後に彼のことを書いた本にも、
赤ヒゲ猿眼《マナコ》ニテ、空ウソ吹《ブキ》テゾ出ラレケル
とある。空ウソ吹く——空を仰いでうそぶくというからには、よほど、そっくりかえっていたのだろう。

藤吉郎の宣伝ほどではないにしても、清洲城の修理は、人々に彼の存在を印象づけた。単に薪の勘定をするだけのけちな男ではなく、なかなか大がかりなこともやってのけるということを、塀は雄弁に物語ってくれたのだ。人間はこうした建物にヨワい。これは今も昔も変りはない。

もっとも、藤吉郎の得意は、そう長続きしたわけではない。信長自身が、まもなく、この清洲の城から小牧山へと移ってしまったからだ。ときに永禄六（一五六三）年、すでに尾張の国内を征服して美濃を狙っていた信長にとって、その拠点として、清洲より小牧山のほうがふさわしかったからだ。

では、藤吉郎のやったことは、結局むだ働きだったのだろうか。

いや、そうではない。このとき彼が見せた、築城技術や、人づかいのうまさが買われて、その数年後、美濃進出の橋頭堡《きょうとうほ》ともいうべき墨股《すのまた》築城を委されたのだから。

このとき美濃を握っていたのは、斎藤一族である。名だたる梟雄《きょうゆう》道三はすでに死んでいたが、義龍・龍興は、信長の生涯のライバル中最も手強《てごわ》い存在の一つだった。信長といえば常勝将軍のようなイメージがあるが、斎藤氏との戦さではべた負けに負けたりしている。

げんに永禄九（一五六六）年八月には、暴風雨の中で惨敗し、敗走の途中、長良川で多くの溺死者を出すという、さんざんなていたらくだった。敵将斎藤龍興は信長を口をきわめて嘲笑し、その負けっぷりを、さっそく武田信玄に書き送っている。信長とすれば、無念やる方ない。美濃を手に入れるにはどうしても長良川の対岸に拠点が欲しい。そこで狙ったのが墨股なのだから、藤吉郎は美濃攻略の先鋒を承ったことになる。

このときの藤吉郎のやり方は、清洲城のときよりずっとスケールは大きくなっている。が、その方法は全くあのときと同じだといっていい。まずあらかじめ地元の地侍を抱きこんで味方につけておき、綿密に資材を見積って、これを一気に築城地点に運んで、またたくまに作りあげたのだ。

こうしてでき上った墨股城の守備は当然藤吉郎に委された。もちろん私領ではなくて、番城《ばんじろ》だったが、築城に功績のあった地侍を編成して、彼はともあれ、城のあるじにおさまった。このとき彼は信長から、

「美濃兵の首を取ったものには、百疋《ぴき》、士分のものの首は千疋」

という定めで、あらかじめ二千貫の褒美金を預かったという。

「ほれみろ、二千貫だ。俺の言うことは嘘ではなかったろう」

藤吉郎はおねねの前でまたもや胸を反らせた。

「そなたを手に入れたと同じ兵法で、俺はとうとう城を手に入れたぞ」

そのたびごとに、おねねは、

「そうそう、大軍師、大軍師」

転げまわって大笑いをするのであった。

とはいうものの――

おねねにしても、もう彼が昔の草履とりあがりの藤吉郎でないことは認めている。

それを感じるのは、彼が神妙に机に向ってものを書いているときだ。だいたいが大変な悪筆で、字を書くのは苦手だったのが、墨股築城の少し前あたりから、しかつめらしい顔をして、何やら書いていることが多くなったのだ。

彼が立ったあとで書き反古《ほご》を覗いてみると、何やら絵とも字ともつかないものが紙にのたくってある。

「これは何です？」

つまみあげると、藤吉郎は、得意げに鼻をうごめかした。

「花押《かおう》だ」

「かおう？」

「つまり、書き判のことだ」

「ああ、偉い方たちがお書きになる――」

「そう、そう」

と、猿どのはすまして仰せられた。

花押というのは、サインである。ほかの人にはまねのできないようなものを考案して、署名の下にハンコがわりに書いておく。これでまちがいなくその人の出した書類であるということが証明できるわけだ。

「へえ、それで、これがあなたの花押？」

「うまいもんだろう」

藤吉郎が眼をくるくるさせるごとに、額の皺が伸び縮みする。

「うまいかどうか知らないけれど、こんなのを書いておくと、何だか偉そうにみえますねえ」

今残っている彼の書類でいちばん古いのは、墨股進出の一年前の永禄八（一五六五）年のものらしい。彼の自筆ではなく写しではあるが、そこにはたしかに木下藤吉郎秀吉の署名と花押がある。

書類の中身は、美濃の坪内利定《つぼうちとしさだ》という武士に領地を与えるという信長の書状にそえて、

「仰せのとおり、某所は末代まで知行されるべく候」

と、書いたもので、これを添状《そえじょう》という。

これで美濃の国には、信長に味方する者がぼつぼつ出はじめていたことがわかるし、藤吉郎が、この方面の工作を受持っていたこともわかる貴重な文書《もんじょ》である。

墨股築城の成功は、こうした事前工作が実を結んだものだといえるだろう。してみると、しごくのどかにみえた手習いも、藤吉郎にとっては、城持ちになるための、大事な

予備工作だったわけである。

これが信長となると、さらにスケールは大きくなる。

藤吉郎が墨股に前進基地を確保したのと前後して、彼はめざす斎藤家の中での有力武将を抱きこみにかかった。

稲葉良通《よしみち》、氏家直元《うじいえなおもと》、安藤守就《もりなり》――これらは美濃三人衆と呼ばれた斎藤家譜代の家来だったが、信長はみごとに彼らを味方にひきいれた。

こうして、藤吉郎の墨股城を足がかりに、信長もまた、斎藤氏の稲葉山城（一名井ノ口城）に刻々迫っていたのである。

# 華やかな行列

眼に痛いほどの空の青さだった。

昨日まで降りみ降らずみ、ぐずついていたのが、切りとったような五月《さつき》晴れになった。

しぜん、ちまきを作る手にもはずみが出て来る——と思ったそのとき、

「あねちゃ、あねちゃてば」

表でけたたましいおややの声がした。

「なあに」

返事はしたが、おねねは、ちまき作りの手はやすめない。

「早く、早く表に出てみ」

が、うっかりその声につられてはならないのだ。もういい年頃になっているというのに、おややと来たら、ろくでもないことに大騒ぎをするのだから。

ここ小牧山の御城下に移ってから、おねねは、伯母の浅野長勝の家を出て、藤吉郎と

一家を構えていた。墨股築城の成功以来、ひとかどの旗頭となった藤吉郎の家の暮しは、めっきりスケールが大きくなって来ている。

もっとも、当の藤吉郎は、ほとんど墨股城に詰めきりなのだが、信長への連絡にやって来る小者は、毎日のように家を出たり入ったりするので、端午《たんご》の節句ともなれば、ちまきでも作ってもてなしてやらねばならない。

が、おややは、おねねの忙しさなどには、いっこうおかまいなしだ。伯父の家から毎日のようにやって来る。そして来るたびに、

「あねちゃ、あねちゃてば」

大事件が起ったようなけたたましさで、姉を呼ぶのである。が、よく話を聞いてみれば、いつも来る野良猫が、しばらく顔を見せないと思ったら、子猫を三匹連れて来たとか、裏の原っぱに、つくしが顔を出したとか、たいしたことはないのである。

おねねがなま返事をしているうちに、おややはもう厨《くりや》に顔を出した。

「あねちゃ、あねちゃてば。聞えないの」

「聞えてますよ」

おねねはちまき作りの手をやすめないで、おややをあしらった。

「なあに、おやや、今度は犬の子？」

「え？」

「この間の大事件は猫の子だったからさ。今度は犬の子かと思ったの」

「ま、ひどい」

言いながら、おややは、ちまきに眼をつけた。

「あら、おいしそう」

もう、ひとつつまみあげている。

「あ、だめだったら」

「いいじゃないの。いま手伝ってあげるからさ」

「おややのはあてにならない。この間の草餅のときだって、作るより食べるほうが多かったじゃないの」

文句を言っているうちに、もう、ちまきの半分は、おややの口におさまっていた。

「どうしたのよ、大事件のほうは」

きくと、

「あっ、そうそうっ」

眼を白黒させてちまきを呑みこみ、

「早く早くっ」

おややは、おねねの手首をひっつかんだ。

なるほど。

むりやり手をひっぱられて、外へ出てみて、大事件だと気がついた。犬の子、猫の子が生れたの死んだのという騒ぎではない。

はるかかなた、小牧山のお城から、ひとすじの行列が流れ出してくるではないか。具足に身を固めた先頭の騎馬武者を目にしたとたん、

――御出陣か……

いよいよ、美濃の斎藤氏との決戦がやって来たかと、墨股を守る夫を思って、胸がきゅっと痛くなった。

が、その行列をよくよく見ると、お弓衆や鉄砲隊などの、ものものしい姿が見えないし、どこやら侍たちの歩みものどかである。

「御出陣ではないの？」

おややの耳許で囁《ささや》くと、

「お輿《こし》入《い》れよ」

わかりきったことをきくというふうに、おややは行列から眼を離さずに、口の先だけ動かして答えた。

「へえ、どなたの」

「徳姫さまよ」

徳姫――主君信長の長女である。

おややはなかなかの地獄耳だ。大げさにいえば、小牧山城下のことで知らないものはない、といった情報通で、どこから嗅ぎつけるのか、いろいろな噂を運びこんで来てはおねねを驚かすのだが、徳姫の嫁入り話についても、彼女はかなりくわしかった。

「何年か前から三河の徳川（松平）家康さまの御嫡男の信康さまとお話が決っていたんですって。でも、まだ徳姫さまがお小さかったので延び延びになっていたんだけど、今度急にいらっしゃることになったのよ」

「まあ、急に？」

たしかに唐突すぎる感じである。今にも美濃衆との間に合戦が始まろうという時期に、わざわざ婚礼が行われるというのは……

——殿様もお物好きな……

そう思いかけて、ふっとおねねの胸をかすめたものがあった。

——いや、そういう折だからこそ、徳姫さまをお嫁にやるのではないだろうか。

今度の美濃攻めは、いわば織田家の命運を賭けた戦いだ。そのためには、三河の徳川と手を握り、背後の不安をとりのぞいておかねばならない。徳姫は、いわばその布石として、三河に送られるのだ。そう思って見ると、磨きたてられた蒔絵の唐櫃や長持が、華やかであればあるだけ、その中にこめられた信長の思いの切実さが、じんとこたえてくる。

――今度の戦いに殿様は賭けておいでなのだ！

そしてまた、

――お若い徳姫さまも、なんとけなげな。

心をゆさぶられずにはいられなかった。

が、ちょっとつけ加えると――このとき、彼女は嫁ぎゆく徳姫を、現代ふうに「政略結婚」の犠牲者だとして気の毒がったわけではない。この点現代人は、そのころの結婚について、少しばかり思いちがいをしているようである。

信康と徳姫のような結婚を、現代人は簡単に政略結婚だと片付けてしまう。そして、やたらにそのころの女性をあわれがる。が、そのころの大名家にははじめから恋愛結婚などはなかったのだから、恋愛でも何でも自由な現代に、むりやり政略結婚をさせられるのとはわけがちがう。政略結婚以外の形は考えられなかったといってもいい。

つまり、テレビというものの存在しなかった明治時代には、テレビがないことにいっこう不便を感じなかったようなもので、女たちもそれほどみじめな思いは持たなかった。なかでも、徳姫のように難局を背負って嫁いでゆくのは、ある意味では気働きや外交的手腕に期待をかけられていることでもあり、おねねが心をゆさぶられたのもじつにこの点だった。

――姫様は、殿様に似て、勝気で頭の切れる方だと伺っているが……

その嫁入りの行列は男子の出陣にも似て壮烈でさえある。

――私の嫁入りなんて、これにくらべれば、ひどくのんきなものだった。

それにしても、なんとかれんな外交官の旅立ちだろう。新しい女輿の中は覗けなかったが、美しく着かざって端座しているであろう徳姫を思いうかべたとき、われ知らず、目頭が熱くなって来ていた。

――あんまり美しすぎたりかれんすぎると、悲しくなってしまうものなのかしら……

自分の祝言のときには悲しくも何ともなかったのに、妙に悲しくなって来た。

多分それは私が女だからなんだ、とおねねは思ったものだが、あとになってみると、彼女のこの心のわななきは、徳姫の暗い未来を予感していたことになる。

というのは、後にこの徳姫の通報によって、彼女の夫、信康は、信長のために自刃させられるからだ。彼の生母の築山どのともども武田家と通じていたという疑いをかけられたためである。

このとき、まだ実力の点で信長に及びもつかなかった家康が、無念の涙をのんで信康を見殺しにしたこと、そしてそれを生涯の遺恨としたことは有名な話だ。

徳姫の外交官的要素があまりにもすぐれていたために夫をスパイしてしまったのか、それとも女としての憎しみが、父に夫を殺させたのか、それはわからない。が、ともあれ、徳姫の女の歴史がくりひろげられるのは、ずっと後のことだ。今はただ、美濃の戦雲が容易ならぬ気配をしめしていた異常な緊張の中で、これはまた異常ともいえるほどの華やかさで三河へむけて旅立っていった彼女の行列と、それを見送るおねねの瞳に注目すればいいのかもしれない。

いや、まだほかに一人、見落してはならない人物がいる。

おねねをひっぱり出した当のおややだ。

傍らのおねねのことも忘れて、半ば口を開き、まるで吸いこまれるように行列を眺めていた彼女は、いちばん最後の騎馬武者が通りすぎたとき、ほおっ、と大きい溜息をついた。

我にかえったように姉をふりむいたおややが、まず最初に洩らしたのは、

「あねちゃ、見た？　あのお長持」

羨望とも感嘆ともつかぬ呟きだった。

「ひいふのみ、むうななやあ……十はあったわねえ。どれだけお支度が入っていることか」

それから眼をくりくりさせて言った。

「このおややさまも、お話は決っていながら、御祝言のほうは延び延びになってるけど、そのわりに、お支度のほうはさっぱりだなあ」

おややの祝言の相手は浅野長勝の血筋にあたる弥兵衛である。お弓衆の中では腕がよ

く働きも抜群なので、長勝は妻の姪であるおややと一緒にさせ、つまり両方の親類を結婚させて、夫婦養子にしようとしているのだ。が、主君信長はこの数年、美濃攻略のために戦陣にあることが多く、したがってお弓衆頭の長勝も弥兵衛も、これに従って家をあけてばかりいるので、なかなか祝言の折がないのである。

もうすっかり花嫁気どりのおややには、これがちょっとばかり不満でならない。もっとも大柄で大人びているおねねにくらべて、小柄な彼女は、いつまで経ってもほんの少女にしか見えず、誰もおややの気持などには気がつかないのであったが。

こんなおややであってみれば、徳姫の祝言にはしぜん関心を持たざるを得ない。彼女が、このことについて、大変な情報通であったのも、そのためかもしれない。

「おやや、お姫さまのお長持とくらべようったって、無理な話よ」

おねねが言うと、おややは首をすくめた。

「そりゃそうだけれど」

「お長持の数は多いけれど、そのかわり徳姫さまはこれから先なかなか大変よ。私、お行列を見てたら涙が出て来ちゃった」

「へえ、涙がねえ」

「だって――」

織田家の美濃攻略の布石として、徳川家と手を握るために徳姫が嫁ぐのだと説明する

と、

「はあん」

わかったようなわからないような顔をして、

「あねちゃも、お城持ちの御内室になると、眼のつけどころがちがうわねえ。大軍師、大軍師」

いつも藤吉郎をからかうときの口まねをされて、おねねは慌てた。

「あらっ、あんたって子は。聞いてたの？」

「へへへ」

全く油断のならない地獄耳である。

さて、信長は徳姫を三河に送りこんで、背後の不安を解消すると、全力をあげて美濃の斎藤氏の本拠、稲葉山城を攻撃し、ついに城主斎藤龍興を追い出してしまった。ときに永禄十（一五六七）年八月のことである。

しかも稲葉山城をわがものとすると、信長はさっそくここに本拠を移し、名前も岐阜城と改めた。この勝利を有頂天になって喜んだのはおややである。なぜなら待望の祝言が、いよいよ行われることになったからだ。織田の家中でいちばん信長と徳姫に感謝していたのは彼女だったかもしれない。

質素な祝言だった。

もちろん蒔絵の長持も唐櫃もなかったが、おややは徳姫をうらやましがっていたことなどはとっくに忘れて、ただただ頬を染め、自分の幸福をかみしめている、という風情であった。

婿どのの弥兵衛はといえば、これもすっかり硬くなっている。律儀で勇敢なこの男は、後に弾正少弼《だんじょうのしょうひつ》長吉となる。もっとも世間には晩年に改名した長政という名前のほうが知られているが、ともあれ彼は生涯、秀吉とおねねのよき相談相手となるはずである。もちろん現在の彼は、そんな未来には気づいていない。ひたすらからだを縮めて、式の終るのを待っている様子だ。

――このぶんじゃ、終ったとき立ちあがれないにきまっているわ。ちょうどあのときの私のように……

おねねは心の中で首をすくめている。

今度の美濃進出によって、織田家は、たしかに、ひとつの区切りをつけた感じだった。そのことは、おややたちばかりでなく、家中のあちこちに生活の変化を起させている。たとえば、おねねとは五つちがいの兄の家定。これも伯父の長勝や義弟の藤吉郎が、何くれとなくめんどうを見てくれたおかげで、どうやら一本立ちになったので、母の兄の杉原家次の娘と結婚した。

おねねと藤吉郎の縁談に一役買った前田又左衛門利家はすでに結婚して男の子をもう

けていたが、新しい岐阜のお城下では、おねねたちと隣りあわせに住むことになった。

一方、信長は岐阜城に入って以来、大々的な城作りを始めている。日本史上でも彼ぐらいはでな城作りの好きな武将も珍しいが、この岐阜城の城作りは、まさにその工事癖の手はじめだったといってよい。

この数年前に日本に来ていたイエズス会の宣教師、ルイス・フロイスがこの城を見に来たのは永禄十二（一五六九）年のことだが、

「ポルトガルからインド、日本に来る途中にみた宮殿の中で、これほど精巧、美麗なものはなかった」

と書きしるし、

「信長は、地上の天国を自分のために造ろうとして、巨額の金銭をこの城にそそぎこんだ」

と言っている。石灰で固めたりしない石垣の積み方も、異国人の眼にはもの珍しかったらしい。

フロイスの報告によれば、一階の大広間の上が金襴《きんらん》をはりめぐらした奥方の部屋、三階が茶室、四階が展望台になっていたという。

この「地上の天国」がまだ完成されていないうちに、岐阜城下を、またもや華やかな行列が通りすぎてゆくのを、おねねは見ている。

ちょうど小牧山からの徳姫の嫁入り行列を思わせるそれは、以前より供廻りも道具類も、一段と数がふえてものものしかった。

「おやや、おやや、ちょっと出てごらん」

今度は彼女がおややを呼び出す番だった。

「おやや、おやや」

おねねに呼びたてられたとき、どうしたわけか、おややは、ぼんやりしていた。

「何なのいったい」

日頃の地獄耳が、間のぬけた返事をした。

「あら、あんた、何も知らないの」

「なに大騒ぎしてるの、あねちゃ」

——おやおや、これでは、いつもとすっかりさかさまだ。

と、おねねはおかしくなった。

「まあ、ちょっと外へ出てごらん」

「どうしたっていうの」

「お行列よ。それもお輿入れらしいの」

「お輿入れですって、誰の？」

やっと、おややの持ち前の好奇心がうずきだしたらしい。

「おややが知らないことを私が知るもんですか」

「でも、変ねえ」

おややは首をかしげている。

「殿様には、もうお嫁に行けそうなお姫様はいらっしゃらないはずなのに」

ともかく——と二人が外へ出たとき、もう行列は、ついそこまでさしかかっていた。

「おやや、こっち、こっち。こっちのほうがよく見える」

人垣の中から、かいま見たその行列こそ、じつは、戦国女性史を飾る歴史的な輿入れの行列だった。

幾つか連ねられた女輿の中央に乗って行ったそのひとこそ、織田信長の妹として美貌のほまれ高かったお市の方。嫁ぎゆく相手は近江《おうみ》の名族、浅井長政だったのである。

人波に揉まれているうちに、おねね姉妹は輿の中の人の名前も、嫁ぎ先もすぐ知った。

「それもね、殿様はもっと早くお市さまを輿入れさせたかったんだそうだが、浅井がなかなかうんと言わなかったんだそうだよ」

行きずりの人の中には、こんなことを言う男もいる。

「それが今度は急に、向うからぜひにって言って来たんだそうな」

「へえ、お市さまが、お美しいってことがわかったのかね」

側の女がきくと、その男は首を振った。

「うんにゃ、殿様が斎藤一族をやっつけて美濃を手に入れなさったんで、急にへいこらしはじめたのよ」

信長としても、今後の発展のためには、どうしても浅井と手を握りたいところだ。

――してみると、お市さまのお役目もらくではないわけ……

おねねはまぶしげにその行列を見送った。

が、このとき、まだ彼女は気づいていない。この行列が、お市の方が悲劇の人生を歩みはじめる第一歩であったとともに、おねねの人生にも深い翳《かげ》を落す宿命の行列でもあったことを……

もしもこのとき、お市の方が浅井に嫁がなかったら……

おねねの人生はかなりちがったものになったはずである。

なぜなら――

お市の方は浅井に嫁いでまもなく、みごもって女児を産む。そして、その女の子こそ、二十年後に、おねねの最大のライバルとなるお茶々――後の淀どのなのだから……

とも知らずに、おねねは、ひたすら、嫁いで行くお市の幸福を祈っている。いま目の前を過ぎて行く長持や唐櫃が、徳姫のときよりさらに豪華になっているのは、美濃進出によって一段と飛躍した信長の実力の表われであろう。が、それだけ、浅井に送りこまれるこの美しい外交官の肩の荷は重いことになる。

──お元気で、お市さま……

もう一度のびあがろうとしたとき、おねねの肩にぐいっと重みがかかった。

あっ！

危うく踏みとどまってふりむくと、真っ青な顔をしておややがもたれかかって来た。

「どうしたの、おややっ」

「あねちゃ……」

そのまま、ずるずるっとへたりこみそうになるのを、あわてて抱きかかえた。

「どうした、どうしたっ」

まわりの人垣が揺れた。

「しっかりするのよっ」

おややを支えるおねねの耳に、

「人に酔ったのかな」

誰かがそう言う声がした。

「どうしたの。さ、早く帰りましょう。歩ける？」

「……」

「歩けなけりゃ、背負ってあげる」

「だって……」

「そんなこと言っているときじゃありません」

むりやり背負って歩きだした。小柄で瘠せっぽちのおややだが、背負うとかなり重い。よたよたしながら浅野の家に戻り、長屋の門をくぐるなり、

「く、く、くるしいっ」

こらえにこらえていたらしいおややは、胸を押え、這うようにして、裏へ回ると、草むらに突っ伏して、げえげえ吐いた。

——食あたりだったのか……

そこへ伯母も出て来た。大急ぎで床をのべ、おややを寝かせ、落着いたのを見届けておねねは家に戻った。できればついていてやりたかったのだが、夫の藤吉郎が城詰めで家に帰らないので、小者のめんどうも見なければならなかったからである。

翌朝、家の片付けをすませると、おねねは浅野の家に飛んでいった。

おややはまだ寝ていて、顔色もよくなかったが、眼だけむしろいきいきとしている。

「どう？　気分は」

言いかけたとき、おねねは、おややの口から、思いがけない言葉を聞いた。

「あねちゃ、私、子供が生れるらしいの」

——おややに子供が……

なんという驚きだろう。小柄で瘠せっぽちで、子供子供した妹が、この私をさしおい

て、先に母親になるなんて……

おややの口から打ちあけられても、まだおねねには信じられなかった。

姉にそうした衝撃を与えたとも知らず、おややは、うっとりとした眼付で言う。

「何だかこのところ気分がよくないと思っていたけど、それだったのね」

そういえば、お市さまの嫁入り行列を見ていたとき、珍しく元気がなかった、とおねねは思った。ふだんなら地獄耳で、真先に彼女を誘いに来るおややが、自分が知らせるまで、何も知らなかったというのも、からだのせいだったのだろうとはじめて合点がいった。

「よかったわねえ、ほんとうにからだを大切にね」

「ありがとう」

そんなやりとりをしながら、しかし、おねねの心の衝撃はまだおさまってはいない。

——おややが母親になる。なのに私は……

結婚してもう六年経ってしまったのだと、改めてその歳月をかえりみる思いであった。

その日城から下って来た夫の藤吉郎の顔を見たとき、おねねがまず口にしたのは、おややのことだった。

「あなた——」

「何だ」

その顔があまり真剣だったのだろう。藤吉郎は驚いて肩衣をぬぎかけた手をとめた。

「あの、おややが――」

「おややがどうかしたか」

「みごもったらしいのです」

びっくりすると思いきや、藤吉郎は、

「なあんだ」

拍子のぬけた顔をした。

「そんなことか。俺はもっと大事件かと思ったよ」

「だって……」

「なにがだってだ。弥兵衛という婿がいれば、子供のできるのはあたりまえだ。これが婿もいないのに腹がふくれて来たとあっては大事件だがね」

「まあ、いやな人」

「そうじゃないか。男と女が一緒にいるんだ。何のふしぎがあるものか」

「それはそうですけれど、まだほんの子供のようなからだでしたのに」

「見かけとからだの中身はちがう。うん、そなたなぞ――」

言いかけて、藤吉郎はにやりとした。

「乳房の張りぐあい、くびれた細腰、むっちりした尻つき、りっぱな大人かと思うたら、あのころは、やたらくすぐったがる、からきしのねんねえであったものな」

「いやな方」

おねねは軽く藤吉郎を睨むまねをした。

「で、今でも私、子供でしょうか」

冗談めかしてはいるが、かなり真剣な問いでもある。それに気がついたのかどうか、

「子供かって？」

藤吉郎は意味ありげな笑いをうかべた。

「――たしかに」

藤吉郎は、まだ笑いをやめない。

「あのころのそなたは子供だった。が、今は、まさに花盛り、一段と美しゅうなった。

ほれ、このむっちり餅肌の手」

言いながら、おねねの手をとった。

「指が長うてしなやかで、ふっくりしていて、もうこう食べてしまいたいような」

「あっ」

手をひっこめようとしたが遅かった。藤吉郎は両の手でおねねの手を包みこむようにして、もう唇を押しあてている。

「いけません。人が見ます」

「いいではないか。夫婦の仲だ、誰が見ようと文句をつけられる筋合ではない」

「だって……」

「おお、その眼、ちょっと睨んだその眼にも、何とも色気がこぼれて来た。男をわくわくさせるような色気が――」

「あら、いや」

「口をとがらせると、またかわいい。放ってはおけぬ。吸いつきたくなる」

「あ、およしなされ」

「ついでに鼻も……」

「……」

「このちんまりした鼻がとくべつじゃ。いちばん俺がかわいいのはこの鼻よ」

「まあ」

「第一鼻なら変りがない」

「え？」

「年とれば眼はくしゃくしゃ、歯はぬける。そこへゆくと鼻の形は末代ものだ。これを褒めておけば、まず無難だからな」

「なあんだ、お世辞だったんですか」

――まったく、このひとの言うことには油断ができない、と苦笑したが、藤吉郎は大

まじめで、

「まず、七分三分というところだ」

「え？」

「七分が本心、三分はほんのお世辞」

「まあ」

「いや、まったく、そなたのような美しい女房を持つものはそうはおらんて。殿様もそう仰せられた」

「まあ、殿様が？」

この間のことだが、岐阜城作りの最中に、家中の女房たちが、お手伝いの名目でお城に上り、非公式に信長に挨拶したことがある。そのとき、信長は、おねねに眼をとめて、

――藤吉郎に過ぎたるやつじゃ。

と言ったのだという。

「お殿様が、ほんとうに？」

どぎまぎするおねねに、

「おおかた、その色っぽい眼で殿様を見上げたんだろう」

「まさか……」

「ひとかわ瞼《まぶた》のその眼の色気……やや、毒気にあてられたかして、俺も何やら妙な気持

になって来たぞ」

「およしなさい、およしなさいったら。このひる日なかに……」

おねねはあわてて着物の裾を押えた。そのせいか、藤吉郎はその夜、ひどく濃密な求め方をした。

床の脇の灯を吹き消す。

一瞬、別世界に陥《お》ちこんだ感じがする。

そしてその世界では、二人の指も唇も、今までの形を失って、全く異質なものに変化するかのようである。

光を失ったことによって、かえって、いきいきとおねねの肌の感覚は息づいて来る。そうだ、からだの内側まで、触覚だけの女になってしまうといってもいい。そして闇に眼が馴れて来たとき、彼女は、自分が完全に別の生きものになっていることに気がつく。

だからおねねは灯を消したがるのだ。

なまじな灯の中にいるときよりも、闇の中にあるほうが、むしろはげしい灯のきらめきに自分がとりかこまれているような気がする。

やがて、その灯がゆるやかにゆらめきはじめ、光の輪が縮まって来るのだが、その夜の灯はいつもよりはげしくきらめき、苦しいまでにおねねをしめつけた。

——もう逃れられない、ああ……

身もだえし、声にならない声をあげてから、からだじゅうでうめいた。

恍惚のあと、もう一度、おねねは深い闇にずるずると陥ちこんだ。

放恣《ほうし》な眠りからさめたとき、おねねは一糸まとわない自分に気がついた。

慌てて、夜のものをかずいたとき、寝ていたと思った藤吉郎の手が、やさしく乳房にふれて来た。

——そなたが子供かどうか、そなたのからだがいちばんよく知っているはずだ。

その手はそう言っているかのようだった。

おねねがこうした恍惚を味わうのは、これがはじめてではない。

いちばんはじめにそれを知ったとき、

——子供がさずかるのかしら?

神の啓示でもうけたようにそう思ったが、思いすごしだった。どうも女のからだというものは、そう単純にはできていないらしい。

が、藤吉郎は、それほど、子供のいないことを気にかけていない。

「そなたの伯父御夫婦だって、子なしじゃないか。それでもあんないい養子夫婦ができるんだから」

浅野長勝夫婦のことを言われてみると、おねねもそんなものかと思わぬでもない。

これにくらべると隣家の前田又左は子福者だ。

「私なんか、なんにもわからないうちに母親になっちゃって」

妻のおまつはあけすけにそう言いながら、どんどん子供を産みつづけた。そのたびに、

「おお、よしよし、かわいい子」

めんどうを見てやるのはおねねだった。

が、おねねよ。うっかりしてはいけない。

なぜなら、この少しあとにおまつとは別の腹に生れる前田家の三女おまあは、やがて長じて秀吉の側室となるはずなのだから……

淀どの、そしておまあ。もう一つの華やかな、そしておそるべき行列は出発しかけている。が、おねねはそれに気づいていない。

## こんふぇいとす

おややの夫となった弥兵衛は、浅野一家の中では無口な男ということになっている。

「まるで海から拾いあげられたはまぐりのように――」

と、おややは言う。

「口あけたら損、って顔してるんだから」

今度、おややが、みごもってからというもの、おねねも弥兵衛の無口ぶりは、いやというほど経験した。

年が若すぎたせいか、みごもったあとの、おややのからだのぐあいは、どうもよくない。つわりがひどすぎるのだ。

ガリガリに瘠せてしまって、いっこうに食欲はない。胃の中にもう何もなくなってからも、まるで臓腑まで吐き出しそうに苦しみもだえるのである。

そんな様子を見聞きするたび、おねねは、

──できれば、一日じゅうついていてやりたい。

と思うのだが、夫の藤吉郎が、信長の側近の奉行人のひとりとして重く用いられるようになってからというもの、家来もふえ、人の出入りも多くなって、なかなか思うにまかせない。

しかたなしに、こっちから使をやったり、向うから下女が様子を知らせに来たりするのだが、どうも他人の話には親身《しんみ》がたりない。

こんなとき、弥兵衛がひょっこり顔でも見せようものなら、おねねは、とびつくようにして、おややの様子をたずねてしまう。

「どうしました、おややは？」

が、弥兵衛は落着いたものだ。

「は……」

とかなんとか、口の中でもぐもぐ言って、四角ばって挨拶する。というのも、このごろ弥兵衛は、藤吉郎の配下に加えられているからで、前とちがって少し改まった口をきくのである。

それが、おねねはちょっとばかりもどかしい。

「吐き気はとまりましたか？」

「何か食べたいものは？　あの子は鮎のすしが好きだったけど、食べるかしら」

「で、少しは起きられて？」

これに対して、弥兵衛は玄関に突っ立ったまま、

「はあ」

とか、

「いえ」

とかをくりかえすばかりなのだ。

矢継早な質問をやめて、おねねは、まじまじとその顔を見た。

「弥兵衛どの」

「は？」

「あなたはほんとうに無口な方ね」

「は？」

「私がきくと、はいといいえしか言わないじゃありませんか」

「は？」

一呼吸あってから、むしろ弥兵衛はふしぎそうな顔をした。

「この私が、無口だとおっしゃるんですか」

——あたりまえじゃないの。

とおねねは思った。

「もちろん」

弥兵衛はしずしずと言う。

「私も口数の多い男とは思っておりません。しかし、無口というほどでも――」

「まあ、呆れた」

思わず、おねねは声をあげた。

「だって、弥兵衛どのは、ここへ来てから、はいと、いやと、この二言《ふたこと》しか言わないじゃありませんか」

が、弥兵衛は落着きはらっている。

「いや、それは、つまり、私が申しあげようとしたことを、おねねさまが、全部おっしゃったからです」

「え？」

「それで、私は、はいとかいやとか、御返事申しあげるほかないという次第でして」

「まあ……」

「いや、たいしたことではありませぬ」

弥兵衛は平然として答えた。

「多少口の回転が早いか遅いかということで」

「じゃ、よっぽど、私はお喋りというわけ？」

「それほどでもありませぬ」

「………」

「おややにくらべれば、ずっと物静かでおいでです」

「まあ……」

「おややと来たら、日がな一日、喋りくらしておりますからな」

それから目鼻立ちのゆったりした顔をおもむろにほころばせた。

「女三人よれば、かしましいとか申しますが、おややなら、まあ、三人力、いやそれにおつりも参りましょう」

かなり辛辣なことを言っているわりには、意地悪そうに聞えないのは、その笑顔のおおらかさのせいであろう。

こうして、話をしてみると、弥兵衛はなかなかおもしろいことを言う男だとわかった。

「おっしゃるとおりでした」

おねねが、そう言ったのはそれから数日後のことである。

「弥兵衛どのは決して無口なお方ではないようですね」

「いや、それほどでも……」

今度も弥兵衛はしずしずと言った。

まじめくさっているくせに、どこかひょうげたところがある。それでいて、なかなか、的確な表現をする。存外に頼もしい男性だ、とおねねはこの妹婿を見直した。おややがからだのぐあいが悪くなって、地獄耳の機能を失って以来、家事にかまけているおねねは、世の中の噂にうとくなっていたが、そんなことも、こちらからきけば、案外なほど弥兵衛はよく知っていた。

——藤吉郎どのの忙しいときは、この弥兵衛どのにきくにかぎるわ。

しだいにそんなふうに思うようになった。

それからしばらくして、おねねが、岐阜城下で、ある異様な一行を見かけたとき、弥兵衛にそのことをまずきいてみようと思ったのは、そのせいである。

異様な？

まさにそのとおり、それは異様というよりほかはない一行だった。

おねねが、城のほうへ向って行くその行列に会ったのは、岐阜の城下を小一里ほど出はずれた街道筋のことである。

その日の昼下り、産み月の近づいたおややの安産を願って、用足しのついでに足をのばして、そのあたりにある地蔵堂に、安産のお札をもらいに行っての帰りのことだった。

街道を、ひとすじ、初秋の陽《ひ》をうけて、黒い短い影をひいて行く一行の中に、おねねは、見覚えのある顔を見出した。

——村井貞勝さまだわ。

夫の藤吉郎より先輩にあたる信長側近の奉行人で、行政能力ならまず第一といってよい人物だ。

——そのお方が、先駆していらっしゃるとなると、殿様の御行列か。

と思ったが、それにしては妙に活気がなさすぎた。信長の行列は、どこへ行くのも、早駆けで、あっというまに、風のように通りすぎてしまう。いや、早さだけでなく、すさまじい熱気のようなものをあたりにまき散らしてゆく。

が、この行列には、それがない。いやにしずしずと馬を歩ませて来るのだ。

はたせるかな、中心にいるのは信長ではなかった。若い、どこか、落着きのない表情の男が、馬にへばりつくようにしている。

——どうやら馬にも馴れぬお人のような。そういえば、お武家かしらん、お公家《くげ》かしらん。

むしろ頭を丸めて法衣でも着たほうが似合いそうな、抹香《まっこう》くさい感じである。

それを守るようにとりまく側近たち。これは、年も中年に近いし、それぞれ、一癖ありげな面構えだが、着ている直垂《ひたたれ》がいかにもみすぼらしい。

だいたい織田の家中は、主人の信長のはでごのみの影響をうけて、着るものが、かなり奇抜できらびやかだ。そういう中にまじって、貧弱な直垂姿は、ひどく貧相に見える。彼らもそれを意識してか、その貧弱な身なりを補うように、ことさらもったいぶって馬

ねは首をかしげた。

村井さまが案内に立たれるからには、なかなかのお客さまなんだろうけれど、とおねは首をかしげた。

そのまま城下に行くのかとみえたその行列は、おねねの予想を裏切って、その街道からほど近い寺へ静かに入っていった。

その日、折よく弥兵衛が姿を見せた。

「藤吉郎さまは、お城からのお戻りが遅れます」

例によって手短かに用件だけ言って帰ろうとする彼をおねねはひきとめた。

「今日、私は変なお行列を見たんですよ」

何も話さないうちに、珍しく弥兵衛はうなずいた。

「ははあ、御覧になりましたか」

「おや、弥兵衛どのもご存じか」

おねねは眼を丸くした。

「いや、行列を見たわけではありませんが」

弥兵衛は首を振りながらつけ加えた。

「藤吉郎さまのお帰りが遅れるのも、そのお客人を迎えるお支度のためでして」

「まあ、それじゃ、なかなか大事なお客さまなんですね」

「ま、そういえるでしょうな。明日は殿様が、その寺まで御対面にお出ましになられます」

「へえ、殿様のほうからお出向きになる？」

こんなことは、これまでにないことだった。

「でもねえ、弥兵衛どの」

おねねはいぶかしげに言った。

「そのお客さま、何だか、あまりぱっとしない人でしたよ」

弥兵衛はにやりとしたまま無言である。

「それでも、お偉い方なんですか」

「はあ、まあ、そういえるでしょうな」

「よほどのお大名？」

「……」

「たとえば、浅井長政さまのような……」

信長の妹、お市の方が嫁いだ近江の名門の名をあげてみたが、弥兵衛は首を振った。

「いや、浅井どころではござらぬ」

「へえ、じゃ越前の朝倉？」

「いやいや」

「甲斐《かい》の武田？」

「いや、そんなものは足許にも及ばぬ」

「では越後の上杉」

「いやいや」

それ以上有名な大名の名をおねねは知らなかった。

「それ以上の大きな領地を持つお大名がいるとは知りませんでした」

正直にかぶとをぬぐと、弥兵衛はもう一度にやにやした。

「なんの、あのお方、領地など髪の毛ひとすじほども持っておりませんのじゃ」

「なあんだ」

おねねは拍子ぬけした。

「だって、弥兵衛どの、いま、あなたよほどのお大名だと……」

「そうは申しませぬ。おっしゃったのは、おねねさまで、私はまだ返事は申しあげておりません。偉い方だとは申しましたがね」

これだから弥兵衛と話すのはかなわない、とおねねは思った。こちらの慌てものぶりが、またたくまに暴露してしまう。

と、そのとき、弥兵衛は全く別のことを言い出した。

「おねねさまは将棋をご存じか？」

「いや」

「将棋には『歩』という駒がござる。いわば雑兵でござるが、敵陣に入ると、とたんに金将に変ってめっぽう強い働きもします」

「へえ」

「いわば今日の客人はそのようなお方。まだ『歩』ほどの力もないゆえ、あのとおりしおたれてござるが、殿さまはこれで案外御運のよい駒を握られたのかもしれませぬて」

浅井、朝倉のような大名より偉くて、そのくせ領土のひとかけらも持たない人。今は「歩」ほどの働きもないが、うまく使えば、たいへんな威力を発揮する人。

まるで謎々問答ではないか。

平凡な武士の妻にすぎないそのころのおねねに、その謎解きをさせるのは無理というものであろう。

では、彼女にかわって、それを解くと——

その馬上の青年——いっこうに冴えないこの男こそ、後に足利幕府最後の将軍となる義昭そのひとなのであった。

この数年前、彼の兄、十三代将軍義輝は、臣下の松永久秀のために殺されている。そのころ奈良の一乗院の僧侶となっていた彼も、そのあおりをうけて幽閉されたが側近の細川藤孝らに救い出された。おねねが彼をひと目見て、抹香臭い、と思ったのは、はからずもその前身を嗅ぎあてたことになる。

以来彼は足利将軍家再興の夢にとりつかれた。還俗《げんぞく》して名前も義秋（後に義昭）と変え、上杉、武田などの有力な大名に、せっせと手紙を書いて援助を頼んだが、彼らも自分のほうの領地争いで手がぬけない。

——それでは。

と、越前の朝倉家に乗り込んで行き、一緒に都へ行こうと催促したが、これものらりくらりとして、いっこうに、みこしをあげない。

一方都では残った有力な幕臣の三好一族などが、足利の血をひく義栄《よしひで》を迎えて将軍にしてしまっている。

——これでは俺の出る幕がなくなる。

義昭はついに朝倉に見切りをつけ、織田信長を頼ることにしたのだ。

もっとも彼は、ぬかりなく数年前から信長にも手紙をやってはいるが、腹の中では、

——あんな成上りの出来星《できぼし》大名など。

と思っていた。が、こうなっては、信長にでも頼むよりほかはなくなったのである。

朝倉とちがって、信長は、引受けた、となると、やることがすばやかった。さっそく村井貞勝らを迎えに出し、義昭や家臣の細川藤孝、和田惟政《これまさ》らを迎えいれ、岐阜郊外の

立政寺《りゅうしょうじ》に入れ、翌日はみずから挨拶にやって来た。

「よくこそ、ご動座遊ばされました」

まだ自称将軍にすぎぬ青年に、信長は「将軍拝謁」の礼を尽くした。『信長公記《しんちょうこうき》』には、
信長尫弱《ワウジャク》ノ士タリトイヘドモ、天下ノ忠功ヲ致サン。

と言って義昭を迎えたとある。信長にしては珍しいへりくだり方である。

もっともこれには彼の計算もあった。ともかくも将軍をかついで都入りをするとなれば、大義名分は十分だ。そのためにも、この自称将軍を、ことさらうやうやしく遇する必要があったのだ。

見参の席には、銭千貫文、太刀、鎧などの献上品が山と積まれた。もらいつけない豪勢な贈物を見せつけられて、この自称将軍は落着かないらしく、話のあいまにも、きょろきょろと眼を動かして、そのほうばかり見ている。信長はわざとそれに気づかぬふりをして言った。

「さらば、ただちに出陣の支度をつかまつりましょう」

信長という人は気が早いので有名だが、このときの彼の言葉は、自称将軍義昭をとびあがるほど驚かせた。

都へ出陣、ということになれば、美濃、尾張のすべてを挙げての大戦さとなろう。

――まず、早くて半年後《のち》。

とあたりをつけていたのに、なんと信長は、

「おそくとも二月《ふた》以内に――」

事もなげにそう言ってのけたのである。

「二月――」

きょろきょろしていた義昭の眼が、このときばかりはぴたりととまった。千貫の銭も、眼に入らなかった。

なんというすばやさであろう。越前の朝倉には、一年近くいたけれども、

「そのうち、いずれ」

と言うだけで、時期さえ明確にしなかった。

それをこの男は――と息を呑む義昭を、信長はさらにびっくりさせた。

「出陣と決りましたら、その前に致さねばならぬことがございます」

都への道筋にあたる近江《おうみ》の名門、六角承禎《じょうてい》にわたりをつけ、道の安全を保障してもらわねばならぬ、それについても同じ近江の大名、浅井長政は自分の姻戚でもあるので、彼を介して話を進めようと思う。

「それについては、私がじかに長政に会って話を進めます」

「そなたが、じかに?」

義昭は眼を丸くした。

「は、近々近江まで行くつもりでおります。もうその旨の使は出しておきました」

――なんと手回しのよい。

義昭は手品でも見るような思いであった。

信長の言ったことは、しかし、空虚な大言壮語ではなかった。義昭が岐阜へ着いたのが永禄十一（一五六八）年七月二十五日なのに、翌八月六日にはもう近江の佐和山城に出かけていって、浅井長政に会っている。

この信長のすばやさに驚かされたのは、義昭ばかりではない。

「おねね、旅立ちじゃあ」

信長が義昭に対面したその日、家に帰って来た藤吉郎の大声に、おねねも、

「えっ、どこへ」

びっくりさせられた一人である。藤吉郎もこのとき、信長に従って近江へ行くことになったのだ。

新しい下着、帷子《かたびら》、足袋……

かねて用意はしてあるが、出発となれば、また何かと気ぜわしい。

「もうちょっと早く言ってくだされば……」

「ばあか」

藤吉郎は言いながらおねねのちんまりした鼻をちょいとつまむ。

「殿様が今しがた言い出されたことだ。せっかち殿様をあるじに持てば仕方がないじゃあないか」

出発の朝、浅野弥兵衛が、いつになく、うっそりした顔でやって来た。

「おねねさま、赤児《やや》はだめでござりました」

おややはゆうべおそく急に産気づいたが、大変な難産で、子供はとうとう助からなかったという。

八月五日岐阜を発った信長は、六日、妹婿浅井長政に会い、翌日、長政の仲介によって、観音寺城にいる六角承禎に義昭の使者を送った。

「近々上洛する。ついては道筋にあたる其方《そのほう》たち、すみやかに味方に参るように。上洛の本意を遂げたあかつきには、京都所司代を仰せつけるであろう」

が、承禎は鼻先でせせら笑った。

――坊主あがりの義昭めに何ができる。

流れ藻《も》のような義昭が将軍になれるとは思ってもいないようだった。しかも六角家は佐々木源氏の流れを汲む名門だという意識が強いから、京都の所司代にしてやるくらいでは、いっこうにありがたくないのである。

信長はこのとき、義昭の使にそえて、自分の使も六角にやっている。彼らはこもごも説得を続けたが、いっこうに埒があかなかった。

おかげで信長は近江に七日も滞在してしまった。彼としては、一世一代の、といっていいくらいの粘り方だ。それでも説得はなかなか成功しなかった。

そのうち、都から、将軍義栄をかつぐ三好三人衆が観音寺城にやって来て、六角の抱きこみにかかっているという情報が入った。

——もう見こみがない。よしそれなら踏みつぶして通るまで。

決断すると、さっさと岐阜に引揚げ、今度は大軍を率いて出陣した。

このときの信長の進撃ぶりは、じつにあざやかだった。またたくまに六角の居城、箕作《みつくり》、観音寺の二城を攻め陥《おと》し、湖水を渡って三井寺に着き、九月の二十六日には、もう義昭とともに都入りしている。

さらに信長は足をのばして、山城、摂津の三好勢を蹴ちらし、十月半ばには、都を完全に制圧してしまった。

しかもおあつらえむきに、将軍義栄が病死したので、義昭は、するすると将軍の位を手に入れることができた。

——何年来の宿願が、かくもたやすく達せられるとは。

思わず頬をつねってみたくなるくらいだったにちがいない。しかも、これだけのことをしてくれたにもかかわらず、信長はいたって無欲だ——と義昭には思われた。

「副将軍でも何でも位は望みのまま。また領地も、近江、山城、摂津、河内、いずれなりと」

と言ったのに固辞して受けず、わずかに亡き父と同じ官職をといって従五位下、弾《だん》正忠《じょうのちゅう》になっただけである。それももちろん、このころは肩書だけのものになっていた。もともと弾正台は、風俗の取締りや官吏の服務規定違反などを糾弾する役所で、忠はその三等官（課長クラス）だからたいしたことはない。

が、しかし、それだけを見て、信長を無欲な男だと思うのは、認識不足だ。

――欲も欲、わが主君ながら大変な大欲でおわすわい。

義昭とちがって、藤吉郎などは舌を巻いている。

信長の大欲ぶりはこうだ。まず彼は入京すると、あちこちの寺や社に禁制《きんぜい》を下した。これは軍隊の立入りや樹木の伐採を禁じる告示である。これをもらえば、寺や社は兵乱や暴力からまぬがれることができるから争って交付を願い出た。

そのかわり、制札をもらえば礼銭を献上する。だから信長の手許には、毎日ざっくざっくと金が集まった。

このほか信長は、矢銭、家銭などの名目で税金をかけた。裕福な堺商人には二万貫出せと言ってやっている（もっとも最初のころは、堺商人が強気だったので、取りたては成功しなかったけれども）。

役に立たない官位よりも、まず銭だ――という現実主義者の信長を、官位亡者の義昭は気がつかない。

ともあれ、都の治安が一応回復すると、信長は岐阜へ帰っていった。このとき義昭は、信長を、

「御父織田弾正忠殿」

とまで呼んで感謝の手紙を送っている。一方、思いがけない早い帰陣に喜んだのは、岐阜の家族たちである。

「今年のお正月は一緒に過せないかと思っていましたのに——」

おねねも藤吉郎を迎えて、近づく新春《はる》の支度に、精が出て来た。

が、のんびりした正月気分は、松の内までもたなかった。信長の帰ったのを見すました三好の残党が、正月四日、ふいに御所を囲んだのだ。

知らせは六日に岐阜についた。折りふし降り出した雪の中、ただちに出陣の触れが回った。

「まあ、この雪の中をご苦労な」

おねねは眉をひそめ、

「おおかたそんなことになろうかと思ったよ」

藤吉郎はそんな呟きを洩らした。

「とにかく、殿さまがいなくなれば、将軍家は、木から落ちた猿みたいなもんだからな」

言いながら手早く具足をつけた。聞けば信長は単騎、すでに都をめざして走りはじめているという。

「こりゃいかん、急げや急げ」

慌ててとびだした。

「御無事で」

吹雪が、門に立ったおねねの視界から藤吉郎の姿をたちまち蔽いかくした。

ひどく慌しい出陣だった。が、あとになってみればこの日、藤吉郎は、もう一つの「門出」をしたことになる。

以来彼はしばらく岐阜へは戻らない。都で新しい仕事が彼を待っていたからだ。

そのことをおねねが知ったのは、浅野弥兵衛の口からである。

数か月後、出陣した軍隊とともに帰って来た彼は、例のぼそりとした表情で言った。

「藤吉郎どののお帰りは、ずっと先になりそうです」

弥兵衛の話はいつも簡単すぎる。

「まあ、どうして？　どうして藤吉郎どのはお帰りにならないんです？」

おねねがしつこく聞いてからやっと、

「都の奉行人になられました」

またぼそりと言った。

「都の奉行人に？　あの、藤吉郎どのが」

　おねねはきょとんとした。弥兵衛のぼそぼそした説明によれば――

　ほとんど単騎で、先頭に立って都へとびこんだ信長は、またたくまに敵を追いちらし、義昭を救い出した。と、同時に、今後こうしたことをくりかえさないように、信長に代って都の警固、管理にあたる奉行をおくことにした。丹羽長秀、中川重政、明智光秀などとともに、藤吉郎もそのひとりに加えられたのである。

「へえ、でも……」

　おねねはまだ信じられない口ぶりである。

「都というところは、何事もお上品で、立居振舞にもやかましいきまりがあると聞いています。藤吉郎どのにそんなお役がつとまるのでしょうか」

「御心配はいりませぬ」

「お公家さんは意地悪で、礼儀を知らないと、嫌がらせをするというじゃありませんか」

　よほど心配になったのだろう。藤吉郎の毎日を根掘り葉掘りききはじめた。

「朝は何時に起きられますか」

「顔は洗われるでしょうか。あのひとはよく顔を洗わないで、目やにをつけていることがあるんですよ」

「お仕事はどんなこと」

「そのほかには？」

「そして夜は？」

が、例の弥兵衛のことだから、はあとかいいえとか言うだけで、いっこうに埒があかない。しかも、ともすれば話は横道にそれがちなのである。

「お仕事はいろいろござるが——たとえば、いま、殿さまは将軍家の御所を作っておいでです。その御所というのが、みごとでありましてな」

場所は二条、もともと将軍家の館のあった所だが、義昭の兄、義輝が松永久秀らに殺されたとき、この館も焼けおちてしまったので、そこを整備して新しい御所にしたのである。

「古い御所跡と申しましても、堀をひろげることから始めましたのでな、見ちがえるようになりました」

二条御所の話になると、珍しく弥兵衛の口も軽くなった。普請ずきの信長のことだから、建物、建具などに凝ったのは当然だが、さらに力を入れたのは庭作りである。

「細川藤賢という方のお屋敷に、藤戸石という大きな石がございます。それを殿さまは二条御所にお運びになられましたが、それがまた大変な騒ぎで——」

藤戸石を二条御所に移すにあたって、信長は都の人々の度胆をぬくような演出をやってのけた。

というのは、この大石を綾錦に包み、それに花飾りまでそえて、四千人の侍に曳かせて、御所に運びこんだのだ。

「しかも、笛太鼓、鼓ではやしましてな、いや、大変な賑わいで」

と弥兵衛は言った。

「へえ……」

石ひとつに、こんなはでな騒ぎをする人物は、おそらく、都人は見たことがなかったのではあるまいか。

つまり信長は今の言葉でいえばPRじょうずだったことになる。鎧兜に身を固めた、ものおそろしげな武士たちが、四千人も都大路をのし歩けば、人々は、ただただ縮みあがってしまうだけだが、庭作りのための石曳きといえば、何やらなごやかである。物見高い都人の眼をひきつけておいて、それで織田軍の底力もとっくりと見せてやろうというあたり、現代の宣伝マンそこのけの才覚ではないか。

「じゃあ、藤吉郎どのもそれに加わられたのですか」

おねねがきくと弥兵衛はうなずいた。

「もちろんです」

「石曳きのほかには、どんなことを？」

「いろいろのお仕事をしておられます」

「疲れたとは言われませんか」

「いや別に」

「どんなものを召しあがります」

「まあ、飯とか酒とか……。いや都と申しても、そう変ったものは食べませぬ」

「でも、少しはちがうでしょう。都へ行かれて、どんなところが変られましたか」

弥兵衛は困ったように眼をぱちぱちさせた。

たしかに、こんなとき、女はやたらにつまらないことを聞きたがる。現在でも、出張から帰った夫をうんざりさせるのは、こういったたぐいの質問である。

弥兵衛もおそらく、そんな羽目に陥った夫族と同じ心境だったのだろうか。おねねが、何か質問するたびに、彼は大きなからだをしだいに縮めていった。暑い季節でもないのに鼻の頭に汗をうかべては、それをやたらにふいた。と、そのうち、

「あっ、忘れておりましたっ」

とてつもない大きな声を出した。

「藤吉郎どのから、みやげをことづかって来ていたのです」

それから、忙《せわ》しく懐《ふところ》の中をさぐっていたが、小さな紙包みをとりだすと、

「これでござる」

大事そうにおねねに手渡した。

「まあ、何ですの？」

「あけてごらんなされ」

包みをひらくと、赤と白の角《つの》だらけの小粒が五粒《つぶ》転がり出た。

「何ですか、これ？」

「こんふぇいとすと申します」

「こんふぇいとす？」

聞きなれぬ言葉におねねは首をかしげた。

「まず、ちょいと舐《な》めてごらんになって」

「大丈夫？　死にやしないでしょうね」

こわごわ、つまみあげて眺めていると、弥兵衛は、にやりとした。

「南蛮菓子でござるよ」

「えっ、南蛮菓子？」

「バテレン坊主が持って来ましたのじゃ」

「まあ、気味わるい！」

あわててほうりだすと、

「ほい、もったいない。殿さまがわざわざ分けてくだされたものですぞ」

弥兵衛は器用につまみあげた。

問題のこんふぇいとす。もうお気づきになっている方もおありだろう。おねねをびっくりさせたその南蛮菓子こそ、現在のこんぺいとうの日本初登場の姿だったのである。

「いや、私も、はじめてその坊主を見ましたときは、びっくりいたしましてな」

弥兵衛は、その話になると、急に口が軽くなった。

「身の丈ひょろ高く、色白く、鼻は天狗のように高くて、眼の色が青い」

「まあ、眼が青いなんて、気持が悪いこと。そんなものが、殿様のところへやって来たのですか」

「はい。殿様はお肝《きも》の太い方ゆえ、平気で御引見になられました」

「でも言葉が――」

「いや、なかなか感心なもので、片言ぐらいは喋ります。何でもわが国に渡って六年ぐらいになりますそうで。ただし南蛮人の悲しさ、われらのようなわけには参らぬ。たとえば――」

弥兵衛は坊主の口まねをした。

「ダジョンドノ――誰のことかおわかりか？」

「さあ――」

「松永弾正のことです。殿さまのことはノブナンガドノ」

ぷっとおねねはふきだした。この妙なバテレン坊主こそ、このすぐあと岐阜にやって来て、その城のすばらしさをヨーロッパに書きおくった、例のパードレ、ルイス・フロイスだったのである。

この数年前日本にやって来たバテレンたちは、九州から都へと、しだいに勢力をひろげつつあった。

——百姓、町人よりも大物を狙え！

これが彼らの作戦で、九州では大村純忠《すみただ》、大友宗麟《そうりん》、近畿では、高山飛騨守《ひだのかみ》、右近《うこん》父子などを、みごとにキリシタンに改宗させた。

次は本命の都である。これも前将軍から布教の許可を得たのだが、このあと義輝が彼らの言うダジョンドノ松永弾正に殺される事件が起り、この久秀がデウスぎらいだったので、あっというまに都から追い払われてしまった。

そこへ現われたのが義昭と信長だ。捲土重来《けんどちょうらい》、とばかりに、彼らは信長への接近を計った。まず高山父子を通じて、将軍の側近、和田惟政にわたりをつけた。これも彼らの呼び名に従えばワタンドノである。このワタンドノに頼んで、信長に面会できるように取り計らってもらった。

バテレンたちが信長に会ったのは、工事中の二条御所においてであった。これもじつはワタンドノ和田惟政の苦心の演出で、ここで偶然出会った形にするのがいちばん無難であったからだ。

偶然の出会いということになれば、大げさな献上品はかえっておかしい。というわけで、こんぺいとうが、当事珍重されていたガラスの器に入れられて、かくは登場したという次第なのである。

信長はしごく上機嫌で彼らを引見した。もっとも信長とフロイスが全部日本語で話しあったわけではない。キリシタンになっていた了西という琵琶法師が通辞をつとめている。

例によって信長はずけずけした調子でフロイスを質問攻めにしたらしい。

「いかに南蛮法師、この国でのキリシタンは、さっぱり繁昌せぬようだが、そのときはどうするか。旗を巻いて天竺《てんじく》へ帰るか」

「いや、いや」

フロイスは首を振った。

「たとえ一人でも信者ができましたら、私はここに止《とど》まりまする。一粒の種にても育てるがパードレのつとめでありますゆえに」

「ほほう、なかなかいいことを言うぞ」

信長はその意気に感じたらしい。すかさずフロイスは布教を妨げる僧侶たちの悪口を並べたてた。これも僧侶ぎらいの信長には大いに気にいったようである。

パードレたちはほっとした様子で引退った。

「エライヒトですね、ノブナンガドノは」

惟政の前でも感にたえたように言ったが、彼らが心の底から信長に敬服したかどうかはわからない。なぜなら、故国への報告書の中に、

「この尾張の王（信長）は年齢三十七歳なるべく長身痩軀、ひげ少なく、声ははなはだ高し」

などと書いているからだ。

頭のてっぺんから出るような信長のきんきら声は有名だが、それを聞いたとたん、彼らは、

——うへっ、何てえボーイ・ソプラノだ。

内心腹をかかえていたのかもしれない。が、ともあれ、フロイスたちは信長のお気に召したらしく、まもなく都での布教の許可を与えられた。とすれば、おねねが手にしたこんふぇいとすは、日本切支丹《キリシタン》史上、まことに価値ある一粒といわなければならない。

「ま、ちょっと舐めてごらんになったら？」

バテレンの口まねをやってみせてから弥兵衛はもう一度すすめたが、おねねは首を振った。

「こわいものではありませぬよ」

「でも……」

じっと、ふしぎなものでも見るようにおねねは弥兵衛の顔をみつめた。

「弥兵衛どの」

「は」

「あなた、都に行ってから、変りましたねえ。ずいぶんお話がうまくなりましたね」

「あ、わ……う……」

弥兵衛はなぜか、ひどくうろたえた。

「では、私はこれにて……」

弥兵衛が慌てて暇《いとま》を告げたのはその直後である。

――いやあ、危なかったなあ。

歩きながら、しきりに首のあたりを撫でた。

――弥兵衛どの、お話がうまくなりましたね、にはまいったなあ。

たしかにその日、弥兵衛は別人のように饒舌《じょうぜつ》だった。信長の石曳きから、青い眼の南蛮僧の口まねまで、まさに大車輪の演技である。

が、これには、わけがあった。都を発つとき、あとに残った藤吉郎に、

「頼むぞ、おねねを」

例の大きなくるくる回る眼を片方閉じて、意味ありげな目配せをされてしまったのだ。

――岐阜へ帰れば、おそらく、おねねは、待っていましたとばかりに、俺の様子をあ

れこれきくであろう。そのとき、いいか、弥兵衛、うまくやってくれよ。くれぐれも都での俺の所行を洩らすなよ。

くりくりくりのぱちぱちぱち……

藤吉郎の目配せには、ざっとこんな意味が含まれていた。

もちろん、信長の奉行人としての藤吉郎の毎日は、すこぶる忙しい。将軍との連絡、公家や寺社の所領問題、治安の維持——それにこのごろは内裏《だいり》の修築も始まっている。たしかに食事の暇もないくらいの忙しさだ。

が、しかし——

これは表向きの話である。毎日朝から晩まで多忙をきわめているはずの現代の政財界のお歴々が、案外、もう一方でも「御多忙」をきわめているのと、状況は全く同じなのだ。

特に織田勢は進駐軍だ。力と金を持った征服者に女がヨワいことは、これも戦後の日本で見聞きしたとおりである。

——女が、あれほどすさまじいものとは知らなかったな。

かたぶつの弥兵衛などは眼を回したくらいだ。道を歩いていて、ひょいと気づくと、白いかたまりが倒れるようにぶつかってくる。

「わっ」

驚いて身をかわすと、転がるとみせて、わざと太股のあたりまでさらして、

と来たら、そのもて方は大変なものだ。

「ねえ、うふん」

ながし目をされたことも、二度や三度ではない。まして都の奉行人、木下藤吉郎どの

と来たら、そのもて方は大変なものだ。

しかし手がつけられないのは、藤吉郎自身が、有頂天になっていることだった。

「おい、おい、弥兵衛」

ある日、藤吉郎は意味ありげに呼びつけると、頭を彼の前にさしだして言ったものだ。

「どうだ、都に来て食いものが変ったせいか、ちっとばかりふさふさして来たとは思わぬか」

藤吉郎は毛の薄いのが悩みの種だ。信長からハゲネズミという渾名《あだな》を頂戴していることは、おねねにさえ内緒にしているくらいである。

「はて――」

弥兵衛は眼を凝らしてその頭を見た。

弥兵衛の見るかぎり、ハゲネズミどのの頭には何の変化もないようだった。が、藤吉郎はひどくうれしそうなのだ。

「どうだ、ちょっとは変ったろう。いや俺も人に言われて気がついたのだが」

「そうかもしれませぬな」

おとなしい弥兵衛はひかえめにうなずいた。

「して、どなたが仰せられたので？」

「女だよ」

だらしなく、にやりとした顔を見て、弥兵衛は辛うじて笑いを呑みこんだ。が、藤吉郎は気がつかない。

「都の女は、思ったより無邪気なもんだな。思ったことはずばずば言う」

「左様で」

「いい髪の毛だと褒めてくれた」

「はあ」

「が、いちばん惚れ惚れするのは、この眼だと」

「なるほど」

「からだも大きくないほうが、都では人気があるそうな」

「へえ」

「閨《ねや》ごとは大味より小味にかぎるとぬかしたぞ」

やれやれ、このののぼせっぷりはどうであろう。呆れてものが言えなかった。政治軍事方面では、恐ろしいほど裏の裏まで見すかしてしまう藤吉郎が、女にかけては、ひどく他愛がなくなることを弥兵衛が知ったのは、このときからである。

この時点から藤吉郎は変った。それまでは、おねね大事のよき夫であった彼にとって、都での奉行人としての生活は、たしかに新しい門出であった。都にいる織田家中では知らないものはなくなっている。

しかも藤吉郎の女道楽はかなり大っぴらだったので、都にいる織田家中では知らないものはなくなっている。

——それを、おねねどのにかくしておけというのが無理な話だ。

だから岐阜へ帰って彼女をたずねることは、弥兵衛にはいささか気が重かったのだ。

はたせるかな、おねねは藤吉郎の都でのあけくれを根掘り葉掘りたずねた。「顔に目やにをつけてはいないか」ときかれたときなど、

「いやいや、それどころか、なかなか色男ぶっておいでです」

そう言いたくなるのを危うくこらえて、急いで話題を切りかえた。石曳きからこんふぇいとすまで、手ぶりおかしく話したのも、じつはおねねをごまかす苦肉の策だったのだ。

——話がうまくなったどころか、大汗をかかされたぞ、やれやれ……

首をすくめかけて、弥兵衛の足が、ふいにとまった。ちらりと頭をかすめるものがあったのだ。

——さんざん喋らせておいて、あの一言。や、ひょっとすると……

何も知らんふりをしていたが、おねねは案外、感づいていたのではなかったか。

——ふうむ、とすると、おねねどのも、こりゃ、なかなかの大物かもしれぬて。

こいつはおもしろくなるわい、と改めて弥兵衛は首をすくめたのであった。

奉行人木下藤吉郎どのの極楽は、しかし、そう長くは続かなかった。まもなく、信長の伊勢進攻に従って出陣しなければならなくなったからだ。

しかも、伊勢を平定して帰って来たあたりから、信長と将軍義昭の間がしだいに険悪になって来た。

さほど能力もないくせに、権力欲だけは人一倍旺盛な義昭は、「将軍」としての花押《かおう》が使いたくてたまらず、上杉、武田、大友、毛利《もうり》など遠国の大名に、やたらに手紙を書き、「平和にせよ」とか「上洛せよ」とか命令しては、いい気になっていたのだ。

これが信長の癇にさわったらしい。

——俺が将軍にしてやったのだ。勝手なことをしてもらっては困る。

とうとう彼は怒りだして、

「勝手にしろ、俺は帰る」

さっさと岐阜へ戻ってしまった。

おかげで藤吉郎も、岐阜へ帰って、久しぶりにおねねの顔を見ることができた。

「お帰りなさいませ」

ひどくなつかしそうにねねは迎えたが、それでも、いっこうに、髪の毛が濃くなった、と言わないのが、藤吉郎には、いささか不満であった。

が、妙なことを言い出しては、かえって、ぼろが出る。なるべく「忙しい、忙しい」と言いたてて、城内に詰めきりにするのが得策であろうと判断した。

いや、事実、彼はかなり忙しかった。信長が腹を立てて帰ってしまったのに驚いた都の人々、なかでも朝廷や公家たちが、しきりに手紙や使をよこすからだ。

「弾正忠（信長）どのがおられないと心許ない。一日も早く御上洛を」

これは決してお世辞ではなかった。信長が手をひけば、たちまち兵乱の起ることは誰の眼にもあきらかだった。信長はここで巧みな取引をした。

「それほどおっしゃるなら、腹の虫はおさめましょう、そのかわり――」

したたかな条件を持ち出したのだ。

一つ、将軍家が諸国に出す手紙には、必ず信長の添状《そえじょう》をつけること（こうすれば、勝手な手紙は書けなくなる）。

一つ、今までの将軍の命令は全部取消し。

一つ、これからは、将軍の意向をきかず、信長が勝手に取り計らっても異存ないこと。これでは義昭の面目はまるつぶれだが、実力のない悲しさ、いやでも言うことをきくよりほかなかった。やがて信長は、機嫌をなおして上洛する。ときに永禄十三（一五七〇）年二月、この年はあとで元亀と改元される。

上洛は藤吉郎にとっても好機であった。

——とほほ……、また、極楽が楽しめるわい。

が、そんなことはおくびにも出さず、

「あ、忙し、忙し。また上洛のお供じゃ」

と言えば、おねねも、さりげなく、

「それは御苦労さまなことで」

どうやら二人の決戦の時期は繰りのべになったらしい。

都入りした信長の毎日は、全く優雅そのものだった。

今日は能の見物、明日は茶の湯。

もっとも茶の湯に凝りはじめたのはこの前の上洛のときからで、天下の名器を大分召しあげた。もちろん代金は払わないわけではないが、持主が、へいこらして献上してしまう場合が多いので、代価は払っても、ほんのお志程度である。これに味をしめて、今度も名物の茶器を大分手に入れた。

少しおくれて、三河の徳川家康もやって来て、この優雅な生活の仲間入りをした。が、藤吉郎はそういうわけには行かない。家康は三河の太守だが、彼はせいぜい信長の奉行人、優雅なつきあいの仲間入りはさせてもらえないのだ。それに信長がいれば、あまり勝手な女道楽もできない。第一回のときほど極楽気分は味わえなかった。

信長は二月《ふた》ほど都で遊びくらした。じつは、これには魂胆があった。越前の朝倉義景に、

「将軍家に挨拶に来い」

と言ってやって、その出方を待っていたのだ。近江の六角を追い、伊勢の北畠氏を降《くだ》した現在、近国で信長の進出に目を光らせているのは、この朝倉くらいなものなのだ。

はたせるかな、朝倉は、

「ふん、おかしくって出かけられるか」

とそっぽをむいた。が、これこそ信長の思うつぼだった。そしらぬ顔で都を発ち、岐阜へ帰るとみせかけて、中途でにわかに道を北にとって、家康ともども、だあっと越前になだれこんだ。

このときの信長は、誰が見ても上げ潮に乗っている感じだった。国許のおねねも、これを聞いたときは、

——あ、おやりなさった。

と思い、越前入りした軍勢が、破竹の勢いで、天筒山《てづつやま》、金ケ崎《かなさき》の両城を陥《おと》したという知らせにも、

——今の殿様のお勢いなら……

当然だという気持が先に立った。

「その金ケ崎城は、木下藤吉郎どのが受持たれるそうな」

言われてみれば悪い気はしない。夫もいよいよ運がむいて来た、と思った。なにしろ世は戦国、都での行政手腕がいくらすばらしくても、それだけではだめなのだ。もっとはっきりした業績——現代でいえば何億というような営業成績をあげなければ出世はできない。当時の営業はすなわち合戦である。ちょっとばかり血なまぐさい営業だが、この第一線に配属されたときこそ、腕の見せどころなのだ。

女の勘で、おねねは、近ごろの藤吉郎の周辺の奇妙な臭いに気づきはじめている。

——都でぬらりくらりとしているよりも、今度こそ……

しかるべき手柄をたててほしかったし、信長につきの回っている現在こそ、その好機と思われた。

ところが、である。

それからまもなく、おねねのからだから血の気を失わせるような噂が、岐阜の町に伝わって来たのである。

「殿様がお負けになった」

第一報はそれだった。

「なんですって！　まさか……」

おねねには最初信じられなかった。この数年、信長は戦さに負けたことがない。

——あの殿様がいらっしゃるかぎり、戦さは必ず勝つ。

そんなふうに思いこんでいた。げんに越前に攻めこんで二つの城を陥し、今にも朝倉の本城、一乗谷《いちじょうだに》までも陥れそうな勢いではなかったか。

——それが、どうして？

いらいらしているところに、転がりこんで来たのは、おややであった。

「あねちゃ」

言ったなりあとが続かない。眼だけがとびだしそうに、ぎらぎら光り、入口の土間にへたりこむなり、喘《あえ》ぐように言った。

「殿様は、命からがら、都へお戻りなされたそうな」

「まあ、それでは、やっぱりお負けになったのね」

背筋に水をかけられる思いでおねねは、立ちあがった。

「でも、まあ、御無事で——」

言いかけるのを、おややのかすれ声がさえぎった。

「あねちゃ……」

「……」

「その殿様のお供は十人ほどしかいなかったと――」

「えっ、十人？　たったの十人だけだというの」

「あとの人の生き死にはわからんと」

「……」

一瞬の沈黙の後、

「おやや」

おねねはまじまじと妹の顔をみつめた。

「あんた、いつでも大げさなことを言うけれど、それは、ほんとなんでしょうね」

「誰が嘘をつくもんですか、こんなときに」

「そう」

口を閉じ、息をととのえると、

「その十人の中に」

おねねはゆっくり言った。

「弥兵衛どのは入っていましたか」

妹婿の名をきいた。

「いえ」

おややはうなだれて首を振った。

「そう」

もうその先は聞かなくてもよかった。弥兵衛がいなければ、夫も入っていないことは確実である。

それにしても夢のような話だ。都を出発したときの織田軍は、その数三万、と聞いている。

その三万もの軍勢が、信長と十人を残して、全部消えてしまったというのか。

ともかく、容易ならないことが起ったらしい。

日を追って、敗戦の全貌は、くわしく岐阜へ伝えられた。織田勢は、決して戦場での合戦に負けたのではなかったが、それにもまして恐るべき事態に遭遇したのだ。朝倉攻めの道筋にあたる浅井——信長が最も信頼していた浅井長政とその父久政が、突如朝倉方に寝返ったのである。その話を聞いたとき、

——まあ、なんてこと！

おねねはからだじゅうの血が逆流するような気がした。

——あの美しいお市さまをおもらいになっておきながら、浅井長政って人は、なんてことをするんだろう。

それとともに、

——お市さまも何とかとめる手だてはなかったものか。

何とも歯がゆいような、いらだたしさを覚えたことも事実である。信長が気づいたときは、浅井の兵は、ほとんど背後を包囲しつくしていたという。全軍に退却命令を徹底させる余裕もなく、手勢十人ばかりに護られて、信長は朽木《くちき》越えをして、やっと都へ辿りついたのであった。

このとき信長がいかに退却を急いでいたかは、同盟軍の家康にさえ退却を連絡しなかったことでもわかろうというものである。

しかも、金ケ崎城を守っていた藤吉郎は、みずから名乗り出て、退却の最後尾——殿軍《しんがり》をつとめているという。

殿軍は一名「しっぱらい」ともいう。これが攻撃の最前線に立つよりもずっとむずかしい役割だということは、おねねも知っている。

それでなくても意気沮喪《いきそそう》している兵を激励し、襲いかかる敵を打払いながら、一歩一歩撤収して行くのは、猪武者にはできない芸当だ。むきになって戦っていれば、退却してゆく味方との間がひらいて孤立するし、玉砕したのでは殿軍の役を果たしたことにはならない。うまくいってもともと、一歩あやまれば命はない。

「弥兵衛どのも、きっとお義兄《にい》さまと一緒ですわね」

おややは毎日やって来ては、そのことばかりくりかえした。が、しっぱらいに関する情報はなかなか伝わって来ない。

生きているのか、死んでしまったのか。

しだいに、おややは絶望的な眼をするようになった。

「赤ん坊が生きていたら、せめて……」

しゃくりあげたとき、そっと、温かい手が肩におかれた。

「あねちゃ……」

その顔をふりあおいだとき、おややはぎょっとした。

おねねが笑っている。顔の筋をこわばらせ、目を据えて……。が、その頰にはまぎれもなく笑いがあった。奇妙な気味の悪い笑いだ。

姉は気が変になったのではないか。

おややは夢中で姉にとりすがった。

「あねちゃっ」

あとになって思えば——

おねね、おやや姉妹の心配は、全くのとりこし苦労だったことになる。

みずから、しっぱらいを引受けた藤吉郎は、戦っては退き、踏みとどまってはまた戦うというぐあいに、あざやかな駆引を続け、とうとう朝倉勢につけ入る隙を与えず、みごとに大役を果たしたのだから。

このしっぱらいによって、彼の織田家における評価は定まったといってよい。

——薪の勘定しかできぬケチな男かと思ったら、なかなかやるじゃあないか。

人々の見る眼もちがって来た。特に主君信長の信頼は絶大なものになった。このところ負けることを知らなかった信長には、今度の敗戦は手痛い衝撃だった。悪くすると一命も落しかねない危機に追いこまれたとき、身を挺して織田軍を守った藤吉郎の働きは、おそらく一生忘れないであろう。

もちろん、藤吉郎にとっても、のるかそるかの瀬戸際だった。これからさき、何度となく大きな合戦はやってのけるが、これほど危険な戦さはやっていない。彼が文字どおり命を賭けた戦いは、後にも先にもこのときだけである。命を張っての彼の大ばくちは、みごとに当って、武将としての位置を確立したわけだ。

どうやら藤吉郎も弥兵衛も無事らしい、という知らせは、やがて岐阜にも伝えられて、おねね姉妹をほっとさせた。

こうなると一日も早く無事な顔をたしかめたくなる。ところが、織田勢は都に止《とど》まったきり、なかなか帰って来ない。

——早く帰っていらっしゃればいいのに。

気を揉む二人の耳に、町の噂が入った。

「それが、殿様は、なかなか都から動けんのじゃ。岐阜までの道に、殿様を狙っているやつが、うようよいるらしいのでな」

聞けば、寝返りを打った浅井とか、前に所領を追われた六角の残党などが、あちこちに待ちぶせしているのだという。

――まあ、なんてことだろう。ついこの間までは、岐阜と都の間などは、わが家の廊下みたいなものだと思っていたのに……

都との距離が、急に五倍も十倍ものびてしまったような気がした。

このときの町の噂は決して虚説ではなかった。五月十九日、都を発った信長勢は、途中で一揆《いっき》に道をさえぎられたうえ、千種《ちくさ》越えにかかったところで、杉谷善住坊《ぜんじゅうぼう》という鉄砲の名人に狙い撃ちされたが、弾丸《たま》は笠の端をかすっただけで信長は無事だった。

善住坊は六角承禎に頼まれて信長を狙ったのだ。音に聞えた名人で、しかも十二、三間しか離れていない所から撃ったというから、当らないはずはなかったのだが、それが当らなかったのは、彼の運の強さであろう。

ともあれ、今度の織田勢はさんざんだった。しかも、いったん負けたとなると、都から岐阜まで帰るのさえ容易なことではなくなってしまう。おのれが手にしたと思っていた覇権の頼りなさを、いやというほど味わわされた。

が、岐阜に帰った藤吉郎は、案外けろりとした顔をしている。

藤吉郎は、今度の殿軍の功績を褒められると、

「いや、いや、なんの」

わざと無愛想な、挨拶をした。日頃「猿の大ぶろしき」と陰口を言われているくらい宣伝ずきの彼にしては珍しいことであった。

おそらく、

──猿め、今度の手柄で、さぞかし大きな口をきくことだろうて。

と待ちかまえていた人々の裏をかいた、彼らしい作戦だったのではあるまいか。そして、それは、予想どおり、かなりの効果をあげたようだ。

「お城下では、義兄《あに》さまの評判はたいしたものですよ」

ある日弥兵衛と一緒にやって来たおややもこう証言した。

「木下どのが、あれほど用兵にたくみな御仁《ごじん》とは思わなかった。それにあれだけの大手柄をたてられたのに、いっこうに、おごりたかぶる気配を見せないのはたいしたものだって」

すると、藤吉郎は、一段と鷹揚に構えて、やがて言ったものである。

「いや、城を奪ったのならともかく、無事に帰りついたというだけでは、手柄にもならないからな」

もっとも、いくら鷹揚に構えたところで、生れつき貧相な猿づらでは、大した貫禄は

感じられもしなかったが……

「でも、義兄さま」

このとき、またおややが口を出した。

「義兄さまもおみごとですけれど、姉《あね》さまもごりっぱでしたよ」

「ほほう、このおねねがか」

藤吉郎は眼を丸くした。

「そうですとも、あのとき、木下勢がしっぱらいだと聞いて、私なんか、もう、からだがふるえちまって、どうしてよいかわかりませんでしたわ。てっきり、もう、このひとが死んじゃったかと思って――」

とおややは、弥兵衛のほうへちょっと顎をしゃくってみせてから、

「ところが、姉さまはちがうんです。とても落着いていて、涙ひとつ見せないで。いえ泣くどころか、にこにこしていましたよ。ね、ごりっぱじゃありませんか」

あのとき、姉の気が変になったのではないかと思ったことなど、すっかり忘れたような顔をして、褒めそやした。

「ほほう、このおねねがか」

藤吉郎は意外そうな顔をしてくりかえした。しかし、当のおねねは、妹に褒められて、むしろ、ひどくどぎまぎした表情を見せた。

「あらいやだ。おやや、およしったら」

「いいじゃないの。嘘じゃないんだもの」

「だって、そんなこと、言っちゃだめ」

「おかしなあねちゃ、はあん、わかった」

おややは、一段と大きな声を出した。

「義兄さまのまねして、御謙遜をなさろうってわけね。わあ、仲がいい」

おねねはますますこそばゆげな顔になり、何やらむにゃむにゃと口の中で呟いていた。

たしかに、おねねはそのとき照れていた。

が、それは、おややに夫唱婦随の「御謙遜ぶり」をすっぱぬかれたからではない。あのときのおねねの微笑の実体は、もう少し複雑なものだったのだ。

じつをいうと、藤吉郎が京の奉行人になって以来、彼女は内心、心穏やかではなかったのだ。妻だけが持つ特別の嗅覚とでもいったらいいだろうか、夫の周辺に何かこれまでとちがった臭いを嗅ぎあてていた。

もちろん、都での彼の行状を知ったわけではない。そうした噂は、案外、妻の耳には入って来ないものである。

が、何となくおかしい。

弥兵衛がいつになく多弁に都のことを喋っていったが、かんじんの藤吉郎のことは何も言わないのも腑に落ちなかったし、やっと帰って来た藤吉郎のそぶりも、どこか今までとちがっていた。身辺に何となくもやもやっとした華やぎがあるのだ。それでいて、いくら手をのばしても、そのもやもやが捉えられないことにおねねは苛立ち、

――隙があったら、胸ぐらをつかまえて、ぎゅうの目にあわせてやりたい。

と狙っていたのだが、急に上洛の沙汰が出て、藤吉郎は、またもそわそわと出かけてしまったのである。

手の中の鰻に、ぬらりと逃げられてしまったような、いや、それどころか、いざつかまえようと身がまえたとたんに、泥の中にもぐりこまれてしまったような趣で、やむなく彼女は、手をつかねて夫の出発を見送った。

ところへ伝えられたのが、今度の出陣だ。信長の敗戦――藤吉郎の殿軍――どれもこれも肝を冷すようなことばかりだった。

――もしかすると、あのひとの命はないのでは？

いても立ってもいられない不安に襲われたのは、おややと同じである。そしてこのときのせめてもの救いは、藤吉郎とあのときけんかをしなかったということだった。

――もしも大げんかでもしていたら、そしてあのひとが討死してしまったら、どんなに寝ざめが悪かったことか。

が、それに蔽いかぶさるように、不吉な予感がひろがってゆく。

――いえ、死に別れるからこそ、けんかしなかったのかもしれない……

泣くに泣けない気持というのを、おねねは、はじめて経験した。

――藤吉郎どの、決してあなたのこと怒ってやしませんよ。

届くものならそう伝えたい。心からの微笑をそえて……

もちろん、越前の夫にそれが届くはずのないことはわかっている。にもかかわらず、おねねは、頬を突っぱらせて、むりにも微笑しようとした――おややの見た不可解な微笑は、それだったのである。

が、ここでそんなことは白状できないではないか。おねねは照れるよりほかはなかったのだ。藤吉郎はどうやらそれに気がつかないらしい。

夫婦というのは、まことに妙なものだ。双方かなりの危機をはらんでいても、ちょっとしたことで、がらりと事態が変ることがある。

「夫婦げんかは犬も食わぬ」

というのは、多分そのことの謂《い》いであろう。第三者がまともに相手になっていたら、かえって大損するのである。

藤吉郎とおねねの場合がまさにそうだった。命を賭けた殿軍のおかげで、彼は夫婦《めおと》合戦のほうも、たくみにおさめてしまったようだ。

二人の仲は前よりも一段と濃密である。藤吉郎に愛撫を加えられるとき、おねねのからだは、思わずうめいてしまう。

――ちがう、ちがう、前とはちがう。どこで、あなた、こんなことを……

が、いま、それを口に出して問おうとはしない。せっかくの、このとろけるような思いに、しばらくはひたっていたいような気がするからだ。

それに、いま、藤吉郎も、おねねひとりの中にひたりきることに心からのやすらぎを見出しているようだった。

「生きていてよかったなあ」

愛撫のあとでそう言うこともたびたびあった。

「この肩、この胸、この乳――ああ、何やらおふくろの胎内に戻ったような気さえする」

十二もちがうおねねの胸に顔をうずめて、丸くなり、犬のようにくんくんと匂いを嗅ぎ、陶然とした表情になった。

そこには、大ぶろしきも、手の裏を返したような作りものの謙遜ぶりもなかった。

「殿軍というのは辛いもんだぞ」

今でも夢に見ては汗をかく、と彼は言った。

「二度とつとめるものじゃないな」

おそらく、これが本音であろう。

「もう少しで死ぬところだった」

「まあ……」

夫に言われて、おねねも、改めて戦いのおそろしさが身にしみた。

「そうだな、まず十中八、九は死んでいたな。それが、いま、こうしてそなたを抱いていられるのは、徳川のおかげよ」

「とくがわ？」

「ああ、三河の徳川さ。俺を救ってくれたのは、家中の誰でもない。あの男だったのだ」

この年の二月、信長の招きをうけて上洛して来た徳川家康は、織田の家来ではない。いわば客分である。が、朝倉攻めが始まると、信長に従って出陣し、わざわざ先陣を買って出て、あざやかな戦いぶりを見せた。さらに越前に進入してからは、朝倉の本拠、一乗谷に近い最前線の木ノ芽峠のあたりまで軍を進めている。このときは家康のほかに松永久秀や池田筑後というような客将が参戦していたが、彼のように、律儀に本気で戦った武将はほかにはいない。

にもかかわらず、信長は退却にあたって、家康へ連絡もしなかった。よほど慌てていたのだろうが、これでは義理にはずれている。連絡がおくれたために、家康は陣を撤収するのにかなり苦労した。が、彼は不平も言わずに、黙々と退陣した。

「おかしな男よ」

藤吉郎は、家康のことをそう言った。

「いわば徳川は助《すけ》っ人《と》だ。いいかげんにつきあっていても義理はすむのに、むきになって戦うのだ」

退却となれば、浮足立ち、よほど指揮をうまくとらねば、我さきにと逃げだして収拾がつかなくなるものだが、家康の軍隊だけは、意気さかんで、踏みとどまっては戦い戦いし、最後まで整然たる戦闘隊形を崩さなかった。

「俺なんかより、よっぽど戦さの好きな男かもしれぬ」

その男が将来自分のライバルになることを、このときの藤吉郎は気づいてはいなかったようである。

ともあれ、家康が踏みとどまって戦ってくれたことが、援護射撃となって、彼は、何とか殿軍を果たすことができたのだ。

「まあ、では、その徳川さまにはたんとお礼を申しあげなければなりませんねえ。で、よほどの御年輩の方ですか」

戦さ上手と聞いたおねねが、さぞかし戦場馴れした老将でもあろうかと思ってたずねたら、

「うんにゃ、俺より五つや六つは若かろう」

意外な返事が返って来た。

「まあ、その若さで！」

われ知らず嘆声をあげていた。

「が、若くは見えないな。ちんちくりんで、ずんぐりしてて、まずびっくり狸さ」

「何です、びっくり狸って？」

「狸がびっくりしたような顔をしてるんだ」

びっくり狸であろうとなかろうと、まだ見ぬ若い武将に、おねねはある好感を懐かざるを得ない。なにしろ、この戦国の世に、頼まれ戦さに、むきになって戦うというのは珍しい律儀さではないか。それに軍隊の動かし方もうまいという。いや何よりもありがたいのは、彼の働きで夫が救われて無事帰還したことだ。

――同じ御家中の方なら、さっそく行ってお礼を申しあげるのだけれど。

が、その律儀さにくらべて、殿様の妹婿の浅井長政は、なんという卑劣漢だろう。

「同盟を結んでおきながら、朝倉方に寝返って、殿さまを挟み撃ちにしようとしたなんて、ひどすぎますね」

おねねは黙っていられなかった。

「うむ、俺も、まさか浅井が寝返るとは思わなかったよ」

藤吉郎も憮然たる面持であった。

「ほんとに、くやしい。でもお市さまも、お市さまですねえ。お嫁に行って何年におなりかしら？　お子さまは？」

「男の子お一人と姫君が二人とか三人とか聞いた」

「まあ！　そうなると、芯《しん》の髄まで浅井のお人になってしまうものなのかしら」

「いや」

藤吉郎は首を振った。

「たしかなことはわからぬが、何でも、殿様は、お市さまからの知らせで、浅井の寝返りに気づかれたのだそうだ」

「まあ、ほんとうですか」

「それも人の目を憚《はばか》って、尋常の密書ではなかったというぞ」

「まあ、どういうふうになさったの？」

おねねは、お市の方のやり方を、しきりに聞きたがった。藤吉郎は、わざと焦《じ》らせるようににやにやして言う。

「そなたならどうする。どうやって知らせる？」

「あら、だって――」

おねねは眼をぱちぱちさせた。

「私はお大名の娘じゃありませんもの。そんなこと、わかりませんわ」

「が、かりにお市さまになったとしてだ。いや、もし俺が殿様の立場に立ったら、そなた、どうする」

「――さあ、わかりません」

　あっさり兜をぬいだ。

「頼りないやつだなあ。お市さまはな、こうなさったのさ。越前にいる殿様のところへ、陣中見舞の使をやった」

「じゃ、その使が、こっそり……」

「いやいや、そう思うのはそなたのあさはかさだ。使は、ありきたりの口上しか言わぬ。そして、お市御寮人さまからでございますと言って、小豆《あずき》を入れた小さな袋を献上した。陣中で召しあがってくださいというわけだ」

「へえ」

「袋の上下はきゅっとしばってあった」

「それで？」

「それだけさ」

「それだけ？」

　おねねは、ぽかんとした顔をした。

「それがどうして、浅井の寝返りってことになるんです」

「鈍いやつだな、そなた」

　藤吉郎は呆れた、という表情をした。

「いいか、小豆の袋は上下ともしばってあったんだ。つまり、ぐずぐずしていると出られなくなりますよっていうわけさ」

「なあんだ、私は、小豆がこぼれないようにしばってあるのかと思った」

おかみさんらしい発言をした。

「でも、それで、殿様は、すぐおわかりになったんですか」

「そうさ、おねねとはちがう。ひと目見ただけでピンと来なさった」

「へえ、偉い方はちがうもんですねえ。私にはとてもできない」

「おい、そう言うな。行く末、俺が大名になったら、そのくらいの才覚はしてもらわなけりゃならないぞ」

「へえ、あなただって、それほどの大名になれるかどうかわからないじゃありませんか」

言いながら、おねねは、お市の方の嫁入りの日のことを思い出していた。蒔絵の輿に乗ったそのひとを見ることはできなかったが、あの日、お市の方はこんな運命を想像していただろうか。

美しい外交官の、小豆の袋に賭けた、いじらしいような思いに、ふっとおねねは胸をつまらせた。

——大名のお姫様というのもつらいものだ。

自分のように夫のことだけ考えていればすむ身分のほうが、しあわせなのかもしれない、という気がした。

ところで、一方のお市の方はといえば、とっさの機智で兄信長の危機を救ったものの、周囲の状況は決して楽観を許さなかった。思いがけない敗戦で、いたく自尊心を傷つけられた信長が、むきになって浅井に攻撃をかけて来たからだ。いったん岐阜へ退いたものの、勝気な信長は、ただちに再度出陣の態勢をととのえた。ときに元亀元（一五七〇）年六月、名高い姉川の合戦はこのときのことだ。

律儀者の徳川家康は、このときもはるばる三河から出陣して来た。

いま、姉川橋の北詰の近くに、このときの戦いを記念する古戦場の碑が建てられている。碑のま後ろにひときわ高く伊吹山がそびえ、その左右に、なだらかに伊吹山系がつらなりを見せる。その山なみに囲まれた古戦場は平坦な田園で、いかにも当時の野戦にはもってこいの地形である。

碑に向って右側、つまり、川の右岸が織田勢、左岸が浅井・朝倉勢で、晴れていれば、はるかかなたには、浅井の本城のある小谷山《おだにやま》も見えるはずだ。

もしもそのあたりで土地の生れらしい中年すぎの人に出遇ったら、姉川の合戦についてたずねてみるといい。この辺が織田であの辺が徳川、浅井・朝倉はここというぐあいに、まるで見て来たように説明してくれるにちがいないから。

私もたまたま取材にいったとき、こういう農家の方に出遇って、とても楽しかった。聞けば小学校時代から、先生がたびたびここに連れて来て教えてくれたのだそうである。

こうした人の話は歴史学者の説明よりも、実感がこもっていておもしろい。

さて、周知のようにこの姉川の合戦は織田勢の大勝となって終った。信長はよほどうれしかったとみえて、将軍義昭の側近、細川藤孝に、
首の事は更に校量《けうりやう》を知らず候の間、注するに及ばず候。野も田畠も死骸計《ばかり》に候。

と言ってやっている。

しかし、じつをいうと、この合戦で信長が勝ったのは、徳川家康のおかげらしい。三万五千の信長勢は、たった三千の浅井の兵に斬りたてられ、十五町も逃げたが、家康が五千の手勢をもって、浅井・朝倉を攻めたてたのでさすがの浅井も崩れたった、と『甲《こう》陽軍鑑《ようぐんかん》』には書いてある。

もっともこの『甲陽軍鑑』もあまりあてにはならない本だが、かといって信長の言うことも信用はできない。このあと彼は毛利元就《もとなり》にも、姉川の勝利を知らせているが、その前の越前攻めで、退路を断たれそうになって、命からがら逃げだしたことなど、どこにも書いていない。むしろ越前退却は予定の行動のような書き方をしている。このあたりの文書や史料をくらべてみると、虚々実々の駆引は、合戦そのものよりずっとおもし

ろく、現代の企業間の宣伝戦や誇大広告なども、そのころとあまり変っていないな、という気がする。

姉川で敗れた浅井勢は小谷城に引き籠った。ここで将軍義昭のなかだちで、両者の間に和睦が成立した。

織田と浅井・朝倉の和睦は、もちろんかりそめのものだ。両者ともそれを信じてはいなかったし、なかでもいちばんそれを信じていなかったのは、仲介の労をとった将軍義昭だったろう。なぜなら、このとき、内心信長の破滅をいちばん望んでいたのは、義昭そのひとだったからだ。

将軍になれたのは信長のおかげだが、あれこれ文句をつけられるので、彼はすっかり信長ぎらいになっていた。

——今に見ておれ、信長め！

陰謀ずきのこの男は、浅井・朝倉、比叡山、本願寺、甲斐の武田信玄などとひそかに連絡をとり、大きな信長包囲網を計画していたのである。

もちろん、それに気づかない信長ではない。それでいながら、浅井・朝倉はじめ四面の敵と和睦するためには義昭を利用している。つまり「将軍のお声がかり」をよそおって、時をかせいだのだ。また義昭も何くわぬ顔で利用されている。これも、信長包囲網が完成されるまでの時間かせぎのつもりである。このあたりの両者の駆引もまたなかなかおもしろい。

ともあれ、信長はまだ依然として「袋の小豆」である。近江という小さな袋からは逃れ出たものの、さらに大きな袋の中に封じこめられかけていたのだから。

信長がこの袋を破りはじめるのは元亀二年。彼はまず比叡山に焼打ちをかけ、一山の堂宇ほとんどを灰にし、四千人もの僧俗男女を斬りすてた、といわれている。

と、同時に包囲網も動きだす。東の武田信玄が西上を開始し、三方原《みかたがはら》で信長の同盟軍徳川家康を破ったのだ。それに呼応して、ついに将軍義昭が信長に背いた。が、このとき皮肉にも信玄は陣中で病没したので、義昭は孤立し、信長は簡単に彼を追い払ってしまった。

さて、いよいよ浅井攻めである。このときの袋のほどき役は木下藤吉郎だった。姉川の合戦以来、彼は小谷城に近い横山の城砦を預かって、その動きを監視していたのだ。信長はまず浅井の援軍朝倉に猛攻を加えてこれを追って越前に入り、総帥義景を自刃させた。

援軍を断たれて、今度は浅井が「袋の小豆」になる番だった。越前から兵を返した信長が、小谷城を攻め陥すのに、さほど時間はかからなかった。城主、久政・長政父子の自刃に先立って、お市の方が幼い三人の娘とともに送りかえされて来たが、ひそかに逃れ出た男の子、万福丸は藤吉郎の手勢によって捕えられ、関ケ原で串刺しにされた。

信長は、自分をさんざん苦しめた敵を死後まで許しはしなかったようだ。浅井・朝倉をほろぼした翌年の天正二（一五七四）年の正月に彼は馬廻《うままわ》りの部下を集めた酒宴の座に、薄濃《はくだみ》にした義景、久政、長政の首を折敷《おしき》に飾って大酒盛をやったという。薄濃というのは漆塗りの上に金泥で薄く彩色することだ。

それを聞いたおねねは、いやな感じがした。

――うへっ、あの首を……

殿様もお変りになった、と思った。

首を肴《さかな》に酒盛りをする――

そのことが残忍だというのではない。戦国のそのころには、戦陣ではこのくらいの残忍さはよくあることだし、おねねもそれに驚いたわけではない。残忍といえば、比叡山の焼打ち、男女四千人の惨殺のほうが、どれだけ残虐かわからないが、そのときだって、おねねは、それほど驚きはしなかった。

――まかりまちがえば、私たちだって、そうされるかもわからないのだから。

いちいち驚いていては、この世の中に生きては行けないのである。

が、それと、義景や、長政父子の首に金泥を塗って正月の酒盛の肴にしたということは、ちょっとちがうような気が、おねねにはしたのだ。

何かわからないが、あるしつこさのようなもの――

血まみれの者が、眼をぎらぎらさせて、生首を片手に祝盃をあげる壮烈さとはちがう何かがある——とふと思った。

——こんなことは、今までなかったことだけれど……

が、その思いは、おねねの胸をかすめて一瞬のうちに消えた。そして、そういう感じを持ったことさえ、彼女は、その後、長い間思い出しもしなかった。

が、考えてみれば、たしかに、このとき信長は彼の人生の一つの節《ふし》を迎えている。これ以後も、彼をとりまく状況は、必ずしも楽観は許されなかったが、将軍を追い、近江を平定したとき、彼は、まさしく天下人《てんかびと》としての一歩を踏みだしたといえよう。

それまでの彼は、いわば王者への道を、息せききって上って来た感じだった。が、それ以後の彼はちがう。王者のおごり、王者の残酷さ——そんなものを持ちはじめて来ている。その分岐点に立つ彼の匂いを嗅ぎわけたとすれば、おねねの鼻も相当なものだが、彼女自身はまだそのことに気づいてはいない。

それより、いま、彼女の頭を占領しているのは、夫の藤吉郎がいよいよ城持ちになる、ということだった。

横山城守備のほかに、藤吉郎は近江攻略に、さまざまの働きをしている。浅井の有力な家臣の磯野《いその》員昌《かずまさ》を味方にひき入れたこともその一つだ。おかげで、それに続いて何人かの国侍が織田方についた。小谷城が案外簡単に落城したのは、こうした工作がものを

言ったのだ。そのため主君信長は、

「このたびの働きは、まことに大儀であった」

と言って、近江経営を委せ、浅井滅亡後の小谷城を藤吉郎に与えることにしたのである。

——まあ、あなたが、お城持ち？

その話を聞かされたとき、おねねは夫をみつめて、眼をぱちぱちさせたものだ。

「小谷は山城で狭いからな。別の所に移そうと思う」

そんな夫の話も夢のように聞いた。

——お城持ちの女房になる。

ということが、まだおねねには実感として感じられないのだった。

# 於《お》次丸《つぎまる》

「おい、御内室、御内室」

「……」

「御内室サマ」

「……」

おねねが知らん顔をしていると、藤吉郎は、とうとう焦《じ》れて、立って来て後ろから耳をつまみあげた。

「あ、痛いっ」

「へ、やっぱり、この耳、つながってはいるな」

「何ですって」

「呼んでも返事をしないから、その耳、つながっとらんのかと思った」

「おや、いつお呼びになりました?」

「さっきから、呼んでるじゃないか、御内室、御内室って」

「私は御内室なんかじゃありません。おねねです」

「遠慮しなくてもいい。もうすぐそうなる。そして俺は殿サマだ」

夫はつまり、それが言いたいのだ。殿サマだと言ってみたいばかりに、何度この他愛のない、いたずらをくりかえしていることか。

「子供ですねえ、あなたは……。何度おっしゃるんですか、今日はこれで三度めですよ。おとといからなら十四度」

「数えているほうだって、大分子供だぞ」

まったく、このところの藤吉郎の有頂天ぶりは手がつけられない。

が、これもまあしかたがあるまい。夫はいま一国一城のあるじになるという、男として最高の望みが叶えられたところなのだから。

そしてじつをいうと、おねねも夫のこの有頂天ぶりに、少しずつ感染して来たらしいのだ。はじめは全くぴんと来なかった城持ちになるということが、夫の子供っぽいいたずらの相手をしているうちにしだいに実感として感じられて来たからふしぎである。

おねねが御内室さまになる日は遠くはない。小谷城が落ちた直後に、信長は藤吉郎にその城と近江の国の進退を委せたのだから、おねねは、すぐにも城入りできるはずだったが、藤吉郎が、城を琵琶湖畔の今浜へ移すことになったので少し延びているだけのことである。

小谷から今浜へ、そして岐阜へと、忙《せわ》しく往復しながら、藤吉郎は、新しい城作りの自慢をしてやまなかった。

「いい城だぞ。今度の城は。小谷のような山城はもう時代おくれだ。この岐阜のような賑やかな御城下町を持たなくちゃだめだ」

今浜には、昔この辺を領していた京極家の廃城があった。これに大々的に手を入れて新しい城を築き、その東に碁盤《ごばん》割りの町を作ろうというのが、彼の計画だった。

この城作り、町作りのためにはかなり強引な労働徴発をした。そのあたりの農民だけでなく、出家や侍の奉公人までも、一人のこらず鋤、鍬、もっこをかついで出てくるように命じられた。

「へえ、よく言うことをききましたねえ」

おねねが感心すると、

「それには、わけがあるのさ」

藤吉郎は鼻をうごめかした。

強引に労力を徴発するかわりに、藤吉郎は、今浜に移住する人々に、気前のよい条件を出した。

「以後、この町に住むものには年貢を免除する」

というのである。

「へえ、また気前のいい」

おねねは、眼を丸くした。

「どうだい、これならみんな喜んで来る。城作り、町作りにもいやな顔もしないだろう」

「でも、そんなことをして大丈夫ですか」

「けちなことを言うなよ。気前のいいおねねにも似合わないぞ」

藤吉郎は笑いとばした。

「ついでに景気づけに町の名前も変えようと思っている」

「今浜はいけませんか」

「悪くはないが〝今〟というのはいかにも今出来の感じで安っぽい。長浜はどうだ」

「大したちがいはないと思いますがねえ」

「いやちがう。長く栄える浜のほうが縁起がいい」

案外藤吉郎という男、かつぎやなのである。それに、じつをいうと、城持ちになったとき、彼自身、羽柴と改姓している。木下藤吉郎という名に、草履とり時代の匂いがついてまわっていることを気にして、

「どうも城持ち大名らしくないなあ」

さんざん頭をひねってあれこれ考えた末に、織田家の重臣、丹羽長秀と柴田勝家の二

人の姓を一字ずつもらってその姓にしたのだ。

――てへっ、欲張りな名をつけやがったな。

こんな悪口を言う仲間もいたが、藤吉郎自身は、しごくご満悦のていであった。

城も新しく、町の名も新しい所へ、その名も新しい羽柴藤吉郎秀吉どのの御入城――やみくもに過去を否定しようとする姿は、ある意味では劣等感の裏返しでもある。そのいじらしさに同情し、かつは新大名の前途を祝して、この物語の中での呼び名も、このあたりで、藤吉郎から秀吉に変えることにしよう。

長浜城ができあがったのは、天正二（一五七四）年の春の半ばだった。さっそく秀吉から、おねねの許に迎えの輿がさしむけられた。

「あねちゃ、ごりっぱな御内室ぶりよ」

綾の小袖に鶴丸の裲襠《うちかけ》を羽織ったおねねを見て、おややはうっとりと言った。目鼻立ちのはっきりしたおねねは、たしかに着映えのするたちだった。おややのひいき目でなく、今日の彼女は、もう、押しも押されもせぬ堂々たる御内室である。

「おねね、たっしゃでな」

養父母の長勝夫婦も眼をしばたたいている。

「でも、また、すぐお目にかかれますもの」

にこやかにそう言っておねねは輿に乗った。おややの夫弥兵衛はすでに長浜で秀吉を助けて働いているし、いずれおややも養父母も、移って来るはずになっているのだ。

おねねを乗せた輿は、桜吹雪の岐阜の町をあとにした。やがて人家がなくなりかけたころ、

「あの、ちょっと……」

輿の中から遠慮がちな声がした。

輿は急いでとめられた。

そっと地上に降されるなり、供の若い侍が駈けよって、

「御用の趣は？」

這いつくばって、うやうやしくたずねる。

輿の中から、きまり悪げなおねねの顔がのぞいた。

「あの、降りてもよろしいでしょうか」

「は？」

いぶかしげな顔をしている間に、おねねは、さっと輿の外へ出てしまっていた。

田畑のつらなりの上に、青い空がはてしなくひろがっているのを仰ぎながら、おねねは、大きく息を吸いこんだ。

どこかで鳥の声がする。

「あ、ひばりですね」

侍のほうをふりかえって、肩をすくめた。

「輿に乗るのも、らくじゃありませんね」

侍はうろたえた。

「も、申しわけもございませぬ」

言うなり、輿脇に控えている小者たちを睨みつけた。

「承ったか、其方《そのほう》たち。これで御内室さまのお供がつとまると思うのか！」

このとき、むしろ慌てたのは、おねねである。

「あ、そんなつもりじゃないのですよ」

急いで侍と小者の間に入ると、

「いえ、私はね、乗物に乗るのは今度がはじめてなんです。それで、きっと乗り方が下手だとみえて――」

正直なおねねの言葉に、供の人々は、あっけにとられたようだった。

「ま、だんだんと馴れますからね、こうして、時々は歩かせてくださいな」

「お歩きになるのでございますか」

侍は困ったような顔をした。

「いけませんか、歩いては？」

「御内室さまをお輿に乗せてお迎えするようにという殿様からのお申しつけですので」

「じゃあ、こうしましょう」

おねねは、羽織っていた裲襠を脱ぐと輿の中にするりと投げこんだ。

「さ、御内室さまはお輿の中です。私は側を歩いて行きます」

「でも、人に見られますと――」

「人目につく所に来たら乗りましょう」

涼しい顔でそう言うなり、小袖の裾をつまみ上げて、もうおねねは歩きはじめていた。

まったく――

輿は思いのほか乗りにくいものだった。からだががくがく揺れて、重心がとりにくい。緊張しつづけで、歩くよりも疲れてしまう。いつか信長の娘の徳姫やお市の方の婚礼の行列を見たときは、何とも思わなかったが、あれで遠い道中を揺られてゆくのは決してらくなことではなかったのだ。

「あなた方、約束してくださいね」

歩きながらおねねは言った。

「私が歩いて来たことは殿さまには内緒ですよ」

侍も小者もくすりと笑った。彼らとのへだては、いま完全に取り払われたようだった。

おねねが長浜城の車寄せで輿を降りたとき、秀吉はちょうど町を見回って帰ったところだった。

「おお、思いのほか早かったな、疲れなかったか」

「いいえ、輿でまいりましたから」

知らぬ顔をしてそう言って、例の侍や小者のほうをちらと見やると、みな、神妙な顔をして笑いをかみころしている。

「この人たちが、とても親切にしてくれましたから」

おねねはさらりと言った。褒めてやるのも、上の者の心づかいというものであろう。いや、これにかぎらず、これからは、おねねは、さまざまの心づかいをしなければならない。

もちろん岐阜の屋敷にも、家人《けにん》はかなりいたし、それぞれめんどうも見てやっていたが、今度の長浜城は、いれもののけたがちがう。目下の秀吉の領地は十八万石、これに見合う軍役として、七、八千人の動員能力を持たなければならない。

こんなとき、まず頼りになるのは血族である。が、草履とりあがりの秀吉には、強力な身内もない。

まず実姉のおとも夫婦。夫の一路はちょっと気の弱そうな武士で七つと六つの男の子がいる。

次は父ちがいの弟、小一郎(後の秀長)。これはおややの夫、浅野弥兵衛同様、もう秀吉を助けて働いているが、子供はいない。

このほか異母妹もいるが、尾張の小身の侍に嫁いでいるので、動けない。

これでもう秀吉の身内はおしまいなのだ。

おねねの血族は、これにくらべると、もう少し頼もしげだ。第一に浅野弥兵衛、このほかに、おねねたちの母の兄、杉原家次も長浜にやって来た。秀吉より五つほど年上の、地味で手堅い男である。

おねねの兄の家定は、この伯父の娘と結婚している。これも五つと二つの男の子がいる。

ざっとこんなところが御一門格として集まってくることになっている。

もちろん清洲時代から今までに秀吉について来た家来はかなりいる。その中での大物、軍師格は竹中重治だ。もともとは信長にほろぼされた美濃の斎藤氏の重臣だから、秀吉に使われる身分ではないのだが、どういうわけか秀吉に惚れこんで、寄騎《よりき》として軍機に与《あずか》っている。なかなかの風流人で、長浜城ができあがると、さっそく、

　　君が代も我が代もともに長浜のまさごの数の尽きやらぬまで

という歌を作って秀吉を喜ばせた。

実戦派の大将格は蜂須賀小六《はちすかころく》だ。尾張の土豪だが、伝説で言われているような野盗あがりではない。少年時代の秀吉が矢作橋《やはぎ》の上で盗賊の首領小六にめぐりあったというのは全くの作り話、第一そのころ矢作橋はなく渡し舟だった。小六にとってはお気の毒のかぎりである。

竹中重治、蜂須賀小六——こうした有力な部将はすでに顔なじみだが、おねねの輿を迎えた人々のうち、大部分は、はじめて見る顔だった。

——まあ、こんなにたくさん。これじゃ、なかなか顔もおぼえられやしない……

岐阜時代は家来の数も少なかったから、誰には寝たきりの母親がいるとか、誰には年頃の娘がいるとかいうようなことまで、おねねは、頭の中に畳みこんでいた。

「これなら年寄りにも食べられるから誰へ」

「この絹は誰の娘へ」

とあれこれ考えてくれてやったりしたものだ。どちらかといえば気前がよすぎて、

「おいおい、そんなにくれてしまっていいのか」

夫のほうが心配することもあるくらいだった。

——でも、これからは、そんなに行届かなくなるかもしれない。

おねねは並んだ侍たちの顔を見て、少し自信がなくなって来た。

おねねの部屋は本丸の奥方《おくかた》である。きらびやかな牡丹を描いた杉戸が押しあけられた

とき、彼女は、思わず足をとめた。着飾って廊下の両側に居流れた侍女たちが、

「御内室さまには、御機嫌よろしゅう御到着、恐悦至極に存じ奉ります」

いっせいに、三つ指ついてお辞儀をしたのだ。

「これが今度そなたの世話をする女どもだ」

秀吉は無造作に言った。

――世話をする？

何を世話してもらうことがあるんだろう。

食事だって、着替えだって、これまで別に誰の手を貸してもらわなくてもやって来られたのに、まあ、こんなにたくさんの女たちを入れて、うまく梶《かじ》をとってゆくだけでも容易ではない。

おねねが奥の間に入ると、息つく暇もなく、侍女たちが入れかわり立ちかわり、挨拶に来た。美濃よりも都に近いだけあって、何となく垢ぬけしている。

「私は、ふうと申します。途中お障りもなく御入城、何よりでございます」

「どうもありがとう」

「いわと申します。日常の細かい御用、御文使いなどお申しつけくださいますよう」

「なにぶんよろしく頼みます」

「るんでございます。御衣裳のお世話をさせていただきます」

「よろしく」

短い挨拶だが、一々返事するだけでもかなりくたびれる。喉も渇いて来た。

――御内室ってのは、喉が渇く役目だこと。

うんざりしかけたとき、現われた十七、八の若い娘が、手をつかえた。

「こほでございます」

挨拶するなり、おねねを見上げて言った。

「お白湯《さゆ》なりとお持ちいたしましょうか」

「ああ、頼みます、ぜひ」

とびつく思いでおねねは言った。

――なんと気のつく娘だろう。

ぱっちりした瞳に、こぼれるような笑みを湛えて、おこほはすぐ引退った。

おこほの持って来た白湯でひと息つくと、今度は、改めて新参の部将の挨拶を受けねばならなかった。

この間にも、時々、おこほはそっと入って白湯をおいてゆく。それが、ちょうどおねねが喉の渇いたころを見計らって持って来る呼吸がじつにみごとなのである。

「あのおこほっていう娘、若いのに、なかなか気がつきますねえ」

一通りの目通りをすませたあと、おねねは感心してこう言ったが、秀吉は、

「そうかな」

　さほど関心をしめさない様子で、

「それよりもまず、こっちへ来て見ないか」

　琵琶湖にのぞんだ櫓《やぐら》の上に連れていった。

「どうだ、この眺め」

「まあ、これ、海じゃないんですか」

　はじめて見る琵琶湖に、おねねは嘆声をあげた。

　なんという広さだろう。春の陽《ひ》の淡さのせいか、湖の蒼さも淡々《あわあわ》として、果ては霞の中に溶けこんでしまっている。

　かすかに風が渡って来ると、湖畔の折れ葦がそよぎ、そのたびに湖面のさざなみがきらきら光った。

「なんて美しい……。絵のようですね」

「ほう、風流なことを言うじゃないか」

　秀吉はおねねをからかうように言った。

「だって、御覧なさいな、あのさざなみのきれいなこと」

「きれいと言うよりも——」

　秀吉は櫓から身を乗り出した。

「ほら、ちゃらっぷ、ちゃらっぷっていう波の音が聞えるだろう」

「ええ」

「あれは何を言ってるかわかるか」

「さあ……」

「都の噂だよ」

思いがけないことを聞かされて、おねねはきょとんとした顔になった。

「何ですって」

「見てみろ、おねね。あれが坂本だ」

秀吉は、はるか南西のほうを指さした。

「今は霞んで何も見えないが、あそこには明智光秀どのの坂本城がある。つまりこの水は坂本に続いている。坂本から都はすぐだからな。都の匂いも流れて来るかもしれぬ」

しきりに鼻をピクつかせた。

「今までの岐阜から都の空は遠かったが、もうここからは空続きさ」

「空続き、ねえ」

男というものは、妙なことを考えるものだとおねねは思った。

が、八年後、その坂本城を陥れた秀吉が天下人となったことを思えば、はしなくも彼は、その野望をちらりとのぞかせたことになる。

もっとも、彼自身にも、このときは、野望というほどのはっきりした自覚はなかったし、おねねにいたっては、なんて無風流な、と思ったくらいで、その言葉さえすぐ忘れた。

が、それよりほかに、長浜城に着いたらすぐ、夫と相談しなければならないことを、おねねはかかえていたのである。それは、

「どうやって姑《かか》さまを長浜にお迎えするか」

ということであった。

本来ならもっと早く、岐阜の家に迎えるはずだったのが、姑自身がその気にならないので、延び延びになっていたのだ。

「なにしろ、こわいおふくろでな。めっぽう頑固ものなんだ」

秀吉は自分の母をそう言っていた。

「子供のときは、継母じゃないかと思ったものさ」

彼の実父弥右衛門は織田家の足軽で、合戦に出てけがをして尾張の中村に帰農した。が、その後ずっと傷のなおりが悪く、半病人の生活で、母親ひとりが、髪ふりみだして働いていた。

しぜん強気にもなるし、口やかましくなる。いたずらっ子の彼は、年中折檻《せっかん》され続けだったという。

七つのとき父親が死に、母は彼とその姉を連れて、同じ村の竹阿弥という男と再婚した。竹阿弥は織田家で雑役のような役をやっていた男である。

「ところが、俺は、この新しい親父と折合いが悪くてな」

そのうち異父弟が生れた。それが小一郎である。こうなると、竹阿弥はますます彼につらくあたり、彼はますます義父に楯つくというようになった。

「おふくろも困ったらしいぜ。なんで親父どのに憎まれるようなことばかりするのか、ってずいぶん怒られたよ」

それもそうだろう、大変ないたずら坊主で、しょっちゅう近所からけんかの尻を持ちこまれたし、お寺に預ければ、そこでまた大暴れをして追い出されるというしまつだったのだから。

十五になったとき、彼は家を出る決心をした。実父の弥右衛門の死ぬまぎわ、なにがしかの金が残っていたのをちゃんと見ていて、なかばむしりとるようにして母から永楽銭一貫文をせしめて家をとびだした。それがいわば彼の運命の岐《わか》れ道で、それをもとでに針を売ったりして、さんざん苦労もしたが、今川家の松下嘉兵衛に仕えて侍奉公の味を知り、その経験を生かして織田家に奉公し、とうとう城持ち大名に出世したのである。

ところが母は、出世した秀吉のところになかなか来たがらなかった。というのも、そもそも彼が家をとびだすとき大げんかしているからだ。永楽銭一貫文をむしりとられた

とき、

「こんな苦労している私から、まだ金をとりあげようってのかい」

親子の縁もこれまでだよ、と母はわめいたものだ。

「親子の仲だもの、そんなこと忘れちまってもいいのに、それでも来ないってがんばるのが、おふくろらしいところさ」

岐阜時代に彼はおねねにそう言っている。また、母親にすれば、夫の竹阿弥への遠慮もあったろう。いくら息子が出世したからといって、その息子と反《そ》りのあわなかった夫をおいて出て来るわけにもいかなかったのだ。

秀吉は母のことは、もうさじを投げていた。

「年をとってもあの意地はたいしたものさ。そんなにおふくろが来たくないなら、そのままにしておくさ」

が、最近になって少し事情が変った。

竹阿弥が亡くなったのである。母が意地を張って中村にがんばっている理由の一つは消滅した。が、それでも、母はまだ、すなおに秀吉の許に行くとは言わない。

「私は小一郎と住みたい。あの子はおとなしい子じゃけ」

それを聞いて秀吉は呆れた顔をした。

「まだ俺をあのときのいたずら小僧と思っているのか」

このごろではもう、

「むりに来てもらおうとは言わないさ」

と、すっかりむくれている。

が、同じ城下に住んでいて、母が秀吉のところへ来ないというのは、かえっておかしい。小一郎の話では、母は彼の家に住むべく、おねねと前後して長浜入りするというから、急いでどうにかしなくてはならない。

「あの、尾張の姑さまのことですけど」

二人きりなのを幸い、櫓の上で言い出すと、秀吉はいやな顔をした。

「ほっとけ、ほっとけ」

すかさず、おねねは言った。

「ほっておいていただきたいのはあなたのほうです」

「何だって？」

「このことにはなんにも口出ししないって、約束してくださいな」

「ほっといてどうする」

「私にまかせてください」

「まあよしとけ。相手は大変な頑固婆さんだぞ。とうてい、おねねの手になんかおえるものか」

おねねは聞えないふりをした。

「たったひとつ、教えてください。お姑さまは、何がお好きですか」

「そんなもん、おぼえているか」

秀吉は、無愛想に言った。

「じゃあ、子供のとき食べておいしいと思ったものは」

「さあ、なあ……」

首をかしげていたが、

「かゆ――温糟《うんぞう》がゆだな」

ぽつりと言った。

「味噌と酒糟《さけかす》を入れて煮たやつさ。そこへ菜っ葉や、ありあわせのものをぶちこむ。焼栗なんか入れた日にゃあ大御馳走よ。なにしろ貧乏でろくなものは食ってなかったからな」

「それから？」

「小豆餅。これはめったに食えなかった。甘いものなんかぜいたくだった」

それだけわかれば十分だった。

部屋に戻って、小一郎の家に使をやって問いあわせると、姑が長浜に着くのは、明日の昼ごろだという。

——さあ、忙しくなる。

おねねはその夜、枕を四つとんとん叩いて寝た。子《ね》、丑《うし》、寅《とら》、卯《う》——午前六時に目をさますというおまじないである。

翌朝、侍女のおるんが、着替えを持って来たとき、おねねはすでに床の中にはいなかった。

「御内室さま、御内室さま」

おるんは慌てた。

第一日目から御内室さまのお目ざめに間にあわなかったとなれば、大失態だ。

——人に知られては大変だ。

足音をしのばせて、おるんはおねねの姿をあちこちさがしもとめた。

手水場《ちょうずば》、化粧の間、居間、庭……

が、どこにもおねねはいない。

——どうしたというんだろう。

がっくりして、自分の部屋に戻りがけに、台所を何気なく覗いて驚いた。

当の御内室さまは、台所に降り立ち、大きな釜をしきりにかき回しているではないか。

「まあ御内室さまっ」

慌てて駈けよると、

「おや、おはよう」

「ま、どうして、こんな所へ」

「いいえ、どうしても、私がやらなくてはならないものがあったものだから」

言いながら、また釜の中を覗きこんだ。

「温糟がゆ。おるんは知っていますか」

「いいえ」

「糟を入れたおかゆでね、おいしいんですよ」

「そ、そうでございますか」

まわりの女中たちは、おるんの慌てぶりを、きょとんとして眺めている。昨日城入りしたおねねの前に改めてお目見えの挨拶に出ることも許されなかった下働きの彼女たちは、そのときまで目の前にいる人が、御内室だということに気がつかなかったのだ。

朝早くやって来て、釜や米や菜っ葉のありかをきいて、くるくる働きはじめたそのひとを——新しく来たお女中頭《がしら》か、ぐらいに考えていた。日ごとに雇い人のふえてゆくこの城内では、見も知らぬ新入りがやって来て仲間に加わることも、さほど珍しくもなかったのだ。

おねねの前にはもう一つ鍋がかかっていた。

「こちらは小豆です。甘く煮て餅でくるむの、あ、餅はどう？　よければくるみはじめますよ。おるんも手伝ってくださいな」

とうとうおるんも台所の仲間入りさせられてしまった。

小豆餅はみるみる板の上に並べられていった。

「こんなにたくさんお作りになって、どうなさるのでございますか」

おそるおそるおるんがきくと、

「今日殿様の母《かか》さまがいらっしゃるんです」

言いかけて、おねねは手をとめた。

「もう、何どきでしょう」

「辰（午前八時）を大分すぎました」

「あら大変」

おねねはひょいと立ちあがった。あとは頼みましたよ、と言うなり、もう部屋のほうへ歩きだしている。

——気の早いお方だ。

慌てておるんは後を追った。主君秀吉が気の早いのは有名だが、御内室のせっかちも相当なものだと舌を巻いた。

おねねはその朝、ごく質素な藍染の麻の小袖を着た。

「あの、今日はまた、御家中の方が御挨拶にいらっしゃいますが」

おるんはしきりに気を揉んだが、おねねは平気なものだ。

「もういいでしょう。そう一度にはみんなの顔はおぼえられませんもの。それに、私、これから出かけなければなりません」

「どちらへ」

「きまっているでしょう。殿様の母さまをお迎えにゆくのです」

「それなら、お輿を」

腰を浮かすのをとめようとしたが、ちょっと考える眼付になって、

「そうね、支度してもらいましょう」

と言った。

が、結局、おねねは、輿には乗らなかった。

「輿は懲りましたからね。ずっと離れてついて来てくださいな」

幸いにまだ長浜の町には、おねねの顔を知るものはいない。小者を二、三人だけ連れて輿とは全く無関係な顔をして歩いていれば、誰もこれが長浜城の女あるじだと気づきはしないのだ。

町はずれのとある松の木の下で、おねねは姑の到着を待った。嫁いでから二、三度、中村へ挨拶に行ったきり、かたくなな姑は、ついに一度もこちらへたずねて来ることはなかったが、顔見知りの小一郎のところの小者もついていることだから、よもや見過し

はしないだろう。

あげひばりがしきりに鳴いている。麦畑を時折渡ってゆく風もやわらかで、一日のうちに、春の色はさらに濃くなったようだ。

小半刻《とき》ほどしたころ、道のかなたに、老婆を馬に乗せた小人数の一行が姿を現わした。中に小一郎の家の小者の顔を見つけると、おねねは飛んでいった。

馬を曳いているのはその男ではなかった。丈は五尺五、六寸、りっぱな大人だが、何となく子供っぽい顔付の男がもっさりと馬の口をとっている。つんつるてんの着物の着方がひどく幼い感じだった。

馬上の老婆は姑にちがいなかった。数年前会ったときより、ちょっとからだが縮んだ感じだが、色が黒く、秀吉に似た丸い眼のよく動くいかにもきかぬ気の面構えだ。

「おいでなさいませ、姑上《はは》さま」

「おねねでございます。お待ちしておりました」

老婆は馬上からいぶかしげに眼を凝らした。

言われてやっと思い出したようだが、

「ああ、あの——」

と言っただけで、にこりともしない。

「お疲れになりませんでしたか」

できるだけやさしく言ったが、

「いいや」

としごくそっけない。それでもおねねは微笑をうかべて言った。

「さ、どうぞこちらへ」

が、姑の返事はにべもなかった。

「おねね、言っとくがな、わしゃ、藤吉郎のところへ来たんじゃないで」

「はい、承っております」

おねねはすまして言った。

「藤吉郎どののところへお越しくださいとは申してはおりませぬ」

姑は虚を衝かれた表情になった。

「おいやならおいでいただかなくても結構でございます。でも、ねねのところへは来ていただきたいのでございます」

「あん？」

続いて何か言い出しそうになる姑の口を封じるように、おねねはできるだけ早口で、息もつかずにしゃべりまくった。

「姑《かか》さま、私はこれまで二度も三度も中村へおたずねしております。姑さまが長浜においでなされたからには、今度はねねのところへお寄りくださるのが、ものの順序でもございましょうが、な」

「あ、それはそうじゃが」

「な、そうでございましょうが。そう思って、ねねはこうしてお待ちしておりました、さ、こうおいでなされませ」

「じゃと言うて」

「などと仰せられますな。とこうしていては御馳走がさめてしまいます」

「御馳走？」

「はい、今朝は早起きして精を入れて作りました」

「何をな」

「姑さまのお好きなものを」

「好きなもの？　そりゃなんじゃ」

しめた、もう罠《わな》にかかったも同然だ、とおねねは心の中でにんまりした。

「さて何でございましょう。まず来て見ていただきとう存じます」

「ふん」

姑は怒ったともつかぬ奇妙な表情をした。

「それなら、ま、寄って行こか。おお、それに、この童《わっぱ》を──」

とのっそり馬の口をとっている男のほうを顎でしゃくり、

「城まで連れてゆかにゃならんでな」

「この方を、ですか」

「この方なんて者であるものか。てんで鼻たれ小僧よ。今年十二になるそうじゃ」

「十二？　このからだで、まあ」

おねねは眼をみはった。つんつるてんの着物の着方も、幼げな面差も、やっと合点がいった。

「同じ中村の生れでな、於虎《おとら》というんじゃ。わしとちょっとは縁続きでな、侍奉公がしたいんじゃと。長浜に連れてゆけとせがみよるので、連れて来た」

「ま、左様で、同じ中村の生れなら藤吉郎どのも喜びましょう」

つい口をすべらせたのがいけなかった。

「おねね」

姑どのはまたもや声をはりあげた。

「わしゃ藤吉郎には会わんぞ。於虎を城まで連れてゆくだけだぞや」

「わかりました、わかりました」

大急ぎで輿に押しこんだ。道々気が変って城へは行かぬなどと言われないために先手を打ったのである。

輿は城門をくぐると車寄せのほうには回らず、おねねの居間の前の小庭に横づけされた。

「さあ、お上りください。於虎どの、そなたも」

のっそり後について来た於虎もいっしょに促した。

「そのままお待ちください」

台所に走っていって、大きな椀に温糟がゆをたっぷりと盛りつけて持って来た。

「さ、姑さま、いかがでしょう」

「あ、かゆか」

姑ははじめて気を許した笑顔を見せた。城の中に連れこまれ、ごたいそうな御馳走でも出るのかと思っていたのが、なつかしいものが出て来たので、おねねにぐっと親近感を懐いたらしい。

「温糟がゆは、姑さまのお得意であられますそうな、それほどうまくはできませぬが」

於虎はもう大椀にかぶりついている。朝から歩きづめだったろうから、よほど腹をすかしていたにちがいない。姑がひと口食べて、

「うん、よい味じゃ」

と言ったとき、於虎はもう空になった椀をぬっとさしだしていた。

二杯、三杯……於虎が四杯めを食べはじめたとき、すっと障子があいて、秀吉が入って来た。意地っぱりな姑《しゅうと》どのは、じろりとその顔を見たきり、また椀をかきこみはじめ

た。

――お前の顔を見に来たんじゃないぞ。

という意思表示であろう。

秀吉も黙ってどっかり胡座《あぐら》をかくと、

「おねね、俺にもかゆだ」

むっつりして言った。おねねは急いで台所に走った。

それからは、かゆをすする、しゅるしゅる、ずるずるという音を伴奏に、奇妙な沈黙が続いた。その間に、於虎は黙々とおかわりを続けた。

七杯、八杯、九杯……

秀吉も、やけになったようにかゆをかきこんではおかわりを重ねた。

三杯、四杯、五杯……

さらに何杯かのおかわりをしたあと、於虎はさすがに箸を投げだしぼそりと言った。

「うまかったな。俺、十二杯食った」

「わりゃあ十二杯も食ったと」

百姓ことばをまる出しにして秀吉は見知らぬ少年に言い、それから満足げに舌なめずりして、ひとりごちた。

「そうだろうとも。うまいかゆだった。おふくろの作ったのとそっくりよ」

姑どのは、じろりと秀吉を見て言った。

「わしのかゆよりうまいわい」

何のことはない、その一言で、二十年のしこりは一度にとれてしまった。

おねねの作戦に狂いはなかったのだ。

お互いに悪態をつきあっているくせに、腹の中では会いたくてたまらない二人だったのである。

——まあ、これでよかった。

今度は小豆餅だわ、と、おねねはまた台所へ走っていった。

小豆餅が運ばれて来たとき、於虎は今までとまるきりちがった反応をしめした。あれほど温糟がゆを呑みこんだその口が、今度はたった一つの小豆餅を、もて扱いかねている様子なのである。

「甘いものは嫌いかい？」

聞くと、

「うんにゃ、大好きだ」

が、言うほどには食べるほうははかどらない。

そのうち、おふう、おいわ、おるん、おこほ、そのほかの侍女たちもやって来て姑に挨拶した。

「さ、これは姑さまのお好きな小豆餅ですからね、みんなもおあがり」

ところが侍女たちはちょっとひと口、小さく頰ばっただけで、いやに上品ぶった食べ方しかしない。

「さ、もっとどんどん食べておくれ」

おねねは側から催促した。気どったりするのは姑の好みにあわない、と思ったからである。

なのに、侍女たちは、おねねの気も知らずに、

「恐れいりましてござります」

やたらにていねいにお辞儀などくりかえしているのである。

――しようのない人たちだこと。

おねねはもう一度くりかえすよりほかはなかった。

「さ、もっと食べておくれ」

そのときである。

食いかけの餅を持った於虎が、ぼそりと言った。

「でも、この餅、うまくねえな」

「何だって！」

「甘くもなんともねえよ」

「えっ！」

おねねはとびあがった。

そんなはずがあってよいものか。げんに小豆を煉ったのはこの私なのだから……

急いで一つをとりあげて、頬ばってみた。

瞬間、おねねの眼に、とまどいの表情が浮かんだようだった。それからひどく大まじめになり、おごそかにといってもよいほどの緩慢さで、顎が二、三度動いた。

次に、遠くをみつめる眼になった。

ゆっくりと頬がゆるみ、はじけるように笑いだしたのは、そのあとである。

「あははは、ほほほほ、於虎、そなたの言うとおり、この餅はちっとも甘くなかった」

横腹を押え、おねねは転げまわりながら侍女に言った。

「それをよくもそなたたち食べましたねえ。こんな味のない餅を――」

甘くもない餅を食べさせられた上に、作った御本人にそう言われて、侍女たちは何ともいえない酢っぱい顔付になった。

腰をぺったり落して、手を床につき、胸をのけぞらせて、おねねは、大らかに笑い続けている。於虎の純真な一言が、庶民の娘だったころの精気と気楽さを取戻させたらしい。

ひとしきりしてから、

「話しましょうか、しくじったわけを」

おねねは一座を見わたした。

「そこで話をしているうちに、台所に立っているとき、おるんがやって来たことにあった。

おねねの失敗の原因は、とっておきの黒蜜を入れるのをすっかり忘れちまったんです」

改めて一座に笑いの渦がわきおこる中で、おねねは大まじめな顔をして言った。

「これからはね、そなたたち、遠慮は無用ですよ。甘くないときは、甘くないと言っておくれ」

側から秀吉が口を出し、

「やれやれ、なんていう慌てものだ。どれ、ほんとうに甘くないのか」

一つつまみあげたとき、それまで黙っていた姑どのが怒鳴るように言った。

「うまい！」

そう言われて、むしろ慌てたのはおねねだった。騒ぎの最中に、姑どのは、味なしの小豆餅をほとんど食べ終っていたのである。

「あ、姑さま、どうぞお棄てくださいませ。もう一度作り直してまいります」

「なんの」

おねねをじろりと見ると姑どのは、厳然として言いきった。

「これがまずいことがあるものか」

「でも……」

「うまい！　わしがうまいと言う以上、うまいにきまっとる」

――なるほど、これは聞きしにまさる頑固さだ……

思わずおねねは首をすくめていた。

甘くない小豆餅を食べさせるという失敗はあったものの、どうやらおねねの作戦はみごとに功を奏したらしい。姑どのは、小一郎のところへ行くといったことなどけろりと忘れて、長浜城に住みついてしまった。

「物ずきなやつだよ、そなたも。わざわざあの因業婆さんを背負いこむんだからなあ」

秀吉も口ではそんなことを言ってはいるが、まんざらでもない顔付をしている。

ついでにいえば、侍志願の於虎も、召し抱えられて加藤虎之助と名を改めた。使ってみると、のっそりしていると思ったのが、案外細かいことにも気がつくたちだとわかった。

台所方の出納をやらせてみると、炭でも米でも、今までよりはずっと少なくてすむようになったのである。貧しい農民のつましさが身についているのであろう。

若いときの秀吉が薪奉行を命ぜられたとき、じっさいに火を燃やしてみて一日の必要量を計り、それから一年分をはじき出したのが出世のいとぐちだったという話と思いあ

わせて、おねねは、この少年に夫のそのころを見る思いがした。後年彼が加藤清正と名乗りを変えてからも、依然として、

「於虎、於虎」

と呼んでかわいがったのはこのためである。

ところで、姑どののほうだが、その頑固さには、時折おねねも悩まされた。

身のまわりの小間使いに、いちばん気のききそうなおこほをさしむけたのだが、

「あの女は嫌いだ」

にべもなく断って来た。

姑どのの手強さは、その頑固さが理屈ぬきだという点にあった。

好きだから好き。いやだからいや。

それ以上、理由も何もないのである。もっとも年寄りの頑固さというものは、たいていこんなものなのだが。

「おこほのどこがお気に召しませんか」

と言っても姑は頑強に、

「気にいらんから気にいらんのじゃ。あの女は、わしは好かん」

と言うだけである。しかたなく別の女中にとりかえたが、おこほのほうもどことなくいづらくなったのか、やがて暇をとった。

――気のつくよい子だったのに……

多少惜しい気もしたが、やめるというものをとめることもできなかった。姑どのの頑固さに困らされることは、このほかにも時々ないわけではない。が、たいていはおねねは姑の好きなようにさせることにしている。なにしろ一筋縄のお方ではないのである。味方にすれば頼もしいが、敵にまわせばこれ以上厄介な存在はない。夫の秀吉だって、時々やりこめられては辟易《へきえき》しているくらいなのだから。

ただ、温糟がゆ以来、姑どのは、どうやらおねねには一目おいているところがある。

――まあ、あの頑固さも甘ったれだと思えば腹も立たないわ。

自分と秀吉と姑の関係は、どうやら、なめくじと蛇と蛙のようなものらしい、とおねねは思いはじめている。あるいは「じゃんけん」の石、紙、鋏の関係といったらいいだろうか。とすればこの老母を抱えこんだことは、まんざら損ではなかったかもしれない。

長浜の生活はしだいに軌道にのりつつあった。

城下には続々と諸国の商人、職人が移って来て、町は日一日とふくれてゆく感じであった。田圃のまん中にぽっかり団地ができ、みるみるまわりに八百屋、魚屋、すし屋、電気屋、美容院が開業してゆくのと同じ光景を想像していただきたい。

「ほれみろ、また家が建っているぞ」

そうした町の景色を櫓から見下すのが、そのころの秀吉の楽しみのひとつだった。が、それからしばらくすると、秀吉がさほどうれしそうな顔を見せなくなった。櫓から見下しても、黙っていることが多くなったのだ。

——町の発展が、あたりまえのことになったからかしら……

と、おねねは、さほど気にもとめなかったのだが、そのうち、櫓へ上るごとに、夫はむしろひどく不機嫌な表情を見せはじめた。

「どうかなさいましたか。お気分でも悪いのですか」

さすがに心配になって、ある日櫓の上で、そっときくと、秀吉はかぶりを振って、

「あれを見ろ、あれを」

不愉快げに城下の町並みを指さした。

「賑やかになってけっこうじゃありませんか。あなたのお考えどおりになりました」

すると驚いたことに、彼はいまいましげに舌打ちしたのである。

「謀《はか》られた。この俺としたことが、謀られたわ」

「何のことです」

おねねには見当がつかない。

「あんなに人が集まったことよ」

「え？」

ますますわからなくなって、きょとんとしていると、秀吉が逆にたずねた。

「なんでこんなに早く町作りができたと思う？」

「さあ」

「この町に住むものの年貢を免除したからさ」

「ああ、そうでしたね」

「ところがだ」

年貢免除に目をつけた領内の農民たちが、我も我もと田畑を棄てて、長浜の町に移って来てしまったのである。

「これじゃあ米を作るものがいなくなってしまう。悪くすると、今年の年貢は一俵もないぞ」

これはいささか大げさだが、たしかに減収になりかねない。放っておけば一家逃散《ちょうさん》が続出して廃村同様の所もできてくるかもしれない。秀吉は苦々しげに言った。

「これというのも、そなたがあんまり気前がよすぎるからだぞ」

「なんですって」

おねねは眼をむいた。

「そなたが年貢を免除しろと言うから……」

「うそ、うそ！」

　思わず叫び声をあげた。

「そう言ったのはあなたですよ」

「俺がそんなことを言うものか」

「言いましたとも。だから私、あのとき言ったじゃありませんか。そんな気前のいいことをしていいんですかって」

「そうだったかな」

「そうですとも。そしたら、気前のいいおねねにも似合わないって……」

「そうか――」

「ごまかしたってだめですよっ」

　秀吉はしかたなさそうに吐息をついた。

「まったく、やつらのずるがしこいことといったら――」

　が、いつの世の中でもいやなものは税金である。少しでもそれから逃れようというのは農民の智恵というものであろう。農民出身でありながら、秀吉は、今度ばかりは、まんまとその智恵に裏をかかれたのだ。

「こうなったらしかたがありませんね。掟《おきて》を改めるほかはないでしょう」

　おねねは慰めるように言った。

「でも、ついこの間出したばかりの規則をすぐ改めるのはなあ」

領主の沽券《こけん》にかかわる、と秀吉はためらっているふうだったが、やはり、そうするほかはなかった。

こうして新しい掟が出された。

在々所々の作職等のこと、去年作毛之年貢納所《なふしよ》候ともがら相抱ふべきこと。

つまり昨年年貢を納入した人を耕作権保持者とみなして納税義務者とし、みだりに他所へは移れないようにしたのである。

長浜の町人にも掟の変更が申し渡された。

一、以後領内の百姓どもを呼びいれてはならぬ。

一、他領から入って来るものは従来どおり。

一、これまでの年貢諸役の免除は取消し、町人にも課税される。

慌てたのは長浜の町人——商人や職人たちである。年貢免除を目あてにやって来たのに、それでは話がちがうではないか、と大騒ぎになった。

すったもんだのあげく、町人の哀訴が聞きいれられて年貢の免除は認められた。ただし、領内の農民の流入が、きびしく禁止されたのはいうまでもない。

こうして農民は農民、町人は町人という区別ができてくる。今日の眼で見ればこれは身分制度の固定化の第一歩ともいえるのだが、もちろん当時のおねねは、そんな小むずかしいことには気がつかない。それどころか、長浜の年貢問題がどうなったかについても、さして関心を払っていたわけでもなかった。

が、ある日夫の部屋で見つけた文反古《ふみほご》が、しぜんとそれを思い出させることになった。ちょうどおねねがその部屋に入ったとき、彼は町を見回りにいっていて留守だった。書きものをしていて、何か用を思いついてとびだしていったあとらしく、硯箱の蓋はあけっ放し、筆の置きざまも雑然としている。

——いつもこれなんだから……

心中苦笑してとりかたづけているうちに、とりちらかされた文反古に眼がとまった。おねねは何気なくそれを拾いあげた。

「かえすがえすも御ゆかしく候まま」

などと書いたのもある。

「このたびの年貢諸役……」

などというのもある。

が、いずれもまぎれるかたない秀吉の筆蹟だ。彼の悪筆には定評がある。

——もうちっと落着いて書けば、少しはうまく見えるのに……

ほかのもひろげてみると、

「こほのとりなしも候ゆえ」

というのが出て来た。

――こほ？……

ああ、そうか、暇をとったあの娘だな、と思い出した。切れ切れの書き反古なのでよくわからないが、どうやら次のようなことらしい。

「一度は長浜の町人どもの年貢免除を取消したが、やっぱり以前どおり免除することにした。それは、こほのとりなしがあったからである」

すると年貢免除は、長浜育ちのあの娘が、旧縁にすがって頼んで来たためとみえる。この事件も落着くところへ落着いた、という気がした。

おねねが姑どのに呼びつけられたのはその直後である。

――やれ、また文句か。

飛んでゆくと姑は意外なことをたずねた。

「ねねよ、こほという女、おぼえているか」

おねねはいま見たばかりの名前をふたたび耳にすることになった。

こほ、という名を口にするとき、姑どのは、ひどくいまいましげな顔をした。頑固な老婆は、まだ彼女が気にいらないままとみえた。

「ああ、あの暇をとった女でございますか」

「そうよ、あの女が、いまどうしているか知っているか」

「いいえ」

言うと、ますます姑は不機嫌に、彼女を睨みつけるようにした。

「おねねよ」

「はい」

「そなた、長浜一のうつけ女じゃわい」

「え？」

姑どのの口の悪いのは今に始まったことではないが、長浜一のうつけ女とは、ちょっと手きびしすぎる。

「それはまた、なぜに」

おねねの顔を見ず、姑どのは、吐きすてるように言った。

「あの女狐め。いや、女狐が狸になりよった」

「え」

「狸のように腹がふくれて赤児《やや》を産んだわい」

「まあ、誰の？」

また姑の丸い眼がじろりとおねねを見た。

「おねね、だからそなたはうつけじゃと言うんじゃ」

それから浅黒い顔を、突然おねねの耳の側へ押しつけて来た。

「おこほに赤児を産ませたのはな、そなたの亭主じゃぞ」

うっ！

のけぞらんばかり——ではない。

じじつ、おねねはその場にのけぞった。

なんということを聞くものか。

おこほが夫との間に子供を産んだ？……そんなことがあってよいものか。

耳許でなおも憤慨しつづける姑どのの声を、おねねはぼんやりと聞いていた。

「ひと目見たときからな、わしゃ、こいつは好かんやつだと思った」

——それを私は、気のきくいい子だなんて思っていたんだから……

「いま、赤児を産んだというからには、あのときはもう、みごもっていたわけじゃ」

——なのに、私は何も気がつかなかった。

「それに間もなく暇をとったろうが。おかしい、おかしいと思っていたら、このしまつよ」

——ああ、私と来たら、げんにこの眼で、あのひとのおこほあての恋文を読みながら、

何ひとつ感じなかったのだ。

よく考えてみれば、

「かえすがえすも御ゆかしく候まま」

とは、愛の言葉以外ではないではないか（当時、ゆかしいとは会いたいことを意味し

た)。

秀吉も秀吉だ。自分がおこほを褒めたときも、顔色も変えずにうけながしてしまった。

――二人して私を騙《だま》していたのだ。

「姑さま……」

おねねの喉から、やっと声が出た。

「そんなこと言ってるときではないがな」

またもや姑どのにどやされてしまった。

「ほんとに私、うつけ者でございました」

おねねはひどく情なさそうな顔をした。

「ほんとに、もっと早く気がつかなければいけなかったのです。あのひとの浮気は、今度がはじめてじゃないんですから」

「何やて？」

姑どのは、食いつきそうな眼をした。

「伜め、そんなに浮気をしとったのか」

「はい、今度のように、はっきりした証拠はないのですが、都の奉行人でいたころは、かなり好き勝手なことをしてたらしいんです」

「ふうむ。けしからんやつじゃ」

「ですから、たまに岐阜に帰って来ても、そわそわしてばかりいて」

「で、どうした？　そなた、そのときどうしたか」

姑どのは、すさまじいけんまくで膝を乗り出して来た。

「え？」

むしろ、へどもどしたのは、おねねのほうである。

「ひっぱたいたか、食いついてやったか、喉をしめあげたか」

まるで、おねねの喉をしめかねまじい勢いである。

「あの、それが……」

おねねはさらに情なさそうな顔になった。

「それが、だめだったのです」

「負けたか」

「いいえ、あの、何もしなかったんです」

「何やて」

姑どのは拍子ぬけした様子である。

「姑さま、私って、ついてないんです」

「ついてない？」

「はい、けんか運が悪くて」

一度はとっちめようとしていたところを、まんまと都へ逃げられた。二度めも同様浅井・朝倉攻めに出てゆかれて、おまけに秀吉が死地に陥ったと聞かされて、けんかのことなど、どこかへ吹飛んでしまった。むしろけんかしないでよかった、と思ったくらいで、無事な顔を見たとたん、われながらだらしないくらいに、にたにたするしまつ……

おねねの話を聞いているうち、今度は姑の顔が、世にも情なさそうになって来た。

「おねねよ、そなたは無類のけんか下手じゃ」

「そうかも知れません」

「このぶんでは、もうとりかえしはつかんぞ」

「え？」

「伜の浮気の虫は一生封じられまい」

苦労するぞ、としんみり言った。さすがは血のつながった母親、どうやら秀吉の未来を嗅ぎあてたようだ。

もっともしんみりしたのは一瞬のことで、気をとりなおした姑どのは、以前にも増した猛々《たけだけ》しさで、おねねを励ました。

「だがな。おねね、それと今度とは、わけが違うぞ」

「はい」

「そなたの運のわかれ目じゃ。しっかりしなされや」

「何も心配することはないぞ、わしがついている」

姑どのにけしかけられるまでもなく、今度こそはと、おねねも覚悟を固めている。

――姑さまの言うとおりに、あの面をひっぱたいてやろうか、喉をしめてやろうか。頬にかぶりついてやろうか。

とにかくただではおかないつもりだ。私に内緒で子供を作って、その女の言いなりになって、長浜の町人の年貢を免除してやるなんて、あまりといえばあまりな仕打ちではないか。

じりじりして待っていたが、秀吉はなかなか帰って来ない。近習の者に問いあわせても、

「さあ、何か急な御用で町にゆかれたようで」

頼りない返事しかしてくれない。

――きっとあの女のところだわ！

自分でも眼がつりあがって来るのがわかるような気がした。唇がひりひり乾いてくる。

秀吉が姿を見せたのは、それから一刻《とき》以上経ってからである。表のほうが急に騒がしくなったと思ったら、

「ねねよ、ねねっ」

どさどさっという足音とともにおねねの部屋にとびこむなり秀吉は言った。

「大事《おおごと》だぞっ」

が、おねねは眉ひとつ動かさない。

——これだわ、これ。いつも私はこの手にひっかかるんだから。それにしてもこういうときっていうと、どうして事件が起るのかしら。

とも知らぬげに、秀吉は大声で怒鳴りちらす。

「出陣、出陣だぞ」

——すっかり同じじゃないの。ねねだって馬鹿じゃありませんからね。二度はひっかかりませんよ。

おねねはわざと落着きはらって答えた。

「どちらへ」

「北国じゃ」

こんどは大戦さだぞ、と舌なめずりするような言い方をした。

「今度は何が何でもひと働きせんことにはな。上様に顔むけがならぬ」

「……」

「なにしろ、長篠《ながしの》ではろくな働きもしなかったからな」

それはたしかにそうかもしれない。この数か月前に織田勢は甲斐の武田勝頼といわゆ

る手柄はたてていない。

もっとも、これは史上有名な馬と鉄砲の戦いだった。勇猛で知られた武田の騎馬隊がおめき叫んでくるところへ、織田勢が当時の新兵器の鉄砲を撃ちこみ、全滅に近い打撃を与えた。いわば戦いは鉄砲足軽と武田の間で行われ、諸将が出る暇もなく勝負がついてしまったのだ。

「なのにその後、俺は筑前守に任じられた」

これは信長が自分が昇進するかわりに、といって朝廷から称号をもらってくれたのである。

秀吉はまたも大声をはりあげた。

「その上様が今度の御出馬にこの城へお泊りになる。さあ、ねね、ぐずぐずしてはおれんぞ」

「わかりました」

秀吉がわめけばわめくほど、おねねはしずしずと返事をした。

「上様をお迎えする支度をすればよろしいんでしょう」

「ま、そりゃそうだが」

秀吉は勢いこんだのを軽くいなされて、奇妙な顔付をした。

「とにかく気のお早い方だからな、支度を急がにゃならん。皆のものを呼びつけていたりしては間にあわんと思って、いま、大急ぎでひと回りして、それぞれに言いつけて来た」

「それだけですか」

「それだけ？」

「外を回って来たのは、それだけの御用で？」

「ほかに何があるというんだ」

けげんそうな顔をする秀吉の前で、おねねは坐りなおした。

「藤吉郎どの」

いつにない激しい語気に相手がふと気押されかけたときを捉えて、おねねはすかさずたたみかけた。

「私が何も知らないとお思いですか」

「う？　何のことだ」

「おこほのことです」

瞬間、ぴくぴくっと秀吉の頰の皺が伸び縮みし、かくしようもない狼狽の色が走った
——とおねねには思われた。

「あの女のことなら、私、何もかも存じておりますよ」

「………」

「あの女が何で里下りしたか」

「………」

「あの女が誰の子を産んだか」

――さあ、どう？　もうぐうの音も出せまいが。

――それでもあなたは、まだ言いのがれをするつもり？

おねねはうんと意地悪い瞳で見ていてやろうと思った。

秀吉はおねねのほうを見ず、ゆっくりと腕組みをした。

それから大きく息を吐き出し、眼を閉じた。

――うまい逃げ口上を考えてるんだわ。

――ま、どうぞ、ごゆっくり。いくらじたばたしたって手おくれですよ、もう。

そのとき、秀吉が眼をあけた。

おねねがふとたじろいだのはその瞬間である。

苛立ちもなければ、憤りもない、ごくすずやかな瞳なのだ。しかも、

「それで――」

ごくありふれた話を続けるような何気なさで、彼はたずねた。

「子供の名を知っているか」

「え？」

「於次丸とつけた」

「………」

「俺の跡継という意味だ」

声も出ないでいるおねねにさらりと言った。

「いずれは、そなたに育ててもらうつもりでいる」

「この私に？」

居直った男のふてぶてしさを、今度ほど味わわされたことはなかった。

――夫がよその女に産ませた子を、私が育てるなんて、よくもぬけぬけと言えたものだ。

「なんということをおっしゃるのです」

おねねは思わず声をうわずらせていた。さっきまでの攻勢はみごとに逆転され、土俵ぎわに追いつめられてしまった感じである。

「いやか」

秀吉は、さらに落着きはらって言う。

「いやなら、おこほともども呼びよせるほかはないな」

「なんですって？」

「於次丸は俺の跡継だ。ほうっておくことはできぬ」

「…………」

「わかったな」

すっくり立ちあがるのをおねねは慌てて押えた。

「待ってください」

「俺は忙しい。出陣の支度をせねばならぬ」

おねねの手をふりほどいて行きがけに、彼は止《とど》めをさすように言った。

「いいか。もしも、今度の戦いで俺に万一のことがあったら、跡を継ぐのは、あの於次丸だぞ」

嫌がらせだということはわかっている。北陸攻めは、信長みずから出陣する大がかりな戦さではあるが、朝倉の滅亡後、蜂起した一向一揆を鎮圧するためのもので、信長にとって決してむずかしい戦いではない。秀吉にしても、金ケ崎城からの殿軍《しんがり》をつとめたときのような危険はないはずだ。

彼が子供を欲しがっていることはよく知っている。

――それにしても、なんということか。

子のないみじめさをこれほど痛烈に味わわされたことはない。相手をやっつけようとして、いま、ずたずたに切りさかれ、嫉妬と憎悪にのたうちまわらなければならないのはおねねのほうだった。

信長が長浜にやって来たのはその年の八月十三日である。このはでごのみの主人公歓迎のために、おねねは心の傷を押しかくして、盛大な門出の宴を設けなければならなかった。

このとき、秀吉は、信長だけでなく、従軍する将兵全員に酒肴をふるまい、気前のよいところを見せた。信長はすこぶる上機嫌で、

「出迎え大儀であったぞ」

挨拶に出たおねねにも特に言葉をかけた。

「御凱陣をお待ち申しあげております」

答えはしたものの、おねねの胸中は複雑だ。

夫が帰ったとき、どういう顔で迎えたらよいか。出陣の慌しさにことよせて、二人ともわざとあの問題にふれようとはしないでいるが、帰ったときこそ、於次丸のことはどうにかしなくてはならない。

信長の軍隊は、八月十五日、風雨の中の緒戦を皮切りに、着々と越前を席巻していった。

その間、長浜の町では、於次丸と名づけられた嬰児《えいじ》が、何も知らずにすくすくと育っていた。

「こん五たうたん」

信長は無類のせっかちである。

今度の北陸攻めは、その彼ごのみの、まことにすばやい戦いだった。

八月十五日に始まった戦いは、月末まではすっかり片付いてしまい、九月早々に北《きたの》庄《しょう》(現在の福井市)入りして、早くも城取縄張《しろとりなわばり》を始めている。城取縄張——すなわち城を築くために設計図を作り、それに従って縄を張って大きさや位置をきめることである。

この城はやがて柴田勝家に委されることになるのだが、このとき信長は勝家に領地として、越前のうち八郡をくれてやっている。

ある意味では、勝家の不運はこのときに始まった。雪深い北陸路に釘づけにされて行動の自由を失い、時勢におくれ、織田の家中第一番の実力者でありながら、ついに後輩の羽柴秀吉に天下を取られてしまったのだから。

が、もちろんそのときは、勝家をはじめ誰しも、そんなことは思いもしなかったろう。

北陸路は当時は加賀の一向一揆や信州勢に備える要地であり、この方面の版図拡大は、信長の最も熱望したところだったのだから。

そして勝家こそは織田家中でその任にたえる最適任者として選ばれたのである。

信長は勝家を高く買っていた。いや、買いかぶりすぎていた、といってもよい。この方面を委せたことによって、勝家が強大になりすぎることを恐れた彼は、子飼いの前田又左ほか、佐々《さっさ》成政《なりまさ》、不破光治らに、同じ越前の中の二郡を与えて、勝家を監視させた。しかも、このとき彼は、勝家に、かなりきびしい掟を下している。

一、不法な課役を申しつけてはならぬ。どうしてもやらねばならぬときは自分に相談せよ。

一、土着の侍を自分勝手に扱ってはならぬ。

一、国の守りを第一にせよ。猿楽、遊興、見物はもってのほか。鷹狩も禁止する。

一、新しい事態が起ったら必ず自分に相談しろ。何事につけても自分を尊重し、自分のいるほうへは足もむけないようにしろ。

というぐあいである。

かくして、秀吉やおねねと親しかった前田又左は越前入りする。後に又左が加賀百万石の大名となる下地はここに築かれたといってよい。

こうして信長は九月の二十六日には岐阜に帰って来てしまった。戦闘開始から一月《ひと》余り、あっという間の勝利だったが、しかし、おねねにとっては長すぎる一月半だった。

全くのけんか別れに似た出陣――。こんなふうに夫を送り出したのははじめてだった。

しかも帰城してからの二人の間は決して好転していないのだ。

秀吉は全くおねねのところへ寄りつかない。このごろでは、

「於次のところへ行くぞ」

公然と言う。不満がましいことを言えば、開き直って、

「なに仏頂面をする。そんな面は見たくもない」

と出てゆけよがしのあしらいをする。どうやら、おねねの恐れていることは、刻々近づきつつある気配なのであった。

おねねの恐れていたこと――

それは秀吉が、於次丸を正式に嗣子として披露するのではないか、ということであった。そうなったら、おこほは、当然「おふくろさま」として長浜城に乗りこんでくるにちがいない。

――そのとき、私はどうなる？　そこに残されているのは、ぞっとするほどのみじめさだけではないか。

殿さまのお跡継というので、きっと女中たちは於次丸をちやほやするだろう。そして、おこほにも、何かとごまをするようになるにきまっている。

そして、やがて私はないがしろにされ、無視されてゆく……

——そんな中で、私はひとりぼっちで生きてゆかなければならないのか。いま夫に悪口雑言を言われても、面と向ってけんかしないのは、決して落着きはらっているのでもなければ、彼を許しているのでもない。ただ、自分がそんな目にあうのがこわいので、わざと目をそむけているだけなのだ。

長浜城がこんなにも広く、そして自分がこんなにも頼りなく思えたことはなかった。

——憎らしい、おこほ、於次丸。いっそ殺してやりたい！

そう思いかけて、慌てておねねはあたりを見回す。

——私のこの心の中の叫びを、誰かに聞きつけられはしなかったかしら。

次の瞬間、そんな自分に腹を立ててしまう。

なんというみじめさだ。

いっそ自分が、あの連中を殺そうと本気で思いつめることができたら、そのほうがしあわせかもしれない。それが中途で妙な屈折を起してしまうから、ますます救われないのだ。われながら、いじけきっているのが情なかった。

秀吉はやたらに忙しがって飛びまわっている。長浜城下の行政をあれこれ指図していったと思ったら、今度は播磨のほうの敵が動きだしたからといって、慌しく出かけていってしまった。おねねには、その一つ一つが自分と顔をあわせないための口実のようにさえ思えてくるのである。

ちょうどそのころ——

信長が権大納言右大将に昇進した。彼自身がなりたがったというより、周囲がほうっておかなかったのだ。なぜなら官職が上れば、朝廷にはそれ相当のみいりがあるからだ。じじつこのとき、信長はこの拝賀(就任挨拶)にあたって、おびただしい砂金や反物を朝廷に献じ、公家たちはその配分に与《あずか》って、大ほくほくのていであった。

信長が安土《あづち》に城を築いたのは、それからまもなくのことだ。正確にいえば、天正三(一五七五)年十一月、彼は嫡男の信忠に岐阜城を譲って、臣下の佐久間信盛の家に移り、安土城作りにかかったのである。そのとき彼が持っていったのは茶の湯の道具だけというから、そのほかの金銀や兵器は、すっぽり息子にくれてやったことになる。信長らしい気前のよさ、というべきだろうか。

彼の安土城作りの意気込みは、すさまじかった。御自慢の天守閣は、今は跡形もないが、城址に残る石垣のとほうもない大きさからも、その規模は知れようというものである。城普請のためには、彼の全領土から人手が徴発された。大工、鍛冶、左官などは、都や奈良、堺からも集められた。特に活躍したのは、馬淵《まぶち》、穴生《あのう》など地元近江の石工たちである。彼らはこの天守作りですっかり名をあげ、この後、諸国の城の石垣作りの注文が殺到した。

このとき使われた石は、近くの観音寺山、長命寺山、長光寺山などから切り出された。なかでも蛇石《じゃいし》と呼ばれる名石は、あまり大きすぎて、一万人もの人手を動員して、やっと曳いて来たという。

石ひとつに一万人。

いささか大げさすぎる話だが、これは、かつて二条の将軍御所を作ったときと同じ手だ。信長は、ここで威勢のいい噂をまき散らしたかったのだ。人をぎょっとさせることをやれば、噂はたちまち各地にひろがるであろう。いや、もしひろがらなかったら、信長自身、噂に羽根をつけて飛ばしたいところだ。

こうして安土城ができると、家来たちは、争って祝いに駈けつけた。それぞれ取っておきの献上品を持って行ったらしいと聞けば、長浜城のおねねも、黙ってはいられない。ちょうど秀吉は播磨へいって留守なので、とりあえず、おねねが挨拶にゆくことになった。

このとき、人の度胆をぬいたのが、羽柴家の献上品のとほうもなさであった。

信長公お好みの南蛮更紗《さらさ》、ビロードにはじまって、緞子《どんす》もしじら織も、みな、まぶしいばかりの華やかな色のを揃え、それに錦の袋に入れた砂金数袋に、南国渡来の虎の皮まで添えてあった。

「てへっ、秀吉め、大名に成上ったので、これ見よがしにやりおるわ」

べて、おねねが集めさせたものだったのだ。

それよりも、彼女の心情の不安定さが、何とはなしに献上品の山を作ってしまったのだ。

安土行きが決ってからも、彼女の心は全く晴れなかった。祝いの品々が集められても、ともすれば秀吉とおこほのことが頭に浮かんで、いっこう気乗りがしないのである。それとも知らず留守居役の家臣たちは、おねねの浮かない顔を見て、気を揉んだ。

「これでは足りませぬか」

「そうね」

おねねも半ばうわのそらでうなずく。そこで家来たちは、大汗をかいて珍品集めに走りまわったというわけなのである。

気がついてみると、献上品は山になっていた。が、鬱《うつ》として楽しまないおねねの眼には、それさえ灰色の塊に見える。

「なるべくはでなものを集めなさい」

かくて献上品は織田家中きっての豪華なものとなってしまった。どうやら彼女は、悲しいときに、ひどく気前のよくなるたちらしい。

とほうもない献上品に、さすがの信長もいささかびっくりさせられたらしく、

「ほう、こりゃ、みごとな」

ざっくばらんに感嘆してみせた。

「筑前在陣中にて、不行届ではございますが……」

とおねねが言うと、信長は改めて眼をみはった。

「ほう、すると、こりゃねねの才覚か」

それから大きくうなずいて、

「さもあろう、あのしわい猿めにはできぬ芸当じゃ」

と上機嫌に言い、それから長浜の城のことなどをあれこれたずねた。

「上様のおかげをもちまして……」

城作り、町作りの進んだこと、姑を迎えたことなど答えると、信長はやがて言った。

「ねねよ」

「はい」

「城作り町作りもみごとじゃが、いちばんみごとなのはそなたじゃ」

「は？」

「押しも押されもせぬ、長浜城の女あるじじゃ。見ちがえるほどよい女になったぞ」

「恐れいりましてございます」

「これで、この上欲しいのは、赤児《やや》じゃな」

思いがけないしみじみとした口調で言われたとき、しぜんとおねねの瞳から涙がこぼれ落ちた。

「あの、それが……生れましてございます」

蚊の鳴くような声で答えた。

「なに、赤児が？」

信長は耳が痛くなるようなかん高い声で叫んだ。

彼のきんきら声は、海のかなたからやって来たパードレたちをもびっくりさせたいわくつきのものだ。周囲はもう馴れっこになっていたから、さして驚きはしなくなっていたが、このときの彼の声は、いつもより、さらに一オクターブは高かった。

——うへっ、なんてえ声だ。

これが殿さまでなかったら、大急ぎで耳に蓋をするところである。敵に奇襲をうけたときだって、こんな声は聞いたことがなかった、と側近は首をすくめた。

が、さすがは信長である。

おねねが、

「お聞き及びではないかも知れませぬが」

口ごもりながらそう言いかけたとき、すでに、すべての事情を察してしまったようだった。

「そうか、そうか。それは、それは……」

さらりと言った。

そしてその瞬間、おねねは見たのである。非情な独裁者であるそのひとの瞳に、思いもかけぬ、やさしい、いたわりの光が湛えられているのを……

その光に、おねねは溺れた。ふいに、めまいに似た衝撃に襲われて、

「上様……」

気がついてみると、唇がひとりでに動いていた。

「筑前は、その子に於次丸と名づけた由にございます」

「……」

「跡を継がせるつもりだ、とその口ではっきり申しました」

「……」

「このごろでは、私のところには寄りつきもいたしません」

「……」

「顔をあわせれば、ことごとに不足を言いたてます」

「……」

「もうその顔、見とうもない、と申します」

「……」

「きっと私がいなければいい、と思っているのでございましょう」

譫言《うわごと》のようにそこまで喋りつづけて、はっ、とおねねは我にかえった。

――あ、なんということを私は喋ってしまったのか。それも事もあろうに、上様の前で……

――これではまるで、そのへんの町屋の女房と同じではないか。長浜の城を預かる大名の妻ともあろうものが。

混乱と羞恥と――

全身の血が、どっく、どっくと音をたてて、頭へ上って来る。

――どうしよう。もうとりかえしがつかない。

おねねは、おろおろとその場に平伏した。

「も、申しわけもございませぬ。つい、お聞き苦しいことをお耳に入れてしまいました」

――さぞおろかなやつと笑っていらっしゃることだろう。ああ、なんておろかな私。どうしてこんなところで、べらべら喋ってしまったのか。

よいよい、と言う声が遠くから響いて来たような気がしたが、それもはっきりとは耳に入らなかった。

――せっかく献上品を褒めていただいたのも水の泡になった……

おねねは絶望の底に突き落された。

そのあと、どうやって信長の前を退出したか、おねねはよくおぼえていない。

——運が曲りかけるとは、こういうものか。

つくづくそんな気がした。

今のおねねは、安土城下の誰彼に顔を見られるのさえつらかった。

——私があんなことを喋ったことは、きっとお城下に知れわたっているにちがいない。

そう思うと、いても立ってもいられなくなり、逃げるようにして安土を立ち去った。

出発までに、信長からの返礼がなかったことも、おねねの気を滅入らせた。

——あんなはしたないことをしたので、きっと呆れておいでなのだ。

安土から長浜への道のなんと長く、苦しかったことか。輿で揺られてゆくことが、そのまま、妄執の車に乗せられて、地獄へ運びこまれて行くような感じであった。

長浜の城下に入ったとき、

「御内室さま、お城が見えてまいりました」

輿脇についていた侍が、気をきかせてこう言ったが、おねねは、

「そう」

と言っただけで、輿をとめて、それを眺めることもしなかった。

とも知らずに、侍女たちは、いそいそと輿を迎えた。が、いつになく緩慢な動作でやっと姿を現わしたおねねの蒼白な顔を見て、ひどくぎくりとさせられたらしい。

れこむようにして床についてしまった。

「お疲れでございましたろう」

駈けよったおるんに抱きかかえられるようにしておねねは居間に入り、それなり、倒れこむようにして床についてしまった。

安土の信長から、直接おねねあてに手紙が来たのは、その数日後のことである。

「この間は、よく来てくれた」

まず冒頭は、先日の礼がのべてあった。

ことにみやげ色々うつくしさ中々めにもあまりふでにもつくしがたく候。

献上品の美しさを褒め、「こちらからも何かやろうと思ったが、あまりみごとなものをもらったので、返礼の品が思いうかばず、まずまずこのたびはやるのをやめにした。今度来たときに何かやろう」と、あった。

——じゃあ、上様は別に気を悪くなさっていらしたわけでもないのだわ。

おねねは少しばかり胸の重みが軽くなったような気がした。さらにその先の数行に眼を走らせたとき、彼女の顔は、さらに明るくなった。

就中《なかんずく》それのみめふり、かたちまで、いつぞや見まいらせ候折ふしよりは、十の物廿ほどもみあげ候。

（そなたのみめかたちは前に見たときの十のものが廿ほどにも見えた）

——あら、いやだ。まだからかうおつもりかしら……

自分でも顔のこわばりが融けてゆくのがわかるような気がした。そしてその次の一句に来たとき、おねねの瞳は、信長の筆蹟に釘づけにされてしまったのである。

信長の字は暢達《ちょうたつ》である。女あての手紙なのでひらがなが多いが、なよやかな公家ふうではなく、全体に精気があふれている。

――ほんとうに、おみごとな字だこと。

おねねは、惚れ惚れと、その字を眺めている。おそらく彼女は生涯この字を忘れることはないだろう。なぜなら、その暢達な文字は、あの日おねねを、やさしく、いたわりをこめてみつめてくれたその瞳よりも、さらにやさしく、かつ力強く彼女を励ましてくれていたからだ。

信長は書いていた。

「藤吉郎はけしからぬやつだ」

と。いや、ここは原文のまま読むべきであろう。

藤きちらうれんれんふそくの旨申《まうす》のよし、こん五たうたんくせ事候か。

昔の手紙は濁点を打たない（前に引用した文は、筆者が便宜上濁点をつけた）。

こん五たうたん
とはすなわち、言語《ごんご》道断《どうだん》である。

「言語道断、言語道断」

おねねは、さっきから、その言葉を口の中でくりかえしている。

——上様は、私の味方をしてくださった。

味方として、これ以上強力な味方はいないはずである。信長は書いている。

「どこをたずねても、お前のようないい女は求めがたいはずだ。だからこれ以後は、陽気にして、いかにもかみさま（女房）らしく、重々しくして、やきもちなど焼かぬがいい」

——大分やきもち焼きだと思われてしまったわ。

おねねは首をすくめた。

さらに信長の手紙は続く。

「女房の役目として、まず言いたいことも全部言わないほうがいい」

——はいはい、今後必ず口はつつしみます。

信長が目の前にいるかのように、うなずいた。手紙はこのあと「この文面を藤吉郎にも見せるように」

とあり、

のふ（信長）印

藤きちらうをんなとも

と書いてあった。

頭をしめつけていたたががぱっとはずれたような晴れやかさだ。おねねは、「のふ」という署名をいつまでもみつめていた。

これぞまさしく、彼女への朱印状ではないか。

「ねね、そなたこそ藤吉郎の正室だぞ、どんなことがあろうとも、それにまちがいなし」

信長がそう言ってくれたのだ。これは男の家来たちがもらう朱印状——何貫文の地を与えるという辞令とひとしい重みを持つ。

何度眺めても飽きない手紙だった。

おねねはまたはじめから読みはじめた。と、そのとき、最初は気づかないで読みすごしてしまった言葉にぶつかった。

……こん五たうたんくせ事候か。いつ（づ）かたをあひたつ（づ）ね候とも　それさまほとのは又二《ふた》たひ（び）かのはけ（げ）ねす（ず）み　あひもとめか（が）たきあひた（だ）……

はけねすみ——禿げ鼠だって？

前後の文章を読めば、はげねずみが誰をさしているかは、おのずからあきらかである。

「はげねずみ——ねえ」

おねねは感嘆し、それから、くすりと笑った。

——上様は、なんとうまい渾名をおつけになることか。

光沢の悪い、消し炭色のぼやぼやした髪は、小鬢《こびん》のあたりで早くも薄くなって、何となく禿げまだらの様相を呈して来た。しかも、きょときょとした眼差も、口のとがりぐあいも、まさしく鼠そのものの秀吉である。

——十数年つれそった私でさえ気づかなかったあのひとの特徴を、うまくつかんでおいでだわ。

もう一度、おねねは、くすりと首をすくめた。

ということは、このとき、彼女の気持に余裕が出て来たことを示すものでもあった。今までふさぎこんでいたのが、信長の手紙で元気づけられ、そのいささか人の悪いユーモアを一緒に笑えるだけのゆとりができてきた、ということなのだ。

それともうひとつ——

秀吉に対するもやもやとしたうらみつらみを、信長が代って吹きとばしてくれたような、爽快さがあった。

いじめっ子にやられていたところへ、さらに腕っぷしの強いのが現われて、相手の頭をぽかりとなぐってくれたような、胸のすっとする気持のよさなのだ。

もし、おねねが別の精神状態にあったなら、この「はげねずみ」という渾名は、もう少しちがった受取り方をされていたかもしれない。

が、今のおねねにとって、それはまことに、的確痛快であり、いい気味とも何とも言いようのない快さで耳に響いてくる言葉なのであった。

——なんだ、あのハゲネズミ。

口の中でそっと呟いてみる。

——そうだとも、あのハゲネズミに、私以上の女がつかまえられるはずはありやしないのだ。

こうなったら、もうテコでも動いてやるものか。

おねねがデンと坐りなおしたのは、まさにこのときからだといっていい。

——なにしろ、上様がそうおっしゃってくださったのだから……

いや、逆にいえば、このあたりが信長の人心収攬《しゅうらん》術のみごとさなのであろう。おねねはその一言にころりと参り、秀吉そこのけの信長ファンになってしまった。

秀吉が帰城したとき、おねねがさっそくこの手紙を見せたことはいうまでもない。

「なに？　上様がそなたにお文を」

出発のときとは打って変った晴れ晴れとした顔付のおねねを、秀吉は気味悪げにみつめ、行装も解かずに、手紙をひろげた。

信長の手紙を読み終ったとき、秀吉は、おねねの期待していたのとは別の反応をしめした。

「そうれ、みろ、おねね」

「え？」

「俺の思ったとおりだ」

おねねはきょとんとして秀吉をみつめた。

「上様のお眼はたしかだ。そなたが何と申しあげたかしらんが」

秀吉は胸を反らせた。

「やきもち焼きのお喋りの手のつけられないやつだということは、すっかりお見通しだ」

「……」

「ほれ、ここを見ろ、ここを」

なるほど、そこには、こう書いてあった。

いかにも、かみさまなりに、おもおもしく、りんきなどにたち入候てはしかるべからず候。

ただし、女のやくにて候あひだ、申《まうす》ものの申さぬなりにもてなししかるべく候。

が、おねねは驚かない。そんなことは、とっくに読んでわかっていることだからだ。

「はい、はい、承知いたしました。これからは、せいぜい気をつけましょう」

とびきりにこやかにほほえんでみせておいて、すかさず、

「でも、あなた、ここお読みになって？」

ぴたりと、例の「こん五たうたん」を指さし、秀吉が眼を白黒させている間に、さら

りと言った。

「このはげねずみって何のこと？」

「う、う、う……」

——ばれたか。

秀吉は無念そうな面持であった。「猿」のほうはまだいいとして、この不景気な渾名だけは気づかれないようにして来たのに、またよりによって、間の悪いときに、わかってしまったものである。

おねねは、そんな秀吉を横眼でちらりと見ながら、そしらぬ顔で、

「私、ちっとも知りませんでしたわ、そんな渾名のあることを」

ちくりと言い、瞬間にあざやかな変り身を見せた。

「上様って、ほんとにお口の悪い方」

大上段にふりかぶっておいて、パチリと鞘におさめた、というところであろう。夫婦げんかは合戦ではない。止めをささずに最後にやんわり抱きこみ戦術に出たのは十数年の夫婦生活から得た智恵というべきだろうか。さすがの秀吉も、今度ばかりは、完全におねねのペースにまきこまれてしまったようだ。

冷静に見れば、信長の手紙は、決しておねねの肩ばかり持っているものではなかった。秀吉の言うとおり、たしなめるべきところは、ちゃんとたしなめている。

が、おねねのほうには、潮に乗った強さがあった。その強さが、この手紙を十二分以上に利用させた、といってもいいかもしれない。

長浜城には、またおねねのほがらかな笑声が響きはじめた。そんな中で、まだ何となく割りきれない表情を残しているのは姑どののひとりであった。

「おねね、いいのか。甘い顔を見せると、藤吉郎のやつ、つけあがるぞ」

姑どのは、おねねが秀吉を、もっとぎゅうの目にあわせることを期待していたらしいのである。

「でもね、姑さま。大名の女房は、りんきをしてはいけないのですって。言いたいことも言わないで、じっとがまんせよって、上様がお手紙をくださったのです」

おねねは、こんども信長の手紙をぬかりなく利用した。

「そうかねえ、そんなもんかのう」

姑どのは、つまらなそうな顔をした。

それどころか、おねねは、姑どのを呆れかえらせるような提案をした。

「於次丸を城内にひきとりたい」

と言い出したのだ。

「おねねよ。それは本気か。おのれの亭主がよその女に産ませた子を、ひきとって育てることができるというのか」

姑どのは眼を丸くしたが、

「藤吉郎どのも、そう望んでおられるでしょうから」

彼女はできるだけ穏やかに言った。

もちろん、おねねとても、喜んで於次丸をひきとるのではない。こだわりは、少なからずある。

が、例の信長の手紙が、彼女に一つの転機を与えたのだ。

信長はこう書いている。

「いかにも、かみさまなりに、おもおもしく、りんきをしてはいけない」

と。してみると、大名の妻というのは、無理をしてでも、りんきをせぬふりをしなくてはならないものらしい。

長浜に帰って以来の秀吉は、於次丸に会うことを口実に、おこほのところに入りびたっている。そんな秀吉の姿を見れば、おそらく家来や町の人々は、おねねがりんきをしておこほと於次丸を追い出したと思うにちがいない。

——それでは私が憎まれ者になってしまう。

それにあの子が大きくなれば、どのみち、夫の子として認めなければならなくなる。

そんなことなら、いっそ今のうちからひきとって私が育てよう。そのほうが将来おこほをのさばらせないためにも、よいのではあるまいか。

それだけの長期的なそろばんのはじける「政治家」におねねはなっていたのだった。が、この計画は、結局、実現するところまで行かずじまいだった。おこほが手離すのをしぶったりしている間に、於次丸は、ふとした風邪がもとで、あっけなく世を去ってしまったのだ。

「俺の子が……せっかく生れた俺の子が……」

秀吉はそのむくろにとりすがって泣いたが、どうにもならなかった。ときに天正四（一五七六）年十月十四日、幼児の葬儀は手厚くいとなまれた。戒名は子供ながらも本光院朝覚居士といかめしくつけられ、今、長浜の妙法寺には、その画像と伝えられるものが残っている。

ところで、この於次丸の死は、羽柴の家に思いがけない結果をもたらした。信長がひょんなことを言い出したのだ。

「ねねに於次をやろう」

「於次を？」

秀吉もおねねも、すぐにはその意味がのみこめなかった。

げんに長浜では於次丸が死んだばかりではないか……

——上様は何をおっしゃっておられるのか。

そろって首をかしげていたが、謎はやがて解けた。信長の四男で、十歳ばかりになる名前も同じ於次丸秀勝を、養子にやろうということだったのである。

「於次丸さまを、この俺に？」

秀吉はとびあがって喜んだ。

彼は自分の出自に対するコンプレックスがある。長浜城主に成上った今でも、同僚にくらべて家柄の悪さを気にしつづけているのだ。が、信長の子供を養子にすれば、事情は一変する。

「そうすりゃあ、上様と俺は縁続きということになるからなあ」

こりゃ百万石の加増をうけたよりもありがたい、と口走った。

しかし、この養子縁組でいちばん恩恵をこうむったのは、おねねではあるまいか。

彼女が於次丸秀勝の養母になったということは、社会的な身分が格上げされただけのことではない。秀勝が羽柴家に入った以上、このあと、秀吉が別の女に子供を産ませても、もうその子を跡継にすることはできないのだ。

もうおねねは、秀吉が新しい女を作っても子供を作っても心配する必要はなくなった。どんなことが起ろうとも、跡継は秀勝であり、彼女はその養母なのだから。信長のあの日の手紙は決してその場かぎりのものではなかったのだ。彼はいつまでも、そのことをおぼえていて、おねねに力を貸してくれたらしい。

もし安土城へいったとき、おねねが取り乱して家庭の事情を口走らなかったら、おそらく信長は手紙もくれなかったろうし、於次丸を養子にやることは考えもしなかったろう。おねねはあのとき、ぐっとこらえて、辛抱するほど賢くはなかった。大名の娘のように喜怒哀楽を表わさないしつけをうけていたらそうではなかったかもしれない。が、お上品に取りすますにしては彼女はあまりに庶民的でありすぎた。その自然さが、峻烈な信長の盲点を衝いたともいえるのである。しかもこの於次丸を迎えたことは、やがて羽柴家に大きな幸運をもたらすのだが、それはずっと先のことである。

今のおねねは、信長の四男坊を養子にできたことを、単純に喜んでいる。

「いいお家柄の育ちなのに、ちっとも鼻にかけないよい子でねえ」

長浜に移って来ている妹のおややにこう言って自慢する。そのおややはそのころ男の子を産んでいる。兄の家定の息子もいつのまにか四人にふえ、その妻は五人めをみごもっている。が、その突き出た腹を眺めても、平然としていられる心境にどうやらおねねは辿りついたらしい。

# 播磨路

安土の城が作られたころ――天正四、五（一五七六、七七）年という時期は、じつは、信長にとって、最も苦しいときだった。

将軍義昭を追い払って、天下人となったものの、まだ彼の行く手には、多くの敵が群がっていた。

その筆頭は石山（現在の大阪）に本拠を構える本願寺である。その系統をひく一向衆には伊勢でも北陸路でも、さんざん悩まされた。このしぶとい大本山を討つために岐阜から出かけて行くのでは遠すぎる。安土進出の狙いの一つはこの宿敵と対決することにあった。

が、さらに本願寺の背後には、中国筋を押える毛利がいた。本願寺が信長と対峙して一歩も退かないのは、優勢な毛利水軍の海上補給をうけているからである。

その上、北陸路では勇将上杉謙信が、いよいよ上洛の気配を見せている。

まさに四面楚歌、のんきに城作りなどしてはいられない時期だった。が、信長はあえて安土に築城した。軍備のために一文でも惜しいところを、わざと金を湯水のようにつかって、豪奢きわまる城を作った。『信長公記《しんちょうこうき》』には「安土山御天主の次第」として七層の天守閣の模様がくわしく書かれているが、金ずくめの間などもある絢爛たるものであったらしい。

危機に臨みながらも、信長はこういう放胆なことをやってのける人物である。後にここを訪れたキリシタンの宣教師たちもこの豪華さには驚いているが、何よりも驚嘆すべきは、城主信長の壮烈な心意気であろう。

さて、いよいよ安土の城ができあがると、ここを拠点に、信長は、本格的に本願寺攻めにとりかかった。岐阜とちがって、ここから都はごく近い。琵琶湖を船で渡って、明智光秀の居城、坂本へ行けばすぐ都である。そのためであろうか、彼はこのとき、早舟——快速船を十隻ほど作らせている。

が、本願寺はなかなか強大である。特に小うるさいのは、その息のかかった雑賀《さいが》、根来《ねごろ》の鉄砲衆で、これには大分悩まされ、中途半端な和睦をして、いったん安土に引揚げた。

と、そのころ、毛利がはっきり信長との断交を宣言して来た。それまではお互いにさぐりを入れつつも、公然と戦うことはしなかったのだが、ついに決裂してしまったのだ。

これまで毛利との交渉には、主として秀吉があたって来た。気の短い信長をなだめなだめ、きわどい駆引を続けて来たのだが、これも水の泡となった。

「こりゃ、えらいことになるぞ」

長浜城で、秀吉は、一人で頭をかかえていた。彼は毛利の実力を知りつくすほど知っていたからだ。

はたせるかな、それから間もなく、安土の信長から急使が来た。天正五年七月のことである。城を出るとき、

「ねね、行くぞ。あとを頼む」

秀吉はいつにない緊張した顔付を見せた。

秀吉の顔を見るなり信長が言ったのは、

「中国へ行け」

ということだった。

「即刻発《た》て」

言葉短くそう言って、口をきゅっと結んだ。

「はっ、ただちに」

秀吉もそれだけ言って平伏した。信長の気の短さは有名だが、それにしてもこの性急さは異常であった。

が、こんなとき、とかくの問答は無用である。機嫌を損じる以外のなにものでもないことを秀吉はよく知っている。

信長にたずねるまでもなく、事情はやがてわかって来た。木津川口で本願寺への海からの補給路を塞いでいた水軍が、圧倒的に優勢な毛利水軍に潰滅的な打撃を与えられたのだ。もともと毛利の水軍は強力だ。瀬戸内海を荒しまわっていた能島《のしま》、来島《くるしま》、因島《いんのしま》などの村上一族、乃美《のみ》一族などの、いわゆる海賊衆をすっかり抱えこんでいるから、船戦さはお手のものである。が、織田方は残念ながらそこまでの力はない。その上船数も八百対二百だから、てんで勝負にならなかった。毛利勢はさんざんに織田勢をやっつけ、莫大な兵糧を本願寺へ運びこんでしまったのだ。

こうなっては、正面切って中国路へ押し出し、毛利と対決するよりほかはない。かくて中国通である秀吉が急遽出陣を命じられたというわけなのである。

――さあて、今度は大仕事だぞ。

相手はなにしろ毛利である。もちろん秀吉とても、いずれこうなるであろうことは予想して、播磨方面では毛利方の諸将に対して、ひそかに抱きこみ工作を進めていた。あとで秀吉の懐刀となる小寺官兵衛（後の黒田孝高《よしたか》）もそのころは姫路付近の小領主の小寺政職《まさもと》の臣下で、招きに応じて秀吉についたことからこの結びつきが始まったのである。

中国攻略は、大任だが、しかし秀吉にとっては、やり甲斐のある仕事だった。

——これをうまくやれば、織田家中での俺の位置はぐんと高くなる。

げんに柴田勝家は北陸を、明智光秀は丹波をというふうに一地方を委されているが、秀吉もこれでやっと彼らと肩を並べるところまでのしあがったのだ。今でいえば、さしずめ、取締役待遇の支店長というところだろうか。

——さあ、やるぞ！

手に唾して土俵に上る思いだったにちがいない。

播磨一帯の攻略は、その後、じわじわとではあるが、かなり進捗した。少なくとも秀吉はそう思っていた。

ところがである。

突然信長から呼びもどしの命令が飛びこんで来たのだ。

「上杉謙信が動きだした。北陸路へ回って柴田を助けろ」

やれやれ、これではやっと営業成績を上げだしたところで取締役を格下げになって、転勤を命じられたようなものではないか。このときほど秀吉が信長の短気を恨んだことはなかった。

——俺のやり方のどこがお気に召さなかったのか。どこに落度があるというのか。

彼としては中国攻略に夢を賭けてもいたし、それなりの成功もおさめたつもりである。

——もう少し長い眼で見てくれなければ。

北陸では昔どおり柴田勝家に指図をうけて働くのだからおもしろくない。しかも勝家は万事動きがのろく、歯がゆくて見てはいられない。

「そんなことでは謙信にやられてしまいますぞ」

がまんしきれずに口を出すと、

「猿め、出しゃばる気か」

頭ごなしに、ぴしゃりとやられる。

――ふん、いつまでも昔の俺だと思ってやがる、ちぇ、くそおもしろくない。

親友の前田又左（利家）などは気を揉んで、しきりにとりなしたが、とうとう腹に据えかね、兵をまとめて、さっさと長浜へ帰ってしまった。

思いがけない帰城にびっくりしたのはおねねである。

「ま、ずいぶん早いお帰りですこと。もう合戦は終ったのですか」

「いや」

いつになく夫の言葉の少ないのが気になったが、よもやこんなことになったとは気がつかない。お疲れでしたろう、お湯は？　お酒は？　とかいがいしく世話をした。

おねねが、からだじゅうの血の色が変るほど驚き、ふるえあがったのは、その二、三日後のことである。

「以後、出陣に及ばず！」

軍規違反を犯した秀吉に対し、信長から、手きびしい謹慎命令が送りつけられて来たのだ。

「こ、こ、これは、あなた……」

おねねは絶句した。

「北陸でいったい何をなさったのです」

「きくな！」

秀吉はこわい顔をして睨みつけた。

「男には意地というものがある」

それきりぷいと横をむいた。

きくまでもなく、それまでの事情はやがておねねの耳に入った。

——上様を怒らしてしまうなんて。まあ……

先の先まで考えて、人の顔色を読み、怒りをこらえる術《すべ》を知っている夫にしては考えられないことだ。

——あの気の短い上様のことだ。この先どうなることやら。

考えると、目の前が真暗になる。これは謹慎だけではすまないのではないか。悪くすると腹を切ることにもなりかねない。自分の命令に背いた人間に、信長がどんな残酷なことをやってのけるか、おねねは知りすぎるほど知っていたのである。

――人間には魔がさす、ということがある。

今度の夫の場合がまさにそうだ、とおねねは思った。

あれほど上様にかわいがられることだけを考えていた人が、前後の見さかいもなく、短気なまねをしてしまうなんて……

が、いまさら夫をなじる気にはなれなかった。

「男には意地がある」

と言ったときの彼の顔が、どうしても忘れられないからだ。

孤独な、きびしい横顔。日頃の道化じみたとぼけぶりをかなぐり棄てた、人をよせつけないその表情は、結婚以来、一度も見せたことのないものだった。

そのきびしさに、おねねは打たれた。十数年一緒にいた妻でも踏みこんでゆけない何かがそこにあった。

――たしかに、このひとのやったことは大失敗かもしれない。おかげで、これまで築いて来た地位も城も、一度に吹っ飛んでしまうかもしれないけれど、でも、私にはそれを責めることはできない。どうせ、もともと、何も持ってやしなかったんだから。ちょっとばかりいい夢を見たと思えばいいんだわ。

ひどくあきらめが早いのは、庶民の血の流れている逞しさであろう。以来、おねねは、つとめて秀吉に逆らうまいとした。立居振舞も口のきき方も、なるべく陽気に陽気にと心がけた。

とはいうものの、おねねひとりの力で、長浜城の空気を一変することは不可能だった。城主の不機嫌を反映して、城の中は、何となくしめりがちで、声高にものを言う者もいなくなって来ている。

と、そのうち、能登《のと》の七尾《ななお》城が謙信の手に落ちたという情報が入って来た。ときに天正五年九月十五日、かの有名な「霜は軍営に満ちて秋気清し」の詩は、このときの作といわれている。もっとも学者の説では、これが謙信の作というのは、どうも眉唾らしいのだが。

七尾落城の知らせを聞いたとき、

「それ見たことか」

秀吉は拳をふりあげて吠えるように言った。

「俺の言ったとおりだ。あの柴田の間ぬけにやらせておくから、このざまよ」

いかにもいい気味だ、と言いたげであったが、そのくせ、その瞳がうつろで淋しげなのをおねねは見過しはしなかった。彼は自分を譴責《けんせき》した主君信長の旗色の悪さを決して喜んでいるのではないのである。

——俺にやらせれば、こんなへまはしなかったのに。

今は翼をもがれた鳥のような状態でいることの淋しさが、威勢のよい悪口の中に、蔽いようもなくにじみ出ていた。活躍の場を失ったものの、やり場のないプロ意識、とでもいったらいいだろうか。

——このひとがこんな眼をしていることを、上様はご存じだろうか。

おねねは、そっと溜息をついた。

前には石山本願寺と毛利、そして後ろからは上杉謙信。信長にとっては最大の危機だったといってよい。この際秀吉を謹慎させておくのは、大損失だ。

が、勝気な信長は、なかなか秀吉を許すとは言わなかった。

——上様は、一度憎んだ者のことは決して許さない方だから……

おねねは不安な思いにかられてゆく。

と、そのころ——

「養母上《ははうえ》、折入ってお話し申しあげたいことが……」

養子の於次丸が、そっと耳打ちをした。彼も養子に来て早々羽柴の家の具合がおかしくなったので、幼いながら気を揉みはじめたものらしかった。おねねの部屋で二人きりになったとき、彼は言った。

「織田の実父《ちち》に、何となく手紙を出してみましょうか」

十になるかならずの少年の言葉に、おねねは感嘆した。政略的な結婚やら養子縁組の横行するそのころだから、於次丸は小さいときから、こうした気配りを叩きこまれているとみえる。

「養父《ちち》には内緒にしましょう」

さらに大人びたことを言って、於次丸がおねねを驚かした。

「そうですね、ぜひ書いてくださいな」

十歳の少年の手蹟はさすがに幼く、文面もありきたりのものだったが、それはそれなりの効果があったらしく、やがて信長の勘気は解けた。

もっともこのときは、本願寺を攻めていた松永久秀が叛旗をひるがえしたので、そのほうの手当てに追われ、さすがの信長も我を折ったのかもしれない。

——結局私は、今度は何もできなかったけれど……

許しが出て、今までに数倍する気負い方で出陣して行った秀吉を見送りながら、おねねは心の中で呟いた。

——せめてもの心やりは、失意の夫を責めたてることをしなかったことだろうか。

が、十数年一緒にいても、夫にしてやれることは、このくらいのことなのか、と思うと、夫婦などというものは頼りない気もした。

「まあ……」

松永久秀の居城、信貴山《しぎさん》城は織田信忠以下、明智、細川、筒井（順慶）などの猛攻をうけて、十月十日に落城した。信貴山城が落ちると、息つくひまもなく、秀吉は中国への再攻を命じられた。

「やっぱり俺がいかんとだめらしいて」

彼はやっと晴れ晴れとした顔を見せた。

留守は幼い於次丸が守った。まだ年歯はゆかないが、織田から来た養子というだけでも十分睨みはきく。それよりやや年かさの加藤虎之助は秀吉に従って出陣した。

「於虎、気をおつけよ」

おねねはわが子を送り出すような気持で、その後姿を見送った。於虎――加藤虎之助（清正）が武将としての素質を現わして来たのは、この播磨攻め以来のことである。このときの働きによって百二十石与えられたことが彼の出世の始まりだ。たった百二十石ではあるが、羽柴家の台所を駈けずりまわってわずか五石をもらっていたときにくらべれば、二十数倍もの加増である。

彼と並んで秀吉の子飼いといわれた福島正則が、出世のいとぐちをつかんだのもこのときだ。彼は虎之助と同い年で、少年時代は、

「市松、市松」

と呼ばれて、おねねにかわいがられた一人である。

「さ、市松もしっかりやっておいで」

おねねは虎之助と同じく、彼をもこう言って見送ったが、市松はその期待にこたえて、なかなかの働きを見せた。これより少し後のことになるが、虎之助同様播磨で三百石をもらっているのもその証拠である。

このとき虎之助も市松も同じく十八歳、ちょうどこわいもの知らずで暴れまわる年頃だからでもあるが、ひとつには、この播磨攻めに賭けた秀吉の気魄のすさまじさが彼らをあおりたてた、ともいえるかもしれない。なにしろ信長に睨まれたあとでの出陣である。ちょっとやそこらの手柄をたてたのではとりかえしがつかない、と思っていたらしく、

「夜を日に継いで駈けまわり、ことごとく人質をとりかためた」

と『信長公記』にも書いてある。さらにこの書によれば、秀吉は、これだけでは働きが足りない、と思ったらしく、但馬国に侵入して、山口、竹田まで攻略した、とある。

この竹田の押えには秀吉の異父弟、小一郎が入った。後の秀長である。

このとき、おねねの兄の家定も、播磨方面に進出しているが、とりわけめざましい出世は、おねねの妹、おややの夫である浅野弥兵衛だった。彼が秀吉から与えられた采地《さいち》は、なんと四千六百石、まもなくさらに千石の加増があるから、羽柴家きっての大身にのしあがったといえる。

「あねちゃのおかげで、まあ……」

おややは大喜びだが、当の弥兵衛は、相変らずむっつりしていて、それほどうれしそうな顔も見せない。

「ほんとに、あのひとったら、不器用で――」

おややは、しきりに気を揉むが、むしろ秀吉は、

「うん、そこが弥兵衛のいいところよ」

と買っている様子である。おねねにしても、喜怒哀楽の激しすぎる夫――男にしてはいささかおっちょこちょいともみえる夫の秀吉と、むっつりやの弥兵衛とはよい組合わせだと思っている。

ともあれ、播磨攻めは、おねね一族やその周辺に予想外の幸運をもたらした。北陸路での秀吉の失敗が、かえって福を呼んだといえるかもしれない。

が、このとき、おねねは気づいていなかった。彼の一族の幸運の蔭に、恐るべき犠牲がはらわれていたのを……

秀吉は、向うみずになりすぎていた。彼の頭の中が、いかにして信長の信用を回復するか、ということでいっぱいになっていたからかもしれない。

播磨攻めに進出して一月《ひと》ほどして、毛利方の一拠点である上月《こうづき》城を攻め陥《おと》したときのことだ。敗軍の将である城主の首を刎《は》ねたのはしかたがないとしても、そのあと彼はそ

こに籠っていた婦女子を磔《はりつけ》にかけ、幼児までも槍で串刺しにして皆殺しにしてしまった。

「見せしめのため」

と言っているが、こうまで残虐にする必要があったかどうか、信長に忠勤を励もうとするのあまり、過失を犯した、といえはしないか。

あとで彼は口をぬぐって、

人を切り申し候こと嫌いぬき候。

などと言っているが、とんでもない。後の世の人々はこれをうかうかと信用し、

「信長は残酷だが、秀吉はそうではない」

などと思っているが、これは秀吉の素姓を見ぬいていない言葉である。今でも彼の陽気そうな仮面に騙されて、「太閤秀吉いい男」と思いこんでいる向きが多いが、どうしてどうして、彼は信長以上に残虐な男なのである。

が、信長は彼の勝利に上機嫌だった。その意味では秀吉の狙いはぴたりと当ったといえる。その年の暮に安土に挨拶にゆくと、秘蔵の名物、乙御前《おとごぜ》の釜を褒美に与えられた。

血なまぐさい残虐行為の褒賞に、優雅な茶の湯の道具が与えられる——このあたりが戦国の歴史の皮肉さというべきであろうか。

秀吉の中国進攻が成功したので、信長の本願寺攻めは少しずつ旗色がよくなって来た。しかもその上、強敵上杉謙信が脳溢血で急死したので、北陸路の心配がなくなり、全力

をあげて本願寺攻めにかかれるようになった。

信長はまず七隻の鉄の船を作った（といっても現在のような鋼鉄船ではなく、木製の船の外側に鉄板を貼ったものだろうが）。そこに大砲三門ずつを据え、毛利水軍を敗退させ、みごとに二年前の惨敗の恥をそそいだのである。その後家臣の荒木村重に叛かれて思わぬ苦戦をするなどの曲折はあったが、まもなく本願寺は信長の軍門に降った。

今度はいよいよ毛利が正面の敵である。秀吉の存在はますます重要になって来る。そして彼の残忍性はますます冴えを見せてくる。

たとえば鳥取城の兵糧攻め——。彼はこのとき、短期決戦を挑まず、城の周囲をとりかこみ、その糧道を断って、敵の衰えるのを待った。合戦といえば槍や刀をふるって戦うものとばかり思っていたそのころ、全くちがった概念の「戦い」を敵につきつけたところは、あざやかな彼の才能というべきだろうが、おかげで相手は、この世の地獄に突き落される羽目になった。籠城軍は幽鬼のように瘠せ衰え、鉄砲で撃たれる者があると息のあるうちにとびついてその肉を食べた。身内の者さえ、

「頭はとりわけおいしい」

と言ったとか。秀吉は自軍の兵力こそ損耗しなかったが、この地獄絵に責任が全くないといえるだろうか。

権力には残虐性がつきものだ。いま秀吉はその血海の中に、どっぷりと手を浸してさ

らに大きくなろうとしている。それがおねねの身の上にどんなかかわりを持つようになるか——彼女はまだ気づいてはいない。

# 飛報

てんてこてん
御大将の御装束には
金糸赤地の鎧召し

御馬の先の
のぼりのだしは
金のひょうたんぴかぴかと

長浜城下に、賑やかな囃子《はやし》と唄声があふれている。

「姑さま、御覧になれますか。大変な人出でございますよ」

城の櫓《やぐら》から、おねねと姑どのは、のびあがるようにして、町の人出を眺めていた。

「ひゃあ、えれえ人数だあ」

姑どのは田舎言葉まる出しで、感嘆の声をあげた。

「晴れの出陣ですもの。どんなに賑やかでも賑やかすぎるってことはありませんでしょう」

「なにしろ、藤吉郎は、子供のころから、賑やかなことが好きだったからな」

城主の好みを心得たとみえて、長浜の町人たちは、このごろ出陣というと、こうした賑やかな囃子で軍勢を送り出すようになった。そして秀吉はますます上機嫌で、例の「赤ひげ猿まなこ」で馬上にそっくりかえって出てゆくという次第なのであった。

もっともこのひげはつけひげだ。ハゲネズミどのはもともと毛の薄いたちで、顎ひげなど逆立ちしたって生えないことは、おねねがいちばんよく知っている。

——あんなにそっくりかえって、ひげが落ちなきゃいいけど……

ひそかに肩をすくめている。

ともあれ、この長浜俗謡はかなり有名で、それから百五十年ほど経ってからも歌いつたえられていたらしい。

なかには、こんな文句もある。

いさみ進める若武者の

紫あやめの母衣《ほろ》かけて……

その文句がひときわおねねの胸に沁みるのは、養子於次丸がついこの間元服し、いよいよ秀吉とともにはじめて出陣するからだ。

於次丸は十五歳、信長に似た細面の美少年で、元服させてみると、まことに清々しい若武者になった。肌がすき透るくらい白く、いささかひよわげなのが気がかりだが、さすがに実父《ちち》ゆずりの気品があって、

「養母上《ははうえ》、おかげをもちまして、やっと一人前になりました。幾久しゅうよろしくお願いいたします」

両手をつかえられたときは、かえって、どぎまぎするくらいだった。

元服してからの彼は秀勝と名乗ったが、実父の信長は、まだ於次と呼んでいたようだ。その出陣にあたって出した沙汰書には、

今度西国成敗のために、於次丸、羽柴筑前守をさし下し候。

とある。若年ながら於次丸秀勝は総大将だ。彼らのめざす西国とはすなわち備中、備後。対決の相手は毛利一族だ。

今度の中国攻めは、秀吉にとって晴れの舞台である。

この方面の戦いでの苦労はなみたいていではなかった。例の上月《こうづき》城にしても、いった

んは毛利方の手から奪って、尼子、山中の主従を入れたが、結局足手まといになって、二人を見放してしまったくらいだ。

こうして一進一退をくりかえし、じわじわと浸透策をとって来た中国攻略も、やっと一つの節《ふし》を迎えた感じである。今度の攻撃目標は備中高松城。城主清水宗治《しみずむねはる》は、毛利方の勇将だし、その後ろには毛利の本隊が無気味に動きはじめているらしい。

——いよいよ相手と四つに組む時が来たらしいぞ！

秀吉はそう思っている。だから今度の出陣には、長浜の総力をあげ、戦えるものは全部連れていった。

まず、おねねの兄の杉原家定とその舅にあたる杉原家次。彼はおねねたちの母の兄弟で年も五十がらみ、分別のある実務家で、戦闘はあまりうまくないが、敵と外交交渉をしなくてはならないようなときには、なくてはならない人物である。そのほか秀吉の姉婿の長尾一路とか、子飼いの加藤清正、福島正則らももちろん従っている。

このころ秀吉は、手中におさめた播磨の姫路に城を構えており、そこではおややの夫浅野弥兵衛が彼の来るのを待ちかねている。

さらに但馬からは、最も頼みにしている異父弟の小一郎がやって来るはずだ。

侍たちが出陣してしまうと、長浜城下はめっきり淋しくなった。

「全く人通りもなくなっちゃったみたいで心細いことねえ」

おややは、どことなく落着かない様子である。

兄の家定の妻——家次の娘のおあこも、子供を連れて、不安げな面持で城へやって来た。長男巳之助は十四、次男の熊之助が十、その下に男二人という賑やかさの上に、彼女自身、臨月に近い大きなお腹をかかえている。

そこへ秀吉の姉のおとももも息子たちを連れて来たので、長浜の城は、まるで子供たちの遊び場になってしまった。そのうるささといったら、子供を持たないおねねにはとうていがまんできるものではなかった。

「これこれ、静かになさい」

そのくらい言ったのでは、子供たちの騒ぎはおさまらない。

——やれやれ、留守番で淋しいどころか、これじゃ血が上《のぼ》ってしまう。

いちばん手のつけられないのは、おともの長男の孫七だ。大変な暴れん坊で、ちょっと眼を離すと、ほかの子をなぐる、蹴とばす、そのたびにわあっと泣き声が起るしまつ。しかもいちばん年かさで腕っぷしも強い。

——もうそろそろ元服っていう年頃なのに……。於次とは、なんというちがいだろう。

が、夫の姉の子だから、表立って文句も言えないのが悩みの種である。

悪いことに、この小倅《こせがれ》どもは、みな似たりよったりの年頃だ。孫七の弟小吉は家定の長男巳之助と同い年だし、家定の三男長吉と、おややの長男長満《ちょうみつ》とは一つちがいだ。

一方の取っ組みあいをやめさせているうちに、一方では首をしめられてひいひい言っているのがいるという有様に、おねねはほとほと途方にくれた。が、さすがに姑どのは平気なものだ。

「ほっとけ、ほっとけ、そんなことでは死にゃあせん」

「でも……」

「藤吉郎がこのくらいの時分には、もっとひどいもんだった」

「まあ」

「ねねよ、こううるさくては腹も立とうが、ものは考えようでな」

「はあ？」

「こいつら、もうすぐ秀勝のよい御家来衆になるがな」

なるほど、そういう考え方もあるものだ、とおねねは感心した。

なかで比較的おとなしいのは小吉と巳之助である。小吉は少しからだが弱いせいか、兄のように暴れるわけにはいかないらしいのだが、変っているのは、家定の長男の巳之助だ。

弟や従弟《いとこ》たちが、なぐりあいをやろうと泣こうとわめこうと、仲に入るでもなく、ひとりぽつんと離れて坐っている。いたずらざかりが、こうおとなしいのもかえって気味が悪く、

「どこかからだのぐあいでも悪いの」

きくと、

「いいえ」

ひどくおとなしやかに答える。

「そこで何をしているの？」

「湖を見ております」

「湖を？」

「はい。陽《ひ》が沈みかけてまいりましたから、湖の色が刻々変って来ました。それに空の色も……。まばたきするのも惜しいくらいです」

「まあ……」

長浜に越して来た当初こそきれいな湖だと思ったが、このごろでは、そんなことなど、とんと忘れていた。なのにこの少年は、

「半年でも一年でも眺めていたいくらいです」

と言う。

「へえ、そんなに湖が好きなの？」

おねねが呆れて眼をぱちぱちさせると、彼は静かに首を振った。

「湖だけではありませぬ。美しいものはみな好きです。雨のしずくでも、木洩れ陽でも」

——こういうのを風流っていうのかしら。

が、兄の家定にしろ、その妻にしろ、そうした情緒の持主ではない。まさに一族中の珍種であろう。

が、彼は、残念ながら、半年も一年も、この湖を眺めているわけにはいかなかった。その年の六月、都で思いがけない事件が突発したからである。

このとき都で起ったその事件を、いまさらくだくだしく書く必要はないだろう。

本能寺の変——

明智光秀が織田信長を弑逆《しいぎゃく》した日本史上指折りの大事件がそれなのだ。

が、それにふれる前に、出陣した秀吉の様子もちょっと覗いておかねばならない。

彼はそのころ高松城水攻めの最中だった。例のとおりの兵糧攻めの一種だが、今度は地形を利用し、川の流れを堰《せ》きとめて、城のまわりに水をあふれさせた。

城主清水宗治はがんばり続けたが、すでに食糧は尽き敗色は歴然として来た。毛利の援軍はそこまで来ているのだが、川の流れにさえぎられてどうすることもできない。

そこまで追いつめておいて、秀吉は信長の出馬を要請した。戦功をひとりじめしてあとで憎まれるのを恐れたからだともいう。が、今度の合戦の相手は清水宗治ではなくて、背後にひかえる毛利である。その毛利が目の前に陣を張っていることを思えば、ここで信長の出陣を請うのが順序であろう。

――俺の作った突破口を見ていただく。それから先は上様の合戦だ。

秀吉はそのつもりだったにちがいないし、信長も、だからこそ部下の諸将に動員令をかけ、総力をあげて毛利をねじふせようとしたのだ。

ところが、その動員令をかけられた中に明智光秀がいたことが、信長の運命を急変させた。

六月二日未明に起ったこの事件が、どのくらいの早さで各地に伝えられたか――これはちょっと興味のある問題である。

都の人々をのぞけば、いちばん先にこれを知ったのは徳川家康だろう。なぜなら彼は信長に招かれて上京し、そのころは堺の大商人と茶の湯を楽しんだりしていたからだ。

都への最短距離で極秘の情報をつかむ――家康にとってはまさに好機だったが、残念ながら手勢がいなかった。光秀を討つどころか、その眼をかすめて命からがら本国へ逃げもどるのが関の山だった。彼は二日朝堺を発ち、四日には早くも三河に着いている。

家康についで情報をとらえたのは大坂にいた神戸《かんべ》信孝（信長の三男）と丹羽長秀だろう。彼らは四国の長曾我部《ちょうそかべ》征伐に発とうとしてこの報を聞いたのだが、やったことといえば同行していた織田信澄（光秀の婿）を殺したことだけだった。

秀吉がそれを聞いたのは、これより後だが、情報処理の腕前は彼らにくらべて数段すぐれていた。何くわぬ顔して清水宗治の切腹を条件として、毛利方と和睦した。

このとき交渉にあたったのが、杉原家次と蜂須賀正勝（小六）である。

――毛利は今度の事件を感づいているのかどうか……

内心びくびくものだったが、家次の沈着さと無表情な顔付が、この難局を救った。和睦のあと、ひきつづき家次は高松城を預かった。これはかなりの大役だ。いま味方は総大将信長を失った弱みがある。うっかり毛利につけこまれてはいけないのである。日頃言葉少なく、しかも適当に人あたりもやわらかい家次は、みごとにその役をやってのけた。秀吉が天下を握るための裏方として、彼の力量は、もっと大きく評価されていい。

そもそも秀吉が京都の異変を知ったのは、明智光秀が毛利へ走らせた密使をつかまえたからだ、と言われている。

が、密使は一人だけとは限らない。

――毛利がこれを感づいているか、どうか。

秀吉は薄氷を踏む思いだったにちがいない。

後世になると、「秀吉がわざわざ毛利に信長の死を知らせて和睦した」などと書いたものが出てくるが、とんでもない作りごとで、そのころの秀吉は、味方にも信長は無事だなどといって動揺を抑えている。例えば茨木城主の中川清秀に、

上様は何も御別儀無くお切りぬけなされ候。膳所《ぜぜ》ケ崎へ御のきなされ……まづもつ

てめでたく存じ候。

などと書いているのが一つの証拠である。もっとも秀吉が小細工をしたところで、情報はまもなく毛利に伝わるにきまっていたが。「吉川家文書」によると、知らせたのは紀州の雑賀《さいが》党であるという。雑賀党は本願寺と組んでさんざん信長を苦しめた連中だから、そのあたりと毛利の連繋が窺えておもしろい。が、毛利がこれを知ったとき、ひと足ちがいで和睦は成立していた。秀吉の運の強さ、毛利の運の悪さというべきだろう。

事件の外にありながら、割に早く情報をつかんだのは、丹後の宮津城主、細川藤孝・忠興父子だった。たまたま上洛していた家臣からの急使が着いたのが三日だというからかなり早い。

このとき使に立ったのは、早田道鬼斎《どうきさい》という浪人者だが、彼の特技は駈足で、十六里を三刻《とき》ばかりで走る記録の持主だったらしい。大ざっぱにいえば六四キロを六時間ということになるから、今のマラソン選手のタイムには及ばないが、ともあれそのおかげで細川は付近の誰よりも早く事件をキャッチした。忠興が明智光秀の婿なのに、この家がうまく身をかわして安泰を保ち得たのは、こうした情報網のおかげである。

それにくらべて長浜城のおねねはおくれをとった。それも、情ないほどのおくれ方である。

三日、細川が極秘情報を手に入れて色めきたっているころ、おねねは何も知らずに、子供たちのけんかをとめることだけに追われていた。

四日——。まだおねねは気がつかない。もっとも有能な家来の出払ってしまった女子供ばかりの城ではしかたのないことだったかもしれないが……

「ご、御内室さまっ！」

けたたましい侍女のいわの声に驚かされたのはその夜のことだ。

「敵が、敵が攻めてまいりまするっ」

敵——

敵とは何か？

いわの言葉を聞いても、おねねはまだ何のことやらわからなかった。

夫の敵は、毛利である。夫はこれを討つために、おねねのまだ見たこともない中国筋とやらへ出かけているのではないか。

なのに、その敵が、ここへ押しかけてくるというと、いったい夫は？……

そこまで考えて、おねねは、

あっ！

と声をあげそうになった。

「い、いわっ、じゃあ、殿様はっ」

おいわは手首をぐいっとつかまれて喘いだ。

「いいえ、そうではございませんのですっ。お落着きをっ」

「慌てているのは、そなたですよっ。まだ何も話してないではないの。いったい、どうしたっていうの？」

少なくとも、おねねは、いわよりも落着いているつもりだった。しかし、

「はい、あの——」

いわのその次の言葉を聞いたとき、とたんにその自信を失った。

——私って、よほど慌てているのかしら。いわの言っていることが、よくわからなくなってしまった……

上様御生害《しょうがい》。

それを聞いたときのおねねのいつわりのない印象はそれだった。

ありうべからざることだ。

そう聞いてしまったのは、私が慌てているからだ——おねねには、そうとしか思えなかったのである。

一瞬、心情の空白が起った。

いわの語った恐るべき事件が、たしかな事実としておねねの頭の中で改めて組みたてられたのはそのあとである。

――上様が、あの上様が、明智に？……

しかも、勝ちほこった明智は、今にもこの城を攻めて来るという。

「明智に味方した者どもは、もうそこまで迫っておるそうでございます」

気がついたとき、おねねは、もう驚く余裕もない状態に追いつめられているのである。

「とにかく逃げましょう」

おねねは、すっと立ちあがっていた。

「どこへ」

「まだ決めてはいません。子供たちを起してください。ああ、それから御飯を全部握り飯にして。食べものはできるだけ持ちましょう」

いま、おねねの頭にあるのは、播磨路で首を斬られたり串刺しにされた女子供のことであった。

――あの子たちをそうさせてはならない。

つい今しがたまで、おねねをさんざんてこずらせていた悪童どもだったが、こうなってみるとその一人一人にいとしさがこみあげて来た。

――孫七、巳之助、小吉、長満……誰ひとりだって渡すものか。

もしこのとき、おねねの決断が一刻おくれていたら、秀吉の一族は、明智方の捕虜になってしまったかもしれない。いわの言うとおり、そのころ、明智方は、刻々長浜城に近づきつつあったのだから。

明智の天下は周知のようにわずか十日で終ってしまった。そのため今では光秀一人が徒労に似た主人殺しをやったような印象を持つ人が多いが、少なくとも、その時点では、そうではなかった。

クーデターは成功した。これからは明智の天下だ――ほとんどの人がそう思ったのだ。朝廷でさえそう思って、挨拶の使を光秀のところへやっている（おかげで十日後には、羽柴方から文句をつけられ、使に行った公家が慌てふためいてあやまったりした）。

朝廷がそのくらいだから、中小の大名たちはかなり明智方になびいた。特に光秀の長年の地盤である近江は、ほとんど光秀の手に属したといってもいい。

光秀は勢力を増大させながら信長の本拠安土に向った。なかには山岡景隆のように勢多（瀬田）の長橋を焼いて抵抗したものもあったが、難なく修理して押し渡った。

と同時に、彼は長浜にも兵をさしむけて来た。妻の一族、妻木主計《かずえ》を中心に山田八右衛門、藤樹喜兵衛などという子飼いのほか、かねて信長に不満を持っていた浅井郡山本の豪族、阿閉《あべ》貞征《さだゆき》などの連中がこれに加わった。さらにその背後には、近江の名門、京極高次がひかえていた。高次はそのとき零落して領土を失っていたので、

「旧領地をさしあげるから、京極家を再興なさるように」

と言う光秀の誘いに喜んで応じたのである。

が、もちろん、そんなことはおねねは知らない。敵が誰であろうと、ともかく、ここを無事逃げだすことが第一なのだ。

「さあ、おややは長満を離さないように。おあこどの、長吉は私が手をひきますから、ただ足もとだけをお気をつけになって……」

臨月の嫂《あによめ》の身を気づかいながら、おねねは、てきぱきと城落ちの準備をした。このとき、足手まといになるかと思ったら、案外頼りになったのは姑どのである。

「何も持つな、何も持って行くと思うなよ」

しわがれ声で叱りつけるように言ってまわる。

「当座の食いもののほかは皆棄ててゆけ。なまじ欲を出すと命がないぞや」

荷物が大きければ疲れるし、野盗のたぐいに狙われやすい。

「なあに命さえ助かれば、あとはどうにでもなるわな」

戦さとなれば、いつも身一つで逃げまわっていた農民の逞しさが、姑どのの中によみがえって来たらしい。

——ほんとにそうだわ。無くてもともとなんだから。

おねねも金銀にはあっさりしている。

が、ふと次の瞬間、頭をかすめるものがあった。

——ああ、あれだけは持って行かなくちゃ。

ぐずぐずしてはいられなかった。

「ほんのちょっとだけ、お待ちくださいませ、姑さま」

大急ぎで居間にとってかえすと、手文庫の蓋をあけ、白い紙きれをとりだし、大事そうに懐にしまいこんだ。

行く先は、とりあえず、伊吹山麓の大吉寺と決めた。当時の大吉寺はかなり大きな寺で、僧兵などもいて、小城郭をなしていたらしい。

残った家臣の一人が、

「その寺の住職はよく知っておりますが、ものがたい人間でございますし、あそこなら要心堅固でございますから」

と言うのに従ったのである。

なにしろ女子供ばかりの脱出行だから手間のとれることおびただしい。それでも姑どのの、

「何も持つな！」

の一声が大分効果をあげて、まだ夜のあけぬうちに長浜の城下を出た。姑どのは馬を勧めても絶対に乗ろうとしなかった。

「なら私も歩きましょう。いわ、お前がお乗り」

おねねが歩きだすと、いわたちは困ったような顔をした。

「それでは、もったいなくて乗れませぬ」

「そんなことを言っている場合じゃありませんよ」

明智が攻めて来るというので、城下もごったがえしている。商品を山と積んで右往左往する人たち。

「ほら、どこ見てるんだよっ。早くお歩き！」

眼の色変えて子供を叱る母。それでももう迷子が出たのか、子供の泣き声がそれにまじる。

おねねたちが、その渦を比較的すばやくぬけられたのは、身軽だったからだろう。

「さ、元気を出して！」

一行を励ましながら、彼女は、ふと、夫が北陸路の殿軍《しんがり》をつとめたときは、こんな気持だったのではないか、と思ったりした。

幸い明智方に見つけられずに大吉寺に辿りついたのはその日の夕方だった。

「ああ、助かった！」

思わず歓声をあげる若い女たち。年かさの連中は疲れが一度に出たのか、ものも言えずにその場に倒れこんでしまっている。

それまで気丈に一行を励まし続けていたおねねも急に無口になった。が、彼女は倒れはしない。きちんとその場へ坐ると、塑像《そぞう》のようにじっと動かなくなってしまったのだ。

——おや……御内室さまは？……

侍女たちが気づいたとき、おねねの大きな瞳からは涙がぼろぼろこぼれ落ちていた。彼女は涙の落ちるのにまかせ、頬をぬぐおうともしないでいる。白い紙きれを胸許にそっと抱きしめ、じっと一点に眼を据えたままだった。そしてその紙きれこそ、かつて信長が彼女に与えた、例の「こん五たうたん」の手紙だったのである。

「上様……」

声にならない声でおねねはそう言っていた。

城をぬけだすまでは夢中だったが、やっと落着く所を見出した今、信長の死という事実が、受けとめようもない重さで、彼女の上にのしかかって来たのである。

あの闊達で果断な殿さまは、もうこの世にはいらっしゃらない。気短かで癇癖の強い方だったけれども、ときには思いがけないやさしさをお見せになる方だった……

いま、おねねの手にあるこの手紙が何よりの証拠である。おねねが秀吉の浮気をつい愚痴ってしまったとき、

「藤吉郎の所行は言語道断」

ときめつけ、

「お前ほどの女房は、あのハゲネズミには二度と求められないのだから」

と、やさしく元気づけてくださった。

──ああ、上様……

ぼろぼろ涙をこぼしながら、おねねは、瞼《まぶた》の裏の信長のおもかげに語りかけていた。

──御恩は決して忘れませぬ。ああ、それにしても、事半ばでこんなことになられて、さぞ、御無念でございましょう。

が、おねねは、際限もなく泣きつづけているわけにはいかなかった。

「あねちゃ……」

おややが息をはずませて飛んで来ると、耳もとに囁いたのだ。

「嫂《あね》さまが……」

「え？」

おややにとっても嫂にあたる家定の妻、おあこが、急に産気づいたというのである。今日明日という予定ではなかったが、馴れぬ逃避行と精神的な衝撃で、にわかに陣痛が起ったらしいのだ。

「まあ！」

寺でお産をするわけにもいかない。はて、どうするか……

すると、おややが思いがけない手回しのよいことを言った。

「どうも嫂さまの顔色が普通じゃないと思ったので、さっき門の近くの農家の納屋を借りときましたから」

おややはせっかちすぎるのが玉にきずだったが、今度ばかりは、そのせっかちが大手柄をたてたようだ。

「でも、そこまで運べるかしら」

不安そうな顔をするおねねに、

「大丈夫。まあ、まかしておいて」

経験者らしい貫禄を見せた。

おややと姑どのに助けられて、おあこはその夜、男の子を安産した。

――上様のように亡くなる方があると思うと、一方には新しい命が躍り出てくる。世の中というものは、こうしたものなのかもしれないが、おねねには、この騒ぎの中に新しい命が芽生えたことが、全くの偶然とは思えなかった。

――上様の生れ変りじゃないかしら……

嬰児の顔を覗きこみながら、ひそかにそう思ったりした。

赤ん坊が、呱々《ここ》の声をあげたそのころ、長浜城は、明智の部将、妻木主計以下、山田、阿閉などの手に完全に占領されていた。そして安土城では、光秀が、信長の貯えた金銀財宝を、気前よくみんなに分けてやっていた。

そして中国地方では、夜を日に継いで姫路城に戻った秀吉が出陣の準備を急いでいた。九日――。彼はいよいよ播磨を発った。光秀も安土から都へ戻り、朝廷に銀五百枚を献じたほか、社寺へ灯明料や祠堂金を寄付し、庶民にも金をばらまき、地子《ちし》（地代）を免除するなど、大いに善政ぶりを見せつけておいて、伏見のほうへ出陣した。

光秀はさらに淀へ進出して、ここの城を修理して前進基地とする一方、かねて親しかった細川藤孝・忠興や、筒井順慶などに応援を求めた。

特に細川忠興の妻のお玉は光秀の娘である。当然味方に来ると思ったらしい。筒井は光秀のおかげで大和《やまと》の支配者になれた武将で、これまでもよく明智と行動をともにしている。しかも「明智系図」によれば、順慶の養子の定次のところへ、光秀の娘が嫁いでいる。これも有力な味方と考えていた。

が、期待に反して、細川も筒井も出て来なかった。このあたりから光秀の作戦は狂いはじめた。

その間にも、秀吉はどんどん進撃を始めている。

十二日、ついに彼は富田まで進み、大坂にいた神戸信孝を迎えた。

十三日、歴史的な決戦の日は来た。秀吉と光秀は山崎天王山に戦い、光秀は敗れて、近くの勝龍寺城へ逃れた。さらにここでも持ちこたえられず、坂本へ走ろうとして、山《やま》科《しな》でそのあたりの住民に殺されたことは周知のとおりである。

十四日、秀吉は近江に入って三井寺に陣どった。光秀の甥の光春は安土から坂本城に戻り、一族を殺し、城に火をかけて死んだ。あまりにあっけない逆転劇だった。農家の納屋で生れた赤ん坊が七夜を迎え、辰之助と名づけられるまでに、歴史はすっかり書きかえられてしまったのである。

十六日、秀吉は坂本から船で長浜へ着いた。城を占領していた阿閉貞征は形勢の変ったのを見てとって、城中の財宝を奪って、本拠の山本城へ戻り、さらに船で敦賀《つるが》へ逃れようとしたところを地元民に捕えられた。秀吉が即座にこの首を刎《は》ねてしまったことは、いうまでもない。

おねねにはこんな情報は伝わって来ない。この十数日の驚くべき変転ぶりを数日後に彼女の許にもたらしたのは、兄の家定である。

「兄《あに》さま……」

大吉寺の庭先に、その姿を見たとき、おねねは、それなり絶句した。

「よう無事で……」

家定も声をつまらせた。

「いざ長浜へ――」

促されても、おねねは、まだぴんとこないくらいだった。

「帰れるのですか、もう……」

「左様、もう戦いは終りました」

家定の語る言葉を、おねねは夢のように聞いた。高松城での危機一髪の和睦、都をめざしての急進撃、山崎の合戦、坂本落城……

「まあ、それでは、藤吉郎どのが、上様の仇を討たれたのですね」

「そのとおりです。今度の合戦の最高のお手柄は、筑前守さまです」

家定の一言一言が、じーんと胸の中に滲みこんで行くような気がした。

今にもすぐ長浜へ——。ともう一度促されてから、やっとおねねは、我にかえった。

「そう、そう、大事なことを忘れていました」

「は？」

「兄さまにもおよろこびを申しあげねばなりません」

「なんと？」

「この最中に嫂さまが赤児《やや》を産みました。御安産でした。大きな男の子です」

「やあ、それは」

家定はまぶしげな眼をした。

「いま、近くの家に預かってもらっています」

「お手数をかけましたな」

「とにかく顔を見てやってください」

兄の手をひっぱるようにして、おあこのところに連れていった。

「やあ、これか……」

武骨な腕で家定は赤ん坊を抱きあげた。

「えらいときに生れて来おったなあ、坊主」

「大変な風雲児になるかもしれませんよ」

「いや、それほどの器量はありそうもござらんなあ」

もちろんおねねにしても冗談のつもりである。生れたての、皺くちゃな顔でよく泣くこの子が将来の歴史にどんなかかわりあいを持つようになるかは、そのときの誰もが考えてもみないことだった。

産褥にあるおあこは、ひとまずその家に預けて、間もなくおねねたちは長浜へ戻った。

阿閉貞征の略奪の跡はかなりひどかった。

「まあ、こんなに荒れてしまって……」

「あら、私の小袖がなくなっている」

「あら、私の大事な袋も……」

侍女たちがべそをかきながら愚痴を言うのが姑どのはお気に召さぬらしい。

「ふん、あの欲ばりめら、われの命が助かっただけでもめっけものなのに、ちょっとよくなれば、すぐこのざまだ」

ともあれ、長浜城は、また賑やかさを取戻した。

が、かんじんの秀吉は、まだ姿を現わさない。

「御心配には及びませぬ」

久しぶりに顔を見せた浅野弥兵衛もそう言った。

「ただいま、美濃や尾張で明智の残党を探し出して処分しておられますのでな、それがすみますと、清洲で御相談がありあます」


「御相談？」

「はい、上様の御遺領の御処分などにつき、柴田さま、丹羽さまなどと話合いをなさるのです」

秀吉がやっとおねねのところへ顔を見せたのは六月も末になってからである。うだるように暑い昼下りであった。

「ごらんなされませ、お帰りでございます」

侍女たちに言われて櫓に上ると、今しも、金色の千成瓢簞《せんなりびょうたん》の馬印が、城門からまっすぐにのびた大通りを、ゆっくり練って来るところだった。

行列はさして長くはない。尾張の清洲城での会議の帰りだから、ものものしい武装もつけていない。

が、おねねの眼には、この長浜城から見送ったどの出陣の行粧よりも、今のそれは堂々としたものにみえるのであった。

ぎらぎら光る太陽の下で、その光をはね返すように輝く金色の馬印――これこそ勝利

と栄光の象徴でなくて、何であろう。その太陽のきらめきに酔い、馬印の輝きに酔いながら、しみじみ、

――生きていてよかった。

と、おねねは思った。

秀吉の頰は前よりも削《そ》げた感じになっている。

「御無事で――」

人の眼がなかったら、おねねは、その首筋に抱きついていたかもしれない。

「そなたも大儀であった」

秀吉が少しもったいぶって挨拶を受けたのも、やはり人前だからだろうか。おねねを軽くみつめたあと、彼も何やら感慨深げに襖や天井を眺めまわしていた。

――生きていてよかった……

こうした思いは、言葉に出して言えば、かえってそらぞらしくなるものだ。いや、夫婦の間では、言葉よりも、もっと深い、濃密なたしかめあい方が残されている、というべきだろう。その夜、おねねは、秀吉の温かな胸の匂いの中に包まれたとき、われからその匂いの中へからだをとろけこませて行こうとした。

戦いから帰った夜の秀吉の愛撫はいつも執拗だ。瞼から唇、肩の先、胸のふくらみ、それらへの絶えまない口づけが、波のうねりのようにおねねをもてあそび、さらにそれ

がからだの深みに入ってくるころには、思わずおねねは我を忘れてしまうのが常だった。そしてまたはっと気がつくと、また新しい波のうねりにもてあそばれている自分を見出す。

愛撫は一晩じゅう続けられ、しまいには息も絶え絶えになり、夜のあけるころは口もきけなくなってしまうのである。

が、その夜はむしろ、おねねのほうが先に燃えた。自分が相手にのめりこんで行くのか、相手が自分にのめりこんでくるのか、まともな四肢が消えてしまって、一つの感覚だけが鮮烈にのたうっている感じだった。

いつまでもこのままでいたい、と思った。

夜はまだ長い――。はてしなく続く愛撫を期待して、ふとそう思ったとき、意外にも、闇の中で秀吉の醒めた声が囁いた。

「おねね、もうこの城にいるのも長いことではないぞ」

――この長浜城に住めない？

それはいったいどういうことなのか。せっかくの陶酔に水をかけられたとまどいもあって、おねねは、しばらくの間、夫の言葉が理解できずにいた。

「ここは柴田修理《しゅり》に譲ることになった」

「まあ……」

「清洲の会議でそういうことになったんだ」

しだいに落着きを取戻してゆく中で、おねねは、秀吉の声の冷静さを聞きわけた。

久しぶりのめぐりあいの喜びに溺れていたと思ったら、

——なあんだ。このひとは全く別のことを考えていたのか。

ひどく肩すかしを食わされたような気がした。

秀吉の話によると、清洲の会議は大揉めに揉めたのだという。

「上様のお跡を誰が継ぐか。御二男の信雄《のぶかつ》さまか、御三男の信孝さまか、というのでな。いや血を分けた御兄弟でも、欲がからめばすさまじいけんかよ」

「まあ、それであなたは、どちらを」

「俺か——」

闇の中でおねねの腕をもてあそびながら、ふふんというように秀吉は笑った。

「俺はそのどっちにもつかなかった。織田家の正しいお跡継は、もっとほかにいるからな」

「誰ですか」

「誰だと思う」

焦《じ》らすように彼は言った。

「さあ——」

「三法師君だ」

「まあ」

「そうだろう。上様の御長男、信忠さまのお忘れ形見。信忠さまが父君に殉じられた今は、この方をおいてほかにはいない。な、そうだろうが」

「……」

「それに信雄さまは北畠を継いでいるし、信孝さまは神戸を継いでおられる。いわば織田家を出た方だから、筋からいえば、跡継にはなれない。もしお二方が跡継になるというなら、わが家の於次——秀勝にだって十分その資格はあるということになる」

これはもちろん詭弁《きべん》である。が、その席上秀吉はぬけぬけと言って信雄、信孝を押えたのだ。が、これはおねねが聞いても通りそうもない理屈であった。

「でも、三法師さまはまだお三つでしょう。いくらなんでも織田家のお跡継にはお小さすぎましょう」

「まあ、そうだ。が、俺がそう言ったおかげでそう決ってしまったのさ。これで信雄さまも信孝さまも、跡継にはなれなくなった」

とどのつまりは、美濃と岐阜城は信孝、尾張と清洲城は信雄。三法師にはいずれ近江の安土城を与えることにして、一応は信孝へ預けるということでけりがついた。以下三法師が成人の暁までという条件で、各将が信長と光秀の領地を預かることになり、近江六万石と長浜城は柴田勝家のものとなったのである。

「じゃあ、このお城を柴田さまにやっておしまいになるというのですか」

おねねは、まだ割り切れない顔をしている。

「せっかく作ったこのお城を……」

はじめて城持ちになれた喜びは、現代の家持ちになれたうれしさどころの騒ぎではない。それをむざむざ人にくれてやってしまうというのは、どうしたことか。しかも秀吉は今度の信長の葬い合戦でいちばん手柄のあった人間だ。それにくらべれば柴田などは何の働きもしなかったのに、そんな男に譲る必要があるだろうか。

が、秀吉はさらりとしたものだった。

「ま、そう言うな、人間欲をかいてもはじまらぬ」

――さりとは、いつになく無欲な……

「それで、そのかわりに、あなたさまのおもらいになるのは」

「坂本はどうかと柴田は言った」

「おお、いやなこと、縁起でもない」

おねねが吐きすてるように言うと、秀吉は、あはあはと笑った。

「そうだろう。俺も断ったよ。明智のいた城なんか。これは丹羽（長秀）がもらうことになった」

「じゃあ、あなたは？」

「丹波と山城だ。だから都の警備も一応俺がやる。それに、今までのゆきがかりもあるから、姫路は俺のものと決った」

「すると、私、丹波へ行くのですか」

「いや、これは秀勝にやろうと思う」

「じゃ、姫路とやらへ？」

「うむ、まあそうだが、これは手狭だ。ちょっと待て」

「それじゃ行き場がないじゃありませんか」

「まあ、慌てるな、俺にまかせておけ」

「それにしても――」

思わず溜息が出た。

「惜しいことねえ。このお城を手放しちまうなんて……」

さっきまでの悩ましげな思いなど、すっかり消えて、何となくげっそりした気持になってしまった。

「――それにしても、気前のいい取引をなさったもんですねえ」

が、これは、おねねの思いちがいというものであろう。

気前がいいどころか、このとき、最も強引に欲の皮をつっぱらせたのが秀吉そのひとだったのだ。『日本西教史』の著者クラッセは秀吉の大欲ぶりをこう書いている。

羽柴ハ非常ノ大望アリ。次子（信長の次男信雄のこと）ハ痴愚ニシテ、第三子（信孝）ハ勇気アリト雖《イヘド》モ兵力ナク、又財用ニ乏シケレバ、之ニ一国ヲ授クレバ彼モマタ満足スベシトナシ、自ラ帝国ノ主トナランコトヲ期セリ。（中略）ナホ己ノ大望ヲ掩《オホ》ハンタメ、帝国ノ継嗣タル幼少ノ公子ヲ立テ、自ラ後見執政トナリ……

清洲会議はまさに秀吉の筋書どおりに運んだのである。

三法師が跡継と決っていちばん打撃をうけたのは柴田勝家だ。彼は信孝の烏帽子親《えぼしおや》で、信孝をかついで今度こそ天下を握ろうと、胸をわくわくさせて北国からやって来た。烏帽子親というのは、元服の際に子供に烏帽子をかぶせる役で、以後その子とは親子同然のつきあいをするのである。信孝かつぎ出しの夢が破れた勝家は内心不平満々だ。こうなっては秀吉たるもの、長浜城ぐらいくれてやらなければ義理が悪いではないか。が、おねねに「気前がよすぎる」と言われると、秀吉はとぼけた声を出してみせた。

「うん、少し気前がよすぎたな。俺も」

「そうですとも」

「柴田は城のほかに、えらいものをもらった」

「へえ、どんなもの？」

「ものじゃない、人だよ」

「誰です、それは」

「女だ」

「なんです、うらやましそうな声を出して」

おねねは、思いきり秀吉の二の腕をつねってやった。

「あ痛っ、よせったら。みっともない」

「誰も見ちゃいませんよ。みっともないのはあなたです。ものほしげな声を出して。女なんて、どうでもいいじゃありませんか」

「それがそうじゃない。女は女でも、ただものじゃないんだ」

「だから誰だときいているのに」

「驚くな」

息を切ってから彼は言った。

「お市さまだ」

「えっ、あの、上様のお妹さまの？……」

「ほれ見ろ、驚くじゃないか」

「だって、それじゃ、あんまり……」

お市さまがお気の毒だとおねねは思った。嫁ぎ先の浅井が兄の信長にほろぼされ、落城にあたって娘三人とともに、その兄にひきとられた薄倖の佳人、お市さま――

それからの愛憎のいりまじった数年間の生活が、どんなに辛いものだったか。なのに今度兄に死なれると、その城にもいられなくなるというのだろうか……

「なんでも信孝さまが、それを勧めたらしい。柴田への引出物のつもりだろうよ」

秀吉の言葉はそれを裏づけていた。

「なんてお気の毒な……」

が、秀吉の思いは全く別だった。

「俺が城を譲ろうと決めてから、その話がまとまったんだそうだ。全く惜しいことをした。そうと知ったらこの城を譲るんじゃなかった。いや、城を譲ったんだから、俺がお市さまをもらってもよかったんだ」

「えっ、何ですって？」

聞きずてならぬ秀吉の言葉が、おねねを現実の世界に引戻した。

「とんでもない。お市さまをもらってどうなさるんです」

「あ、いや、そ、そういう意味じゃない」

秀吉は慌てて手を振った。愛憎の小車は、早くもおねねの身辺で回りはじめたようである。

# 新たなる敵

――なんてあっけない逢瀬……

いまさら逢瀬などという言葉を口にする間柄ではないのだが、そのときのおねねの思いはまさにそれであった。秀吉が長浜にいたのはほんの数日、疲れをやすめるひまもなく、またもや彼はあたふたと城をとびだしてしまった。

しかもその数日が、いつもの帰城とは打って変っていた。これまで、戦い終って帰城したときといえば、二晩や三晩は、ほとんどおねねを眠らせたことがないくらいだった。なのに今度の彼はきわめて淡泊だった。最初の夜、妙にしらじらとした顔で、この城を明渡す話をしたのを機に、どこがどう醒めてしまったのか、あの執拗さが、すぱりと消えてしまったらしいのだ。

それからは連日浅野弥兵衛や、杉原家次、それにおねねの兄の家定などと夜明け近くまで何やらひそひそと話をしている。寝所に入るころはさすがに疲れているのか、形式的におねねの肩を抱くだけで、枕に頭をつけただけでもう高いびきなのであった。

——まあ、もう寝てしまったのかしら……

おねねはひどく物足りない思いをさせられた。からだの中の火は消されもせず、さりとて燃え上らせることもならず、中途半端にくすぶり続けている。

闇の中でそっと求めてみても、相手は全くの丸太ん棒なのである。

——まあ……

おねねは、女にもわれとわが身をもて扱いかねる夜のあることを、はじめて知った。数日後の彼の出発を見送るとき、それまでの数日がひどく短いものに思えたのはそのせいかもしれない。夫の行く先は都である。

「俺が発ったらすぐ」

そんなおねねに、秀吉はひどく事務的な口調で言った。

「城の片付けを始めるがいい」

「まあ、そんなに早く」

「そうだ。なるべく早く、すっぱり渡したほうがいいんだ。ぐずぐずしていて未練がましいなんて思われるのは癪だからな」

「わかりました、それで」

おねねはうなずきながらたずねた。

「私たちはどこへ行くのですか。姫路のお城ですか」

「いや……」

秀吉はなぜかあいまいな返事をした。

「播磨でなければ行く場所がないではありませんか」

「それが、じつはある」

「どこに」

「山崎だ。いま、城を作らせている」

声を落して彼は誰にも言うなとつけ加えた。山崎といえば、つい一月《ひと》前、明智光秀と戦ったあたりではないか。

「そこに築いたのは――」

さらに彼は声を低めた。

「敵に備えるためだ」

その敵の名を秀吉は言わなかったが、おねねには、おぼろげにそれが推察できた。

この城を手に入れ、やがて湖東一帯に進出しようとしている柴田勝家？　現在の夫の最大の敵はどうやらそのひとを措《お》いてはなさそうだった。

が、秀吉はそんなおねねの瞳には、ただうなずいていただけで、呟くように別のことを口に出した。

「播磨からでは遠すぎるからな」

「え？」

「都で事が起った場合、いかにも遠い」

だから山崎に、もう一つ拠点がいるのだと彼は言った。

「そこには、どうしてもそなたにいてもらわねばならぬ」

「わかりました。ではなるべく早く——」

「頼む」

満足げに秀吉はうなずいて、

「いや、それに姫路は危ない。いちばん毛利に近いからな。そんな所にそなたをおいておいたら、俺は気がかりでよう眠れん」

「また、あんなうまいことを……」

「いや、本気、本気」

最後はいつもの調子でおどけてみせて、出発した。

このとき秀吉は、都で大芝居を打っている。信忠の遺児の例の三法師を信孝の手許から連れ出し、そのお供をする形で、ものものしく入京したのだ。

「右大臣信長公御嫡孫御入京」

まだ信長についての記憶の新たな都の人々は、慌てふためいて、彼らの宿所である六条本圀寺《ほんこくじ》にやって来た。

が、相手は何もわからない三歳の幼児、しぜん応対は秀吉が行うから、結局都の人々は秀吉に敬意を表しに行ったようなことになってしまった。

こうして巧妙な格上げ戦術をやりながら、一方では彼は山城国の土地調査を始めた。この役には浅野弥兵衛があたった。長浜における密談は、じつはこうしたことの打合せだったのである。

なお弥兵衛は、その後まもなく都の奉行人にもなっている。それまで任命されていた桑原次右衛門が働きがないので辞めさせられ、かわりに杉原家次とともに都の行政にたずさわるようになった。その昔、秀吉が都の奉行人をつとめたころ、その配下にあったときの数々の経験が大いに役立って、無口な弥兵衛は着々とその役を果たしていった。

やがておねねは姑どのとともに長浜を出て山崎に移った。が、そこにも秀吉はめったに帰らない。せっかく手に入れた山城と都を完全にわがものにしようというわけで、都に入りびたっていたのである。

が、柴田勝家のほうも、それを手をつかねて見ていたわけではない。やがて、さすがの秀吉が、あっと言うような巻返し作戦に出た。

「う……む」

たまたま山崎に帰っていた秀吉も、これには一時絶句した。

勝家の計画はなかなか味なものだった。九月十一日——信長の百か日に、新しく勝家夫人となったお市の方の名によって、京都の妙心寺で大法要をいとなむ、と言い出したのである。

「百か日、百か日をなあ……」

秀吉はしばらくして嘆声を放った。

「いや、俺だって、上様の百か日を忘れていたわけではないんだが……」

それにしても、なんとあざやかな手を、あの鈍重な勝家が考え出したものか。信長の縁続きである美貌のお市の方が催す——もうこれだけでもかなりドラマチックな効果がある。

勝家はただそこに坐ってさえいればいい。法要の座につらなった人々は、否応なくお市の方の背後にいる彼の重みを感じるはずだ。そしてふと、勝家こそが織田家の庇護者であり、信長の忠実な家臣であったような錯覚に陥るかもしれない……

「やっぱりまずかったなあ。あいつにお市さまをとられちまったのは」

秀吉は鼻にしわをよせ、いまいましげに呟きながら、おねねのほうをふりむいた。

「ここだよ、俺が言ったのは」

「え？」

「お市さまを俺がもらえばよかった、と言ったろう」

「そなた、お市さまをもらってどうするんだと言って眼を三角にしおったが、俺はこれを心配してたのさ」

「はあん」

わかったようなわからないようなうなずき方を、おねねはした。

ともあれ、至急対抗策を考えねばならぬ。ややしばらく秀吉は腕組みをしていたが、

「しようがない。俺も百か日をやろう」

舌打ちまじりに吐き出すように言った。

「え？　あなたも」

呆れておねねはその顔をみつめる。

「同じ日に別の寺でやる」

「でも……お市さまがなさる日に、わざわざ別にやるというのは角がたちましょう。それに、あちらは御親族ですし」

こちらは臣下で格もちがうと言いかけると、

「なあに」

秀吉は事もなげに首を振った。

「秀勝を立てるさ」

なるほど、向うが妹ならこちらは子供である。これならまずひけはとるまい。

——でも……

おねねの心は、どうもすっきりしない。

——愚策ですね。

遠慮のないところ、そういう感じなのだ。どうがんばってみても二番煎じである。

が、そう決ると、秀吉はやみくもに百か日法要の準備を始めた。しかし何といっても立ちおくれの悲しさ、万事は後手後手にまわって、やっと紫野大徳寺で開催とは決ったものの、日どりだけは都合がつかず、柴田より一日おくれて九月十二日挙行と決った。

六日のあやめ、十日の菊という言葉がある。端午（五月五日）、重陽（九月九日）の節句に間にあわなかったタイミングの悪さの謂《い》いであるが、秀吉の今度はまさしくそれだった。敵方がすでにやってしまってから一日おくれてやる法事などというのは、全く意味がないが、かといって、いまさらやめるわけにもいかない。当日の次第については、

「修理（柴田）よりも筑前のほうが大がかりだった」

という声もちらほらあったが、どう見ても、これは秀吉方の負けだった。

が、秀吉という人物のぬけめのなさは、失敗の中からも、ある教訓を見つけ出すところにあった。

たしかに百か日法要ではおくれをとったが、その失敗を通じて、彼は養子秀勝の価値

を見直したようだ。

——ふうむ、これはうまく利用すれば、たいした値打ちものだ。

信長が死んだ今、これと血のつながる秀勝を養子にしているということの意味はかえって重くなってきている。いや、お市さまをせしめて織田家の親類づらをしている柴田に対抗するためにも、彼のことは大々的に表面に押し出さねばならない……

それから一月《ひと》あまり後の十月十五日、彼が秀勝とともに、信長のために、紫野大徳寺で、人の眼を驚かせるような豪奢壮麗な葬儀を行ったのは、じつはこうした体験を生かした大芝居だったのである。

準備は百か日の法要のすぐあとから始まった。準備工作にあたったのは都の奉行人である杉原家次たちであった。家次は毎日のように山崎と都を往復し、また秀吉も折々都へ出かけては、ひそかに事を進めていった。

「百か日の法要がすんでから、また御葬儀をするんですか？」

おねねがふしぎそうな顔をしてたずねたことがあったが、秀吉は平気なものだ。

「そりゃそうだ。考えてみるがいい。今まで本格的な御葬儀はやっていないじゃないか」

「それはそうですけれど……」

明智退治のどさくさにまぎれて、たしかに本格的な葬儀は行われていない。

「な、そうだろう。だから秀勝と俺がやる」

つまり人の心の盲点を衝くのだ。

「それに、うまい口実がある」

「何です」

「近く朝廷から上様に太政大臣《だいじょうだいじん》従一位が追贈されることになった。それをしおにもう一度大がかりな葬儀をやったって、ちっともおかしくはないさ。いや、なに、贈位だって、俺が工作したことだがね」

「へえ」

感心してみせたが、おねねにはどうも妙な気がしている。

——百か日のあとのお葬儀だなんて、上様がもし冥土でお知りになったら、阿呆め！　ってお叱りになるのではないかしら。

合理主義者信長とちがって、秀吉には意外とこうしたくだらなさがあった。

おねねの危惧を裏切って、意外にも、大徳寺の信長の葬儀——百か日のあとで葬儀を行うというくだらない猿芝居は、もののみごとに成功した。それは百か日の法要に数倍する効果をもたらした。つまり柳の下のどじょうは二匹めのほうが大きかったのである。

旧暦十月十五日といえば、すでに都は初冬である。寒さがきりきりと身に刺しこんでくるような晴天のその日、大徳寺では、これまで見たこともないような豪華な葬儀が信長のために行われた。

　大徳寺での仏事が終ると、信長の柩は蓮台野へ運ばれた。もっとも棺の中には彼の骨は入っていない。かわりに入っているのは香木造りの仏像である。棺は金襴《きんらん》に蔽われ、金銀をちりばめ極彩色をほどこした輿にのせられた。

　蓮台野には、すでに四方百二十間を白綾で囲んだ火屋がしつらえてある。

　輿の先は信長の乳母の子池田輝政がかついだ。後はいうまでもなく秀勝である。そして秀吉は秀勝の後方に位牌と、信長愛用の不動国行の太刀を捧げて従った。それに従うもの僧俗三千、侍たちは、みな抜身をひっさげて警固にあたる、といったものものしさだったという。

　蓮台野に着いた棺は、諸僧の読経の中で荼毘《だび》に付された。が、考えてみれば、何とも滑稽な茶番劇ではないか。もともと信長の骨も入っていない棺なのだ。それをもったいぶってかついで行って焼きすてる——が、その茶番劇の中で、彼と秀勝の存在を印象づけようとする秀吉の企みは確実に成功したようである。

　しかもこのとき、秀吉はさらにごていねいにも、こう念を押している。

「自分はもともと生れは卑賤だが、上様の御寵遇によって、ここまで出世した。その上、上様の息男を養子にさえしている。だから上様とはいわば同胞（兄弟）のようなものだ。だから、もっと早く葬儀をやりたかったのだが、上様の親類や老臣をはばかって、今日まで遠慮して来た。が、いくら待っていてもいっこうに誰もやらないので、自分がとり行った次第である」

と。

しかも惜しげなく寺僧に金銀をばらまいたので、秀吉株はとたんに上昇した。こうした手合いはとかく金銭にはヨワいから、

「筑前どのは忠臣じゃ。物惜しみせぬお方だ」

これまで成上り者とさげすんでいた連中も、くるりとひっくりかえった。

ちなみに——この大徳寺の葬儀、昔から有名で、信孝や信雄が焼香争いをしたところに秀吉が三法師を抱いて一番に焼香したということになっているが、これは全くの作り話だ。

このとき信孝や信雄、柴田勝家や滝川一益にも案内状を出したが、じつは誰ひとり出席しなかった。彼らは黙殺の手に出たのである。

つまり、この大徳寺の葬儀は、秀吉が秀勝と自分を売り出すワンマン・ショウだったのだが、その成功を聞けば彼ら——特に勝家は心穏やかではない。が、残念ながら彼はそのとき、軽々に動ける立場にいなかった。もう一人の敵が近づいていたからだ。

勝家の恐るべき敵——それは北陸路に猛威をふるう冬将軍であった。これがやって来ると、さすがの勝家も手も足も出なくなる。なまじ勇将であったために上杉謙信への備

えとして、信長からこの方面を委されたのが、彼の運の曲りはじめだともいえるかもしれない。

この冬将軍がやって来るまでは、たしかに勝家も元気がよかった。秀吉が無断で山崎に築城したことを嗅ぎつけて、

「いったいどこを仮想敵国として、無断で山崎に城など作るんだ」

高飛車に文句をつけているが、冬が近づくにつれて、少し焦りはじめた。

しかもその前後に、秀吉は光秀討伐の功によって、従五位下左近衛権《さこんえのごんの》少将《しょうしょう》に任じられている。

――あの猿めが！

日頃その生れの卑しさを、さげすんでいたのに、この時点で、まさに彼は猿に追いぬかれてしまったのだ。しだいに気が気でなくなって来るにもかかわらず、北陸路の雪は冷酷に厚みを増してゆく。

――こうなってはやむを得ん。俺が出かけてゆけるようになるまで、あいつに都をかきまわさせないようにしておかねば……

そこで、長浜城にいる養子の柴田勝豊をやって、秀吉と和睦させた。

が、このあたりが秀吉の狡猾さなのであろう。和平交渉にやって来た勝豊をまんまと丸めこみ、自分の陣営にひきいれてしまったのだ。

「どうも柴田どのは御養子である勝豊どのをさしおいて、甥御の佐久間盛政どののばかりに眼をかけられるようでござるな」

などと言って勝豊にゆさぶりをかけたのである。

とも知らず、柴田勝家は第二陣の使者を秀吉の山崎城に送りこんだ。信長からつけられた寄騎《よりき》衆の前田利家、不破勝光らである。

が、前田利家——又左衛門は知ってのとおり、秀吉の昔なじみだ。旧交を温めすぎて、すっかり秀吉側についてしまった。それでもさすがに山崎の城にやって来た当初は、又左も顔をこわばらせていた。なにしろ柴田とはこの七、八年苦労をともにしている。その彼と昔なじみの秀吉の仲をとりもとうというのだから、

——骨が折れるぞ、こいつは……

気重げな表情はありありと見えた。

それを、まずさらりと解きほぐしたのは、おねねであった。しかつめらしい挨拶が終って部屋に戻った又左のところへ、案内もなしにやって来て、

「又左さま、まあ、お久しゅうございます……」

気どりを見せない声で、晴れやかにおねねは言ったのである。

「や、これは、おねねどの——」

言いかけて、慌てて言い直した。

「御寮人」

「あら、又左さま何をおっしゃいます、改まって。どうぞねねと呼んでくださいませ」

おねねは、おかしそうに笑いころげた。

又左とおねねの間の数年間のへだたりは、一挙にしてのぞかれた。

「お変りになりませんねえ、又左さま、赤母衣《あかぼろ》又左と言われたころのとおりですよ。まあお召物もおみごとなこと」

若いころから又左はしゃれ者だったが、四十を半ばすぎた今でも、なかなかきらびやかないでたちである。

「おまつさまはお変りもありませぬか」

おねねはまたなつかしげにたずねた。

「おかげさまにて」

「一度お目もじしとうございますねえ。岐阜でもお隣どうしで、姉妹のように過したのですもの。あのころのお子さまは？」

「長男の犬千代は二十一になりました」

「まあ……」

「お亡くなりになった上様（信長）の息女を嫁に迎えております。長女は家中の者に縁づかせました。このほかに女四人と男一人……」

「そんなにおありなのですか」

おねねは眼を丸くした。自分と夫の間には一人の子供もさずからなかったのに、よくもおまつは産み続けたものである。

そこへ秀吉もやって来た。さっきはお互い公式ばった挨拶をしたが、この座の雰囲気の中では、彼も藤吉郎の昔に返ってしまった。

「なになに又左」

話の中へ鼻を突っこむようにして、彼は言った。

「そんなに子供を作ったのか。まめなやつだな。それならその中の一人ぐらい俺によこせ」

「俺の子をか?」

「そうだ。なあ、おねね、又左とおまつの子なら、身内同然だものなあ」

「ほんとに」

おねねもそうだと思った。又左の子なら、誰の子よりもしぜんと情が移るような気がした。

又左はちょっと考えていたが、やがて、

「娘ならやってもいい」

あっさりと承諾した。

「娘でけっこう」

秀吉は膝を乗り出した。

「おごうというんだ。まだ九つだが、きりょうはいちばんいい」

「そりゃいい。年頃になったら俺がいい婿を見つけてやる」

この言葉は嘘ではなかった。このおごうはのちに、秀吉が猶子《ゆうし》（養子分）にしていた宇喜多秀家に嫁ぐことになる。

「ところで」

続けて秀吉は又左に言った。

「もう一人ぐらいどうだ」

「何だって」

「そんなにいるなら、もう一人ぐらいよこせ」

——呆れた人だ。

とおねねは思った。養子の話というのは、たいてい一人ときまっている。一度に二人などは聞いたことがない。

が、又左はふたたび考えていたが、

「やらぬでもない。が、ただし——」

少し声を低めた。

その娘の名はお菊といった。又左がちょっと声を低くしたのは、その娘は、彼の手を離れ、さる大商人の手に養われていたからだ。

「まあ、いろいろわけがあってな」

と言いかける又左の口を抑えるようにして秀吉は言った。

「わかった。おまつの子ではないのだな」

「そうだ。いや、そのほかに――」

「言いわけするな」

「なら言うまい。が、おまつの子でないからよそに預けたというのじゃない。いや、別の腹の娘や息子ならまだうんといるわ」

又左はさらりと言ってのけ、おねねの度肝をぬいた。

「ほお、そんなにいるのか」

秀吉は早くも羨ましそうな声を出している。

「ひィふゥみィ……六人？　いや七人かもしれぬ、よくおぼえていない」

「たっしゃなやつだなあ」

「どういうものか、俺の女はみんな、すぐ腹がふくれるんだ」

「おい、おねね、聞いたか」

秀吉はくるりとおねねのほうをふりかえった。

「又左だってこのとおりだ。俺に女の二人や三人いるからって、目くじら立てることはないんだぞ」

とんだところで、おねねは一本やられてしまった。

ともあれ、お菊も養女にすることが決り、その夜秀吉と利家は昔の藤吉郎と又左に戻って、酒を汲みかわした。

その後の表立った交渉もきわめてなごやかに行われた。利家の尽力で、勝家と秀吉の間のわだかまりは、すべて解けたといってよかった。

「それでは、修理《しゅり》（柴田勝家）どのにくれぐれもよろしく」

又左が山崎を発つとき、秀吉はいんぎんに言いそえた。

「おごうとお菊の来るのを楽しみにしておりますよ」

おねねもそう言い、遠ざかってゆく一同の姿をいつまでも見送っていた。

「まあ、これで一安心……」

本能寺の変から山崎の戦いへと続いた動乱期も、やっとこれで終るのだ、と思った。側の秀吉も大きくうなずいたようだ。

「うん、これでよし、これでよし」

が、次の一言が、おねねの心の安らぎを、一瞬にして吹きとばした。彼は言ったのだ。

「これで、来春は柴田を一気に踏みつぶせる」

「なんですって」

おねねは、あっけにとられて夫の顔を見守った。

「それじゃあ、あんまり又左さまに申しわけないじゃありませんか。せっかく骨を折ってくださったのに……」

が、秀吉は落着いたものだ。

「又左か」

にやりと笑った。

「あいつはもうこっちのものさ」

「え?」

「あのとおり、人質を二人までもとりあげてしまった上はな」

娘たちが人質だということは、利家ももちろん承知の上だ、と秀吉は言った。

「伜はくれるとは言わなかったからな。あいつもさるものよ」

その顔には、又左、藤吉郎と呼びかわしたときの親しげな微笑は、翳《かげ》さえもとどめていない。

じじつ、秀吉の勝家攻略は、利家が山崎を発った直後から始められた。まず、かねて気脈を通じていた柴田勝豊を、うまうまたらしこんで、長浜城をわがものとすると同時に、息もつかせず美濃へ攻めこんで信長の三男信孝を囲んだ。

信孝は勝家と気脈を通じていたのだが、勝家が雪に封じこめられている現在ではとうてい秀吉の敵ではない。へなへなと腰をぬかし、今まで手許にとどめていた三法師を秀吉に渡し、その上自分の母と娘を人質に出して、あっけなく降参した。

秀吉は三法師を安土城へ入れ、信孝の兄の信雄に後見させた。信雄は生れつき暗愚だからどうにでも操縦できる、と思ったのだろう。

そうこうしているうちに波瀾の天正十（一五八二）年は暮れかかった。と、秀吉は、あくる年の正月を、久しぶりに播磨の姫路城で過すと言い出した。

「大事な年の始めだからな」

「そうですね。じゃ、私もいよいよ姫路のお城が見られるわけですね」

おねねがいそいそとして言うと、ふしぎなことに、秀吉は、急に口ごもった。

「う、おねねはわざわざ来なくてもいいぞ」

「あら、だって大事なお正月ではありませんか」

「そりゃ、ま、そうだが……」

「やはり羽柴の家の本拠は姫路でしょう。なら、女あるじもそろって正月をそこで過すのが当然じゃありませんか」

「ふん、ふん。でも世の中が物騒だから、そなたにはここにいてもらったほうが……」

「そんなに物騒なら、あなただっていらっしゃらないほうがいいじゃありませんか」

「う、う、それがその……」

何とも言えぬ歯切れの悪さなのだ。

どうして秀吉が一緒に行きたがらないかわからなかったが、とにかく自分は姫路へ行くのだ、とさっさと決めて、おねねは、姑どのともども出発の準備を進めた。

元日は幸いよい天気だった。午後には姫路入りするつもりだったのが道中に手間どって、城に着いたときには夜になっていた。

大門には大篝《かがり》が焚きあげられ、城内も、まぶしいばかりの光の海だった。

「お久しゅうございます」

「お揃いにて、御機嫌よく新年を迎えさせられ……」

入れかわり立ちかわり挨拶に来る家来たちに、秀吉も惜しげなく金銭や衣服をばらまき、

「さあ飲め、飲め!」

賑やかな新年の宴となった。

――やっぱり来てよかった……

みち足りた思いで、おねねは眠りについた。

翌日おねねは、はじめて姫路城の中を見た。

「殿さまはお忙しいので、私が御案内つかまつります。いや私もそう勝手を知っている

わけでもございませんが……」

そう言って先に立ったのは浅野弥兵衛である。後にはおややも従っている。彼は都の奉行人だから、そう姫路にいるわけでもない。最近山城その他で八千数百石あまりの領地をもらう身分になり、おややも姉の許を離れて夫の側に行っていたのだが、今度は新年の挨拶のために、夫婦そろって姫路にやって来たのである。

「こちらがお広間、こちらがお弓衆の溜《たまり》。あちらが鉄砲衆……」

弥兵衛の説明を聞きながら、おねねはにこにこしてうなずいた。

「よいお城ですこと」

もっとも、この城、今の姫路城のように広くはない。現在のは徳川時代になってからの建物で、秀吉のころは、まだ石垣もないただの土塁で、城の構えもお粗末だった。おねねの眼にも、長浜の城から見れば大分見劣りしたが、わが城と思えば愛着が湧く。

弥兵衛は表から奥へと、ゆっくりした足どりで案内していった。が、廊下を幾度か曲って、奥まった一角に来たとき、その足がぴたりととまった。

「ま、そのようなわけでございましてな。これで御案内はすみました」

言うなり、もう引返しにかかっている。

「あの、この先は？」

おねねは何気なくたずねてしまった。目の前の一角こそ、この城の中でいちばん小ぎれいで、物静かに思われたからだ。

「いや、お小座敷がございますだけで」

さりげなく言って弥兵衛は立ち去ろうとしたが、なぜかおねねはその座敷に気をひかれるものがあった。

「そう、でも、ちょっと」

襖をあけようとすると、

「あ、ちょっとお待ちを」

困ったような顔を弥兵衛はした。

「なぜです？」

「そこは、その、お入り遊ばされませぬよう」

口の重いたちの弥兵衛だが、それにしても、ひどくぎくしゃくしたもの言いをした。

「どうして？」

「は、その……」

「あかずの間でもないでしょう」

「そうではございません。が、ともかく、そこは……」

暑くもないのに、しきりに、額をこすっている。その顔付がひどく真剣なので、おねねも、それ以上足を踏み入れるのはあきらめねばならなかった。

「じゃあ、やめます。でも、どうして入ってはいけないのか、わけは聞かせてくださいな」

「そ、それは……」

弥兵衛はますます苦しげな表情になった。

「あとから、おややにおたずねください」

「おやや」

ふりかえると、おややも、いつになく、おどおどした表情を見せた。

「これはどうしたことなの」

部屋に戻ってからも、おややは、いつになく、もたもたしていた。

「どうしたの、おやや」

何回かせっつかれたあとで、やっと彼女は口を開いた。

「あの、新年早々、こんな話をするの、心苦しいんですけど。姉上さま、ほんとにお気を悪くなさらないで」

日頃の「あねちゃ」をひっこめて、しかつめらしく「姉上さま」などと言うだけでもただごとではない。

「わかりました。何を言っても怒らないから、さ、お言い」

「ほんとうでございますね」

「しつこいのね」

おねねは少しむっとした口調になった。

「じゃあ、申しましょう」

そして、おややの言葉を聞いたとき——

約束どおり、おねねは冷静そのものだった——少なくとも、よそ目にはそう見えた。が、じつをいうと、それは、ショックがはげしすぎたための、一種の真空状態のようなものだった。落着いているどころか、おねねは、いま、自分が立っているのか坐っているのかもわからないくらいだったのである。

奥の間にいるのは、鬼でも蛇《じゃ》でもなかった。

それは一人の女だ——とおややは言った。

彼女は半年くらい前からそこへ迎えられ、いまや城の女あるじとして、「播磨御前」と呼ばれているという……

——女あるじだって？　播磨御前だって？

何を言うの。女あるじは私じゃないの。

ふふん、と冷笑しさろうとした。が、次のおややの言葉が、完全におねねを圧倒した。

その播磨御前というのは、織田信長の弟、信包《のぶかね》の娘だというのである。

——まあ、上様の弟君の……

声も出ない感じだった。今度という今度は、長浜のおこほとかその他のつまらない女とはわけがちがう。

ふいに信長の手紙が頭の中に浮かんだ。

かのハゲネズミ、それさまほどのは、ふたたび相もとめがたく候間……

そうだ、上様はおっしゃってくださった。

「藤吉郎には、お前ほどのよい女房は二度と見つけられないのだから」と。

——ああ、でも、上様。ごらんくださいませ。藤吉郎めは、上様の弟君の御娘までも手に入れてしまいました……

信長が生きていてくれたらと、このときぐらいひしひしと思ったことはなかった。今のおねねに、「自信を持て」、「しっかりしろ」と言ってくれる人は一人もいない。げんに妹のおややだって、びくびくしてその顔を見守っているだけではないか。

秀吉がこの城へ自分を連れて来たがらないわけが、はじめてわかった。

——もうこんな所へ一刻だっていられない。

「私、明日山崎へ帰ります」

その夜、おねねは、投げつけるような口調で秀吉に言った。が、当の相手は、

「ほ、そりゃ、なぜに」

相変らずのとぼけた返事をした。

「からかわないでください」

今度という今度はもう許さない――とおねねは思った。

「何のことやらさっぱりわからない」

秀吉はまだしらばくれている。

「播磨へ来たい来たいと言うから連れて来てやったのに」

「そうです。たしかに来たいと申しました。でも来てみてわかったのです。なかなか連れて来てくださらなかったわけが」

「ほう」

「私がいてはお邪魔だったのですね」

「なぜに」

「奥にいるあの方です」

おねねの大きな眼が、きっと秀吉をみつめた。が、すかさず相手は切り返して来た。

「あっはっはっはあ」

大げさに腕組みして天井をむき、高笑いを放ったのだ。

――虚勢だ。作り笑いにきまっている。

その作り笑いの中から彼は事もなげに言った。

「人質だよ。又左のと同じことだ」

「人質？」

「そうとも。ただ又左のよりちょっと年かさだっただけさ」

信長の死後の織田家の内輪もめに身辺の不安を感じた信包は、いち早く秀吉と結び、娘を人質として送って来たのだという。

「くれるというものを断るわけにもいかんからな」

嘘だ！　この人は私を騙《だま》そうとしている、と思いながら、何としても相手を撥《は》ねのけられない自《じ》分におねねは焦れた。その沈黙に、秀吉はますます勢いを得たらしい。

「それにな、織田一門の娘なら、もらっておいて損はない。柴田がお市さまをせしめたんだから、俺だって持駒は多いほうがいい」

言いかけて、ふふんと鼻先で笑い、

「まあそれだけよ。気にするな、気にするな。なあに、たいした閨《ねや》あしらいもできぬ女さ」

小ばかにしたように言った。

が、そんなことを言われても、おねねはひとつも慰められはしなかった。いや、かえって、索莫たる思いが胸の中を吹きぬけてゆく。むしろ相手に惚れている、と告白されたほうが、まだましなような気さえするのである。

が、秀吉のほうでは、それでおねねをなだめきれたと思ったらしい。

「当分ここでゆっくりするがいいさ」

平気な顔でこう言う。

「まあ、ここでですか」

「そうだ、山崎はかえって危ない。いよいよ大勝負が近づいて来たからな」

それはたしかにそうかも知れない。雪どけを待って勝家との一戦が始まること、それが結局天下を争う戦いになるであろうことは、おねねも知りすぎるほど知っている。だからといって、いま、その播磨御前とやらとひとつ城で寝起きしなければならないことは、どうにもやりきれないのである。

おねねの心のもだえとはかかわりなく、この間にも歴史の歯車は回りつづけている。勝家との対決の始まる前に、小さな事件が二つばかり起った。

一つは柴田勝豊の死である。ふとした病がもとで、思いがけない若死をした。勝豊の病気が重くなったと聞いて驚いた秀吉が急いで京都へ呼びよせ、名医のほまれ高かった曲直瀬道三《まなせどうさん》に診《み》せたが、だめだった。が、勝豊は、最後までその親切を感謝し、

「御勝利を草葉の蔭で祈っております」

そう言って死んでいった。

彼の死を喜んだのは柴田方である。

「ざまを見ろ、裏切り者にはろくなことはないさ」

大いに快哉を叫んだという。もっとも秀吉のほうも、彼の死はいっこうにこたえていない。

「なあに、また裏切りぐせでも出されちゃ、めんどうだからな」

死んで幸いという顔をしているのには、おねねもちょっといやな気がした。

それを追いかけるようにして、今度は丹波亀山の秀勝が病気になった。

「大丈夫か。亀山の寒さが身にしみたのではないかな。薬は何を持たせてやったか」

今度は秀吉もひどくうろたえた表情を見せた。もともと秀勝はあまり丈夫なたちではない。色白なのは実父信長ゆずりだが、癇癖の強さがないかわり、いたって線が細い。十六、七の若さで一城を預かる身になったので、あまり気をつかいすぎたのがからだにこたえたのであろう。

「くれぐれも大事にするように言ってやってください」

おねねも使にことづけて手縫いの小袖などを亀山に送ったりした。秀吉は、その使が出かけた直後から、

「返事はまだか」

とその帰りを待ちかね、

「――なにしろひよわなたちだからな」

二言《ふたこと》めには吐息をついた。その心労ぶりは、少しどうかしていると思うほどだった。

いや、たしかに、彼の様子は少し異常すぎた。そのことにおねねが気づいたのはそれからまもなくである。

はじめは、むしろおねねは、そのことに気づくまいとした。

——まさか……

そんな推量をする自分の気の回し方を叱ってみたが、日が経つにつれて、しだいにその感じが強くなって来るのである。

——このひとは、自分の大事な持駒を失ってしまうのを恐れてるのじゃないかしら。柴田攻めの大将として、信長の息男秀勝は、この上もない旗印だ。これを失ったら分《ぶ》が悪くなる——夫の中にはそうした打算が働いているのではないか。つまり勝豊の死を冷然と黙殺したことの裏返しなのだ。

しかも、秀勝の病気がはっきりしなくなってくると、秀吉は妙な動きを見せはじめた。

それを見たとき、おねねは、

——おや、このひとは、もう秀勝の後釜を見つけはじめたのじゃないかしら?

胸の中を、ふっと冷たいものが吹きぬけるような感じがした。秀吉は甥のひとりを、妙にかわいがりはじめているのだ。彼の姉おとものの長男秀次——ついこの間元服したばかりの孫七を、である。

秀吉は何を思ったか、元服して早々の秀次に三好姓を名乗らせた。三好というのは、足利将軍家の家臣の家柄で、強引にそれを継がせ、ついでにその母親のおともも、そのつれあいにも三好姓を名乗らせてしまった。

——また妙なことを……

そのときはおねねもそのくらいにしか思わなかった。卑賤の出であるだけに、夫はこうした名門にヨワい。これもそういう上流へのあこがれの表われかと思ったのだが、最近どうもそうではなさそうなことに気がついた。

——どうやら秀次を格上げしておいて、養子にするつもりではないか……

そんな気がしてならないのだ。特に秀勝に万一のことがあったら、その可能性は非常に強い。

そう思ってみると、秀吉は秀次にやたらに眼をかけはじめている。

おねねはまたいやな気がした。と同時に、こんなふうに、秀吉の心の裏が読めてしまう自分に気がついて、われとわが身に驚いてもいる。

——私、いつからこんなふうになってしまったのかしら。

相手を知りすぎるということは、ある意味では、あまりしあわせなことではないようだ。

が、それはともかく、おねねはあまり秀次には、いい点を入れていない。夫の姉の子だから悪くも言えないが、とにかく粗暴で、考え方が浅いのだ。例の本能寺の変の直前の長浜時代、甥たちがわっと城に集まって来たことがあったが、いちばん年かさなくせに、いちばん手を焼いたのが、この孫七――秀次だった。

――兄さん（家定）やおややの子のほうがずっといいのに。

と思うのは、あながち味方身びいきでもなさそうだった。

が、そうこうしているうちに、幸い秀勝の病気は快方に向った。

さて、いよいよ柴田との対決である。天正十一（一五八三）年三月、満を持した勝家は、ついに北陸路を発った。そのころ、秀吉は滝川一益、神戸信孝を攻めて美濃にあったが、その報を聞くと、すぐさまとってかえして、近江に急行した。

このときの戦いが例の賤《しず》ケ嶽《たけ》の合戦だ。北陸と近江を区切る屏風のように切りたった峰での攻防戦での秀吉のあざやかな勝ちっぷりは、あまりにも有名だから省略しよう。ただ一つだけ書いておかねばならないのは「賤ケ嶽の七本槍」――このときの合戦に手柄をたてたベスト7に、おねね子飼いの加藤清正と福島正則が入っていたことだろうか。これはまたあとでふれるとして、秀吉の後を追ってみよう。

賤ケ嶽の勝利の余勢を駆って、秀吉は時を移さず北陸路へなだれこんだ。一敗地にまみれた柴田勢は、こうなっては態勢を立直すこともできない。総帥勝家すらも、やっとの思いで北庄の本城へ辿りついた有様だった。

もっとも、この柴田勢の崩れ方の責任の一半は、前田利家にある。彼は勝家に従って出陣していたのだが、味方の敗軍を知ると、救援に向おうともせず、そのまま、とっとと軍を退いて、越前疋田《ひきだ》へ、それから木ノ芽峠を経て、自分の府中城（現在の武生市）へ戻ってしまったのだ。

おごうとお菊――利家の二人の娘を人質にとった秀吉の作戦はみごとに効力を発揮した（なおこの少し後で利家は、はっきり秀吉に和睦を申しこんだ）。

が、このあきらかな裏切り行為に対して、柴田勝家はついに文句を言わなかった。退却の途中、府中の城に立寄った勝家は、利家にそれまでの協力を謝しただけで、一言の文句も言わずに立ち去ったという。

この勝家という武将は、鈍重で終始駆引などは決してうまくはないが、戦国武将の中では、もっともみごとな生き方をした一人ではあるまいか。利家に対する態度もそうだが、それから北庄での落城までの戦いぶりも実に堂々としていた。

優勢を誇る秀吉勢を相手に七度まで斬って出て、最後は天守閣に上り、

「修理が腹の切り様を見て、後学にせよ」

と言って左手の脇から右手へ、背骨まで通るまで一文字に掻き切り、さらに胸の下から臍の下まで断ちわって果てたという。

このとき、去年勝家に再嫁したばかりのお市の方が、勝家に殉じたのはあまりにも有

名だ。彼女は勝家が城を出ることをすすめたとき、

「落城してまた他家に嫁ぐ――こんなことをくりかえすのはもういやでございます」

と言ったといわれているが、それを表面的に解釈してはまちがいであろう。彼女はこうした諦念から、あるいは妻が夫に殉じるという道徳観念から勝家に従ったのではなく、彼の男性としての魅力のとりこになり、そのゆえに彼とともに死んだのではないだろうか。

結婚して一年足らずの短い間だったけれども、女特有の勘で彼女は勝家の男性としてのみごとさ、清々しさを見ぬいていたにちがいない。そしてこれ以上の人間がもうこの世にはいないことを知って、その一生を彼に捧げたのだ。

勝家にくらべたら、秀吉はおろか自分の兄の信長だってとうてい及ばない――お市の方は、ひそかにそう思っていたのではないだろうか。とすれば、秀吉は戦さには勝ったが、お市獲得戦では、手痛い敗北を喫したことになる。

でも、お市の方の眼力は、たしかに正しかったかもしれない。北庄落城の際に彼がとった行為というのは、敗北者勝家の清々しさにくらべて、まことに下劣きわまるものだった。

賤ケ嶽の敗戦の後、その甥佐久間盛政は敦賀の山中にかくれていた。彼を見つけたのは農民たちで、傷ついた身をひっとらえて秀吉のところに運んで行った。

盛政は、やがて首を斬られて死ぬが、このとき秀吉は、褒美をやるからと言って農民たちを呼び出しておきながら、

「そなたらの身分に不似合いなことをやらかしたな。見せしめだ。さあ、これが褒美よ」

と言って全員磔《はりつけ》にしてしまったという。

——今日は人の身、明日はわが身。

と思ったからだそうだが、褒美をやるというからこそ、農民たちは盛政をさがし出してつかまえたのだろうに、これではまるきりペテンにかけたようなものではないか。

——利用するだけ利用して、あとはポイと棄ててしまう。

彼のそんな半面をのぞかせるような事件である。

さらにこのあと彼は勝家に気脈を通じていた信長の三男信孝に圧力をかけて尾張の内海に移し、使をやって死を促した。進退きわまった信孝が二十六歳の若さで無念の涙をのんで自殺したのが五月二日である。結局信長が死んでしまえば、秀吉の頭の中には、織田家への忠誠などはひとかけらも残っていなかったのである。

姫路にいるおねねの許へは、こうした情報はなかなか入って来ない。

——北陸表にて殿さま御勝利。

その知らせだけは、いち早くもたらされたが、かんじんの秀吉は、なかなか姿を現わさない。

「いろいろ、あとのお仕置きがございますのでな」

側近たちはそう言うばかりである。

たしかに戦後、秀吉はかなり忙しい動きを見せている。北陸からまず昔なつかしい長浜へ、それから安土へ行き、もうひとりの信長の子の信雄と打合わせをし、やがて琵琶湖畔の坂本城でひと休みすると六月一日都入りをした。

あくる二日は信長の一周忌だ。山城大徳寺でこの法要をいとなみ、それから大坂へ行き、やっと姫路城に姿を見せたのは六月の十日だった。

それまでの数か月は、秀吉にとって、生涯を賭けた大仕事の時期であったが、おねねにとってもまた、それは、苦しみの月日だった。なぜなら、その間、同じ城の中にいる播磨御前と無言の睨みあいを続けなければならなかったからである。

播磨御前はなかなかしたたかだった。第一、彼女はその間じゅう一度も姿を現わさないが、おねねはその見えざる敵と戦わなければならなかったのである。

おねねはもとより自分から挨拶に行く気は毛頭ない。

——私が秀吉の正妻なんだから、向うが御機嫌伺いに来るのが当然です。

そう思っていると、播磨御前のほうは、

——この城の女あるじは私だから……

とお高くとまっているという。

――いいえ、あなたがこちらへ。

――そちらこそ……

陰湿な、無言の戦いが続けられた。当の秀吉がいなかっただけに、かえってその争いは深刻だった。この賤ケ嶽の一戦のときくらい、おねねにとって、時の経つのが長く感じられたことはなかった。史上電撃戦といわれているこの戦いは、彼女にとっては生涯の長期戦であった。

が、いよいよ秀吉の姫路帰還が知らされたとき、おねねの胸には、また新たな心配がきざしはじめた。

――帰って来たあの人は、まっすぐあの女のところへ行ってしまうかしら。

そうしたら、自分の面目は丸つぶれだ。

表面はさりげなく、前田利家の送って来たかれんな人質、お菊やおごうの人形遊びの相手をしてやりながらも、それを思うと気が気ではない。

「あら、養母《かか》さま、この人形のきものの着方がちがうみたい」

お菊に言われて気がつくと、おねねの人形に着せた着物は、みな「ひだりまえ」になっていた。こんなことはほかにもあった。茶をこぼしたり、物を置き忘れたり……

が、期待と恐れをもって待ちうけていたその日がついにやって来た。

秀吉が姫路城に姿を見せたのだ。

みをうかべた。

「お帰りなさいませ」

「御凱陣、恐悦至極に存じ奉ります」

出迎えの人波の中を無造作に歩いて来た秀吉は、おねねを見つけると、得意満面の笑みをうかべた。

「留守中大儀であったな」

人の手前もあったのだろうか、今までとちがった言葉づかいを見せた。城のあるじの凱旋を迎えて型どおりの儀式、留守を預かった家臣からのさまざまの報告などがあり、ついで祝宴がはられた。その間じゅう、秀吉は上機嫌であったが、あまり飲めない酒に顔を染めて、

「さて、このへんで、ひと休みとするか」

宴の座を起つと、そのまま、まっすぐ、おねねの部屋にやって来た。

——まあ、やっぱり来てくださった……

おねねは、からだじゅうの骨が、ガクガクと一度にはずれてしまうような気がした。

「疲れた、疲れた」

駄々っ子のように連発して、床に転がってしまった秀吉に、

「そうでしょうとも、ほんとうに、まあ……」

胸をつまらせて、そう言い、急いでその脇にからだをすべりこませた。新しく花嫁に

なったときのような、おののきが瞬間、おねねの胸をよぎっていった。

おねねにとって、それはひどく長い一夜になった。丸太ん棒のように床に転がった秀吉は、その場で高いびきをかきはじめたと思うと、とうとう夜のあけるまで、おねねに指一本ふれなかったのだ。が、それでもおねねは満足だった。

とにかく夫は帰って来て、まず自分の部屋に来てくれたのだ。

——どう、ごらんよ、くやしいだろうねえ。

今ごろ身もだえして一人寝の床で寝がえりをうっているにちがいない播磨御前を思いうかべると、しぜんと笑みが浮かんでくる。

——ああ、なんていい気持なんだろう。胸がせいせいとする……

賤ケ嶽の勝利を聞いたときよりも、彼女の勝利感はずっと鮮烈であった。

時折半身を起しておねねは夫の顔をしげしげと見守った。眼は落ちくぼみ、頬はこけている。髪も思いなしか一段と薄くなったようだ。

——疲れているんだわ、やっぱり……

今はもう何の備えもなく、自分の側にからだを投げだしている夫に、これ以上のことを求めるのが無理というものであろう。

翌朝、秀吉は思いのほか早く眼をさました。

「ああ、よく寝た。ここを出てからはじめてだな。こんなにぐっすりと寝たのは」

「そうでしょう。ずいぶん高いいびきをかいていましたよ」

まだ外は寝しずまっている気配である。こんなとき、腕をのばして乳をまさぐり、求めてくるのが普通だったが、あっさりと秀吉は床の上に起き直っていた。

――まあ、いいわ。今夜ってこともあるのだから……

いそいそと身じまいをするおねねに、床の上に胡座《あぐら》をかいた秀吉はたずねた。

「お菊もおごうも元気か」

「はい、機嫌よくしております」

「あいつらのおかげで、今度は大もうけしたぞ」

「そうだそうですね」

「又左め、まるっきり戦いもせずに兵をひいた。あいつに本気を出されちゃかなわなかったが」

それから思い出したように、

「お、そうそう、又左の娘をな、もう一人連れて来ることにした」

「まあ、もう一人ですって」

「二人でも三人でも同じことだよ。なに、その娘というのは柴田の城に人質に出されていたのでな、又左はえらく心配していたが、俺が無事に救い出してやったのよ」

「それはようござんしたねえ。それはおごうの妹ですか」

「いや、別の腹だ。おまあという名で、十二になるとか言っていたがな。そのうち連れて来るから世話を頼む」

「かしこまりました」

手狭でもあろうが、いま少しのしんぼうだ」

大きくのびをして、床から立ちあがると秀吉は、このとき唐突に言った。

「いま大坂に城を作らせているんだ」

「まあ、お城を？」

「安土よりでかい城をな」

その指図もあって、ここへ来るのがおそくなったのだ、と彼は言った。

「なにしろ、これまでの城とはちがうぞ」

自慢げに鼻をうごめかし、

「というわけで、ゆっくりしたいが、仕事の山だ。今度はこれで出かける」

「え、何ですって」

「京へも行かねばならぬし、大坂でも待っているからな」

なんと慌しい出発であろう。久々の帰城というのに、もうこのひとはとびだそうとしている。まだ私のからだに帰城のしるしも刻みつけていないというのに……

——飽かぬ別れの……

なまめいた心の泡立ちに、ふと乳房を押えたそのとき、あざやかに浮かぶ思いがあった。

今日このひとが出かければ、播磨御前は、結局床をともにする機会を失ってしまう……

——まあ、なんていい気味！

昨夜、同じ城内で、おねねと秀吉がともに過している間じゅう、あの高慢ちきな女は、うめき、もだえてくやしがっていたにちがいない。そしてこのまま秀吉がいなくなってしまえば、あの女は、ずっとこの先その思いに身を焼かれ続けねばならないのだ。

いや、むしろ、この際は秀吉におひきとり願ったほうがいいのではないか。なまじ長逗留でもされて、あの女のところへでも入りびたられたら、私が今度はもだえてくやしがらなければならなくなる。

瞬間、パッパッとひらめいてゆく損得勘定を、しかしおくびにも出さず、

「ほんとにお発ちになってしまうのですか」

秀吉の胸許に鼻をすりよせると、

「う、う……俺もなごり惜しいぞ」

抱きもしないで寝こんでしまったことを悔いているような表情をちらりと秀吉は見せ

た。

「が、まあ許してくれ、一日早く帰ればそれだけ城は早くできる、というわけだ」

……ええ、というふうにおねねは睫《まつげ》だけでうなずいてみせ、一呼吸おいてから、

「じゃあ、がまんいたします」

小さな声で言った。

「やあ、聞きわけてくれたか。ありがたい」

秀吉はおどけた様子でこう言ってから急に胸を張って、もったいぶって言った。

「なにしろ忙しい。これから天下は俺の肩にかかってくるのでなあ」

「離れているとおからだのことが心配でなりません」

殊勝げにこう言いながらも、おねねも、おなかのどこやらがこそばゆい。

——私がこんなに大喜びで送り出してるってこと、このひと気がついてるのかしら。

それにしても結婚二十余年、

——お互いにしたたかになったこと。

ひそかに首をすくめたが、あとになって、この勝負、やっぱり自分の敗けだったとおねねは知らされた。

なぜ秀吉がこれほど慌しげに播磨を発っていったか——その理由のすべてをおねねが知ったのは、それからまもなくのことである。

各種の行政処理。

大坂築城。

秀吉の言った理由も、もちろん嘘ではない。が、それは決してすべてではなかった。

もう一つ、大きな理由がかくされていた。

いわずと知れた「女」である。

彼が光秀を倒したあと、前途に立ちふさがっていた柴田勝家——この新たなる敵を攻めた北陸路における戦いは、ある意味では、彼の女性征服の旅でもあった。そして勝家に勝った時点で、彼はつかみどりのたやすさで、女を手に入れてしまったのだ。

まず、その皮切りは、前田利家の娘、おまあであった。

おねねの前では秀吉は、おごうやお菊と同じような人質が一人ふえたようなものだと言ったが、それは真赤な嘘だった。

そのことをおねねの耳に入れたのは、侍女のいわである。おねねの傍らにいて、家来たちとの表立った交渉やら、手紙(その当時の公文書である)の受け渡しやら、つまり秘書兼儀典係をやっている彼女は、しぜん男の家来たちや右筆《ゆうひつ》たちとの交渉が多く、そこで事の次第を聞きつけて来たらしい。

「さし出たことを申すようではございますが、やはり申しあげておいたほうがよいかと存じまして……」

口ごもるようにして、彼女は言った。

「――その前田様の御息女とおっしゃる方、おごうさまや、お菊さまとは、どうやらわけあいのちがうお方らしゅうございます」

「それはどういうこと？」

「殿さまは、そのお方に、恋文をおつかわしになりましたそうな」

「えっ」

「何でも大坂の城を作ったらすぐ呼ぶ。早くもう一度会いたいというような……」

表方の右筆の間ではもっぱらの噂だという。

「早々に姫路をお発ちになりましたのも、そのお迎えのご準備のためだとか」

が、おねねはまだ半信半疑だった。

「でも、そのおまあとかいう娘、まだ十二だとかいうではありませんか」

が、言ってしまったあとで、

――あっ！

思わずおねねは声をあげそうになった。

――私があのひとと祝言をあげたのは、十四のときだった……

大柄なおねねは、その二年前くらいから、けっこう、つけ文などもされていた。それを思えば、おまあが十二歳で秀吉に抱かれたとしても、ふしぎではない。

未熟な、女のしるしもまだまばらなそのからだは、かえって五十近い秀吉を刺戟し、興奮させたかもしれない。

――三十六のこのわたしのからだが……

われとわが熟れ切った乳や腕や股を、みつめなおす思いである。

――十二のその小娘に負けたというのか……

久々の一夜に夫が交わりを求めようともしなかったそのことが、黒い屈辱感となっておねねを押しつぶした。

秀吉が慌しく姫路の城を発ったあと、入れかわって、加藤清正がひょっこりやって来た。

「賤ケ嶽の働きによって、御加増をいただいたので、殿様のお許しをいただいて、ちょっと挨拶に参りました」

虎之助と呼ばれていたころの田舎まる出しはさすがに影をひそめたが、おねねの眼から見れば、いまだにそのころの少年のおもかげをどこかにとどめている清正である。

「お手柄おめでとう。それで、どのくらいいただいたの?」

が、清正は、どうしたことか、むっつり黙りこくっている。

「何石の身上になりましたか」

「……」

そういえば、この男、入って来たときから不機嫌な顔をしていたと、このときはじめておねねは気づいた。加増に何か不足でもあって、言いつけに来たとみえる。

——さては、

が、あくまでもそしらぬふりでさぐりを入れてみた。

「ほんとうに、今度はお手柄だったそうですねえ。そなたとか、市松（福島正則）とかが、りっぱにお役に立つようになってほんとうにうれしい」

清正は口をへの字に結び、ますます、ふくれっ面になって来た。

「私も、そなたがそんなに働いたと聞くと、わが息子のことのように自慢でなりませぬ」

「……」

「で、市松は何石貰いましたか」

「五千石です」

「それは豪儀な……」

たかが数百石の小身が一挙に千石クラスの大名にのしあがったのだから大出世である。

「で、そなたは？」

「三千石です」

——ははあ、それで……

ふくれっ面の謎が解けたと思ったとき、

「多すぎます」

吠えるように彼は言った。

「そうね、どんな手柄か知らないが、そなたの倍近くももらうのは多すぎるかも——」

言いかけると、顔を真赤にして彼は言った。

「ちがいますっ。多すぎるのは私です」

「えっ」

「市松は今度の戦いに二度の手柄をたてています。五千石は当然です」

「……」

「私はあいつの半分の働きもしてません。三千石は多すぎます」

——おもしろい子だこと……

おねねは、その顔をまじまじとみつめた。

——ほうびが多すぎるといって文句を言う人間がどこにいるだろうか。もともとこの子はしまつやで、ものを大事にするたちだけれど……

勇敢だけれども決して粗雑でなく、経理の才能もある。自分の功績をちゃんと計算して、もらいすぎだと言っているらしい。

「於虎……」

おねねはいつか昔ながらの呼び方で彼の名を呼んでいた。

「じゃあ、ほかの人たちは？」

いわゆる七本槍といわれた連中はみんな三千石だ、と清正は答えた。

「なら、そなた一人多すぎるということはないじゃありませんか。じゃあ、ここで私に聞かせておくれ、そなた、どんな手柄をたてたのか」

おねねに問われた清正は、しかし、怒ったような表情をまだ改めず、ぶすりと言った。

「走っただけです」

「え？」

「私はただ殿さまのお供をして走っただけなのです」

が、じつをいうと、この走り方は尋常一様のものではなかった。

秀吉が勝家現わるの報を聞いたのは、美濃で神戸信孝と戦っている最中だった。しかもすでに味方の陣地を攻略したと聞いて、

「で、まだ勝家はそのへんにいるのだな」

と念を押した秀吉が、

「この勝負もらったぞ！」

躍りあがり、そのまま賤ケ嶽へ、馬を飛ばせた話はあまりにも有名だ。このとき、彼は大垣から十五里（五九キロ）に近い道のりを、六時間ほどで一騎駆けし、勝戦さに気を許していた柴田勢の不意を衝いて勝敗を一気に決したのである。

「このとき、殿さまは、途中で馬を二頭も乗りつぶされました」

清正はおねねにそう言った。

「はあ、それで於虎も、それにお供をしたのですね」

「はあ、それが、ちょうど折悪しく拝領の馬が病気でありまして、しかたなく乗替え馬に鞭をくれましたが、足の弱いやつで、三里も行かぬうち、もうだめになりました」

「まあ、それで？」

「仕方ありませぬ。馬は棄てました」

「替え馬はすぐに手に入りましたか？」

「いや。それからはこの足で」

事もなげに清正は言った。

「へえ。十里の道を？」

具足はその場にかなぐり棄てた。白地に朱色で蛇の目をかいた陣羽織一つになって、彼は走りに走った。なかには、通りすがりに、

「なんだ、馬が役に立たないのか。日頃の心がけが悪いからだぞ」

悪口を言う人間もいる。そんな相手に清正は眼をむいた。

「なにを。馬だって生きものだ。ときには病気にもなる。よおし、こうなったら、そっちの馬と俺の膝栗毛の勝負だ。どっちが先陣になるか、よくおぼえておけよ」

「おお、そっちこそ忘れるな」

「もっとも今度会うときは、俺はお前の腰ぬけ馬なんかよりずっといいのに乗ってるぜ。柴田から分捕った馬にな」

わめきながらも、清正は走るのをやめなかった。十里といえば約四〇キロだから、まずマラソン並みの長さである。彼は夢中で走り続け、それでも、秀吉にさほどおくれをとらず賤ケ嶽に着陣した。

「まあ、みごとな」

おねねはその若さ、がむしゃらぶりに舌を巻いた。

「が、それも殿さまのおかげです。道々の者たちに松明《たいまつ》をともさせ、飯を用意させておかれましたので」

彼が敵将山路将監《しょうげん》の首をとったのは、翌日の未明の戦いにおいてであった。

「みごとですよ、於虎……」

おねねは胸をつまらせていた。

「十五里の早駆けと大将首、それだけで三千石の値打ちは十分です」

「そうでしょうか」

「そうですとも。よく走りました」

「馬がだめになったので、そうするよりほかなかったんです」

「それでいいのですよ」

乗替えをあれこれさがす才覚を持ち合わせず、ただ走りに走った愚直さ。が、ここ一番という危機には、からだごとぶつかってゆくようなこのひたむきさこそ大切なのだ。

——虎之助は馬がなくても走りぬいたぞ。

このことが、全軍の士気をどんなに奮いたたせたかわからない。

おねねにそう言われて、やっと清正は笑顔を見せた。

「じゃあ三千石いただいてもいいのですね」

「ええ。いいとも、いいとも」

「夢のようだなあ」

「あら、於虎」

おねねは、首をすくめてくすりと笑った。

「於虎のその顔、はじめて長浜のお城に来て、温糟《うんぞう》がゆを十二杯も食べたときと同じよ」

照れくさそうに清正は頭をかく。

「それでいいのですよ。そなたの飾らないのが私は好きなんだから」

「私も御内室さまにおっしゃっていただいたので自信ができました」

「これからも何でも私に言っておくれ。私もそなたを頼りにしてます」

「は」

言いながら、おねねは、ふと、あることを思いうかべていた。

「ところで、このごろ、殿様は、ずいぶんお忙しそうだねえ」

「はあ」

「加賀でそなたも前田のおまあとやらを見ましたか」

「はい」

何気ないおねねの問いにうかと答えてしまってから、清正は、はっとしたらしく、にわかにへどもどした。

「う……その……いや」

「いいのよ、於虎」

その正直さを利用するのは気の毒でもあったが、この際こうするよりしかたがなかった。

「どんな娘です」

「は、その……」

「正直に言っておくれ。いや、べつに、やきもちで言っているのではありません。殿様も、御出世なされればお仕えする女房がふえて来るのはあたりまえですもの。ただ、私もそのことを一応頭に入れておかなくてはなりませんからね」

「……」

「でも、めったな者にはきけないの。思いちがいをされて、変なことを言われても困るのでね。だからそなたにきくのです。いま私がいちばん頼りにしているのはそなたなのですからね」

清正があいまいなうなずき方をした瞬間をおねねはすばやく捉えていた。

「で、その、おまあという子、どんな娘？　きりょうはいいのかい」

「遠慮はいりませんよ」

「いや、それほどでも……」

「いや、ほんとです」

清正はもじもじしながら答えた。

「まだ小娘だと聞いたけれど。たしか十二くらいだとか」

「え、あれで十二ですか」

今度は正直にびっくりしたような顔になった。

「それにしては大柄です。私は十五、六かと思いました」

男の心をそそるだけのからだには育っているのだと察しがついた。

「どんな心根の娘でしょう」

「さあ、私も話をしたわけではありませんから……」

「見た感じはどう？」

「……まあ正直そうです。なにしろ田舎そだちですから、京極さまなどとはちがいます」

清正がふと口にした聞きなれぬ言葉におねねは耳をとめた。

「京極さまって？」

「は？」

いぶかしそうな顔をしたあと、彼はにわかにうろたえて頬をひくひくさせ、声を低くした。

「あの……その……御内室さまはご存じなかったのですか」

「何のことです、それは」

「京極さまの御息女のことです」

「京極さまって？」

「京極長門守《ながとのかみ》高吉さまです」

「その京極さまの御息女が？　それはいつごろからなのです？」

「左様、もうかれこれ一年になるかもしれませぬな」

「一年ですって？」

「は、ちょうど上様がおかくれになったころ……」

清正の話によれば、それは例の本能寺の変のあとからだという。このとき、京極家は明智方に味方した。当時その家を継いでいたのは高吉の息子高次だったが、戦国の動乱で所領を失い、流浪生活を送っていた彼は、今こそ京極家復興のときだ、と思って明智の誘いに応じたのだ。

が、結果は周知のとおりで、高次の見こみはすべてはずれてしまったが、彼は秀吉に降るにあたって、その姉の龍子をさしだしたのだという。

——そういえば、あのとき京極は明智方だった……

一年前の長浜城脱出を、おねねは思い出していた。攻め手の背後には京極がいるとかいないとか、大騒ぎしたこともあったのに、つい忘れていたのだ。

——それにしても、あのあと降伏した京極が別に罰せられた気配もなかったけれど、それにはそんなわけがあったのか……

本能寺の変のころ、すでに龍子は近江海津《かいづ》城主、武田元明のところに嫁いでいた。そして元明は義弟の高次ともども明智方についたのだが、間もなく秀吉に攻められて討死してしまった。龍子はこのとき救い出されて都へやって来たが、高次の命乞いを条件に、秀吉にからだを許したのだという。

「まあ……それで龍子とかいうひとは、ずっと都にいたのね」

「はあ……」

清正は小さくうなずいた。

それであれ以来、夫は都へばかり出かけていたのか。それを、仕事が忙しいからだと思いこんでいた自分は、なんとうっかりやなんだろう……

胸に太い錐《きり》をさしこまれて、ぐりぐり肉をえぐりとられるようなこのくやしさ。

「そ、そのひとは、きれいなんですね」

うなだれていた清正は、顔をあげると、実直にうなずいて、

「左様です」

と言った。

「が、何やら権高《けんだか》な物腰で、家中の評判はかんばしくありませぬ」

その言葉も、今のおねねには、慰めとしか受取れない。

「で、そのほかには」

「………」

「正直に言っておくれ。於虎」

「………」

「私は、そなただけが頼りなのですよ」

泣きたいような思いで、おねねは同じ言葉をくりかえしていた。が、もうそこには、さっきのように相手をくどき落そうというような心のゆとりはなかった。

清正はしばらく黙っていた。が、やがて、思い決したように口を開いた。

「今度柴田攻めからお帰りになります折に」

「………」

「蒲生賢秀《がもうかたひで》の日野城にお立寄りになりました」

蒲生は近江の豪族で、特に賢秀の息子の氏郷《うじさと》は信長にかわいがられて、その娘を妻にしている。本能寺の変のあと、いち早く信長の妻子を安土から連れ出してその身の安全を計ったのは彼ら親子である。

「殿様はそれをお褒めになり、蒲生の城で一夜を過されましたが、その折、賢秀の娘御、おとらどのと……」

「まあ……」

「いずれは都へ呼ぶお約束をなさったとか」

「……」

「そのほか、亡き上様の五の姫君をどこぞへおかくしになっているとやら承りましたが、このほうはよくわかりませぬ」

聞かなければよかった、とおねねは思った。播磨御前、おまあ、龍子、おとら、信長の娘。いつのまに、こんなに女がふえてしまったのだろう。

――上様が亡くなり、あのひとが明智を倒し、柴田を倒し……

そこまで考えて、おねねはどきりとした。

――あのひとの敵がすべて倒れたとき、「新たなる敵」に囲まれているのはこの私なのだ！

# 黄金の城

大坂の城は、その年——天正十一（一五八三）年の九月から作りはじめられた。

このとき、秀吉の下で城作りの原動力になって働いたのは、おねねの伯父、杉原家次と、義弟浅野弥兵衛であった。

大坂の城の特色は石作りのみごとさにある。この城のために秀吉は、摂津、河内の山々、あるいは小豆島などの瀬戸内海の島々から石を切り出したが、それでも足りず、各地の寺社から徴発したり、古墳の石まで掘り出して来た。

ところでこれらの石を積みあげたのは、安土の場合と同じく穴生《あのう》の石工たちだった。そしてこの当時穴生を領し、彼ら石工の動員にあたった人こそ、杉原家次だったのである。

また浅野弥兵衛も近江の瀬田城の城主として、その領地の諸職人に一切の課税を免じ、大坂築城に従事させる命令を出している。

「義姉《あね》さまのお城でございますからな」

人少なの折に、弥兵衛はこっそりこう言った。表向きは「御内室さま」と四角ばったもの言いをする弥兵衛が、ちらりと洩らしたこの言葉には、昔ながらの親しみと、今度の築城にかけた彼の並々ならぬ熱意のほどがうかがわれた。

同じ思いは伯父の家次にもあるようだった。

「大坂のお城には、大きな御天守ができるはずでございます。そこが殿さまと御内室さまの御寝所になります」

そこが、城の中心なのだ、という言い方を家次はした。

その言葉の裏に、長浜の城を出て以来、何となく浮きあがった存在になったかたちのおねねを、この際、是が非でも城の中心に据えようとする彼らの意気ごみを感じている。

——播磨御前、おまあ、おとら、龍子……そんなものは気にするには及びませんぞ。

何といっても羽柴家の女あるじは、あなたさまなのですからな。

彼らはそろってこう言い、そのために大坂築城に力を入れているのである。

「ありがとう。よろしく頼みます」

家次、弥兵衛、そして兄の家定やその子供たち。こうした血のつながりを、今度ほど力強く感じたことはなかった。しかも彼らもすでに昔の微力、小身の武士ではない。

家次はさきにも書いたように穴生付近一帯を領する坂本城主である。この坂本には、これまで丹羽長秀が入っていたのだが、秀吉はこれを柴田勝家のいた北庄に移し、そこに家次を入れたのだ。

弥兵衛は瀬田城に入り、近江二万三千石を与えられた。つまりおねねの親類が京都東方の守りをがっちり押えたのだ。しかもこの二人は同時に京都の奉行人でもある。これでおねねは、政治の中枢に関する情報は、聞こうと思えばいつでも聞ける立場に立った。

さらに、おねねは、播磨の姫路城を預かることになった秀吉の弟の秀長の許に、兄の家定の長男の勝俊をつけることにした。かつて長浜の城で湖の美しさにみとれていた少年、巳之助である。

秀長は兄秀吉に似ぬ思慮の深い物静かな男である。だから秀吉にガミガミどなりつけられた家来たちは急いで秀長のところに駈けこんで来てとりなしを頼む。

また秀吉のほうも、例の早のみこみのせっかちで、とんでもない失敗をやらかすことがある。そんなとき、尻ぬぐい役を引受けるのは、いつも秀長だった。

しかも彼はなかなかの文化人だ。このごろ茶の湯に凝りだした秀吉は、えらく通《つう》ぶって、知ったかぶりをしているが、茶人たちは、

「なんのなんの、ほんとうに眼がきくのは秀長さまじゃ」

と噂しあっているという。だからおねねは、

――勝俊を預けるにはちょうどいいお人だ。

と思ったのだ。勝俊もおねねの家系の中では変り種だ。少年時代、長浜城でひとり湖を眺めて物思いにふけっておねねをびっくりさせたことのある彼は、このごろでは和歌をひねりだしているという。

「ま、この子なら、あなたのお気にも合うでしょうから……」

おねねは、こう言って秀長に彼を預けた。

が、もちろん彼女の意図はそれだけではない。家次と弥兵衛が都の東方を押えたように、勝俊を姫路において、大坂の西への布石にする――秀吉王国に、おねね王国を着々と重ねてゆくことが狙いでもあった。

――こうあちこちにあのひとの女ができては、いつ、その血を享《う》けた子供が生れてくるかわからない。

今は於次丸秀勝という血筋のよい養子ががっちり坐っているが、ともあれ、妾腹の子をのさばらせないためには、子のないおねねは、わが身内を動員して、周囲を固めるよりほかはなかったのである。

ところで――

弥兵衛や家次の努力にもかかわらず、大坂の築城はなかなか進まなかった。というのは、それからまもなく、徳川家康との間に、例の小牧、長久手の戦いが起ったからだ。

「あのびっくり狸め！」

今度こそはひと揉みだと秀吉は大口をたたいたが、戦さ上手な家康を相手では、これまでと勝手がちがってどうも思うようにゆかない。それどころか、長久手では、さんざんな敗け方をするしまつ。この方面の指揮にあたっていたのは甥の三好秀次だったが、彼に従っていた池田恒興、森長可《ながよし》らの部将クラスまでほとんど討死した。その中で、ひとり秀次だけが命からがら逃げかえったと聞いて、

「大たわけめ！　手討ちだ」

と激怒した。

——まあ、いくつになっても、なんて世話を焼かせる子なんだろう。

おねねもうんざりしたが、それでも懸命にとりなして、やっと命だけは助けてやった。

このあと、まもなく秀吉と家康は和睦するが、これをきっかけに、まことに珍妙な結婚式が行われることになった。

新郎四十五歳。

新婦四十四歳。

嫁入りの何のという言葉が気恥ずかしくなるお年頃の、中古ぞろいの結婚式。しかもその花婿というのが、かのしたたかなるびっくり狸——徳川家康どのなのだから驚かされる。そして、その相手の古びた花嫁は、秀吉の心をこめた贈物——すでに人妻になって久しい彼の異母妹だった。

小牧、長久手で一本とられたかたちの秀吉にしてみれば、どうでもこのへんで家康の御機嫌をとり結んでおく必要があった。そのためには、この際古女房にはたきをかけて運びこむという厚かましい手を使うよりほかはなかったのだ。

家康にとっては、もちろん迷惑千万な贈物であった。女にかけては秀吉に輪をかけてめったやたら、手あたりしだい主義の彼にしてみれば、いまさら四十すぎの大年増をもらう必要はどこにもなかった。

が、そつのない家康も、一つだけ、この贈物をこばみきれない弱みを持っていた。というのは、当時彼には残念ながら、れっきとした正室がいなかったのだ。

正妻築山どのは五年ほど前、非業の死を遂げている。織田信長から、武田方に内通していると文句をつけられ、最愛の息子信康ともども死地に追いやられたのである。しかも、信長に築山どのと信康のことを密告したのは、織田家から信康の許に嫁いで来た徳姫だった。かつて、おねねが、かいま見たことのあるかれんな花嫁行列の主は、いつのまにか、恐るべき夜叉に変身していたのである。

ともあれ、秀吉はその「空巣」につけこんだ。その名も朝日《あさひ》姫と名乗らせ、いい年をした異母妹に、見るほうが恥ずかしくなるほどのはでな衣裳を着せて、家康の許へ送りつけた。

このときの嫁入り行列の宰領をして家康の居城岡崎まで送っていったのが、おねねの義弟、浅野弥兵衛だった。

「いや、なかなか大変な行列で」

役目をすませて帰って来た彼は、例のしずしずとした口調でおねねに報告した。

「輿が十梃、釣輿《つりごし》十五梃、お供の女房、下婢が、なんと百五十人」

「それは、それは。で、あちらの、徳川どのは、どんな御様子でしたか」

「えらい腰の低い方でしてな。しじゅうにこにこしておいでで」

この珍妙きわまる茶番劇の主役を照れもせずにつとめたとはなかなかの大役者ではないか。

が、それに対する弥兵衛も口数少なく、いたって無表情な男である。

この大喜劇の相手役としては、まかりまちがってもふきだすようなことのない、この空っとぼけた顔の弥兵衛が、まさにうってつけだったのである。

「ほんとに、弥兵衛どのだからこそ、無事にお役を果たしたのですね」

おねねの言葉の意味を知ってか知らずにか、またもや彼はしずしずと答えた。

「いや、なんの……」

この朝日姫を嫁がせるにあたって、秀吉は、さらに家康に、謎をかけていた。

——これでそなたと俺は義兄弟じゃ。ひとつ兄貴のところに顔を出してくれんかい。

はっきりいえば、上洛して臣下としての礼をとってほしかったのである。が、家康もさるものである。ぬらりくらりとしていて、なかなか上洛の気配を見せない。秀吉はさらに下手に出て権中納言の位をもらってやったが、それでも彼はそっぽをむいている。

——ええい、これでもか。

しかたなしに、秀吉は、もうひとり人質をはずむことにした。母を朝日姫の様子を見るという名目で、岡崎にやることにしたのである。

自分の母まで人質に出すということについては、まわりからも、かなりの反対があった。

が、当の姑どのが、

「ああ、いいとも、ちょっと行ってくるわな」

気軽にそう言ったので、事はとんとん拍子に進んだ。姑どのは十月十三日に京を発って岡崎に行き、家康はこれを出迎えたあと、二十七日に大坂城にやって来て、臣下の礼をとって秀吉に挨拶した。家康が岡崎に帰ったのは十一月十一日、姑どのはその翌日岡崎を発って都へ戻って来た。

意味深長な再婚劇は、かくて一段落を告げるのだが、そのころ、大坂城ではもう一つ、別の喜劇が行われようとしていた。

装いを新たにした大坂城で、まず眼を驚かすのは、その天守閣である。

先にも紹介したことのある滞日二十年のパードレ、ルイス・フロイスの報告によると、

とにすばらしかった、ということだ。

　この天守閣には、いざというときのために、武器や金銀が詰めこまれてあったが、その中の一階は秀吉とおねねの寝室だった。

　これより先、おねねが大坂城入りしたその日、手をひっぱるようにして、秀吉はその部屋につれて行った。金銀で飾られた調度の中に、まずおねねの眼にとまったのは、部屋の中央をどっしり占領している大きな台であった。金襴の蔽いがかかったまま放置されている。

「どうだ、見てみろ」

「まあ、何ですか、これは」

　おねねは声をあげた。

「こんなものが真中にあっては、坐ることも寝ることもできないじゃありませんか」

と、珍しく秀吉が、あたりを憚るように、おねねの袖をひっぱった。

「しいっ、これが寝るところだ」

「何ですって」

「寝台というものだ。そなたも今夜からこの上に寝る」

「まあ、この上に寝なけりゃいけないんですか」

――こんな高いところに。危なくって、夜もろくろく眠れやしない。

おねねは口をとがらせた。

「また、何で、そんなことするんです」

「エウロオパではな、王侯貴族は、みんなこういうのに寝るんだ」

エウロオパすなわち、今言うヨーロッパのことである。そこの王様の寝るのと同じベッドを、わざわざ南蛮からとりよせたのだ、と秀吉は鼻をうごめかした。

――このひとの新しもの好きもいいけれど。

おねねは溜息をつかざるを得ない。

――せめて寝るところぐらいは、私の好きにしてくれたってよさそうなものなのに。

第一この仰々しさはどうだろう。

「なにも王侯貴族でもないくせに……」

思わず洩らしたひとりごとを秀吉は耳ざとく聞きとがめた。

「なに言ってるんだ、おねね、俺はまもなくそうなる」

「え？」

「その王侯貴族の仲間入りするんだ」

「だって……」

王侯貴族というのは、いわば生れつきのものである。秀吉の生れにそうしたものがないかぎり、なれるはずはないではないか……

が、秀吉はすましたものだ。

「今に見てろ、驚くなよ」

じじつ、そのころ彼は、ベッドの主にふさわしい王侯貴族たるべく、涙ぐましく、しかも滑稽な工作を続けていたのである。

秀吉が天正十年に従五位下をもらったことはすでに書いた。

このとき、彼は、羽柴筑前守平《たいらの》秀吉として、位をもらっている。もともと氏素姓などはない秀吉だったが、官位の世界では「氏ナシ」では通用しない。そこで彼は亡き主人の信長の名乗っていた平氏をそっくりそのまま頂戴して、平秀吉になりすました。そのころ彼が、

「俺は信長公の四男於次丸を養子にしている。だから信長公とは兄弟も同然だ」

と言いふらして回ったのは、ひとつには、急ごしらえの平姓を正当化しようがためでもあったのだ。

その後柴田勝家をほろぼすと、今度は従四位下参議《さんぎ》に任じられる。ついでその翌年には従三位権大納言へ――。かなりのスピードだが、まずは順序どおりの出世といっていい。

ところが、そのころ、彼は平氏から源氏への乗替えを策しはじめる。

それはなぜか――

出世欲を刺激された彼は、征夷大将軍になりたくなってしまったのだ。ところがそのころは、征夷大将軍というのは、源氏の棟梁がなるものと考えられていた。

――平家じゃまずかったな。

と気がついたものの、いったん平姓を名乗ってしまったからには、途中で変えることはできない。合法的な乗替え策としては、源氏の養子となるほかはない――と知ると、秀吉は臆面もなく、その方法を、しかもいちばん手っとり早い養子の口をさがしだした。その養子の先というのが、驚くなかれ、信長に都を追い出されて瀬戸内海の鞆《とも》に逼塞していた将軍義昭のところだったのである。

――将軍の養子になろう。このくらい手っとり早く、しかも確実な将軍候補の道はない。

千に一つの名案だと思ったのに、意外な障碍が起って、それはとりやめになった。当の義昭が、いっこうに色のよい返事をよこさないのである。

――だめか。

こうなると、がっかりするよりも思いきるほうが早かった。

――将軍がだめなら、別の口だ。

そして、みごとに天皇や公家たちを抱きこんで、正二位内大臣におさまってしまったのである。内大臣になると勅使が大坂城に下向して来た。

「今日からは、母君は大政所《おおまんどころ》、北の方は北政所《きたのまんどころ》と称されるように」

知らせをうけて、誰よりも驚いたのが当のおねねと姑どのであった。

「えっ、この私が北政所？……」

「おねねよ。オオマンドコロてえのは何かね」

心細げに二人は顔を見あわせたものだ。

――おお、いやなこと。

「御内室さま」と呼ばれるようになったときも居心地の悪い思いがしたが、今度はそれ以上に、うれしさよりも恥しさが先に立った。

北政所だって？　この私が……

どこかおかしい。

何かとんでもないまちがいをやらかしているのではないか。

おねねはベッドの上の生活よりも、より居心地の悪さを感じている。が、秀吉は平気なものだ。そのころ彼は、何と思ったか、またもや氏の鞍替えを策しはじめる。

しかも今度狙ったのは、事もあろうに藤原氏であった！　このときも彼は、臆面もなく「養子」の口をさがす。彼と親しかった菊亭晴季《きくていはるすえ》を動かして、近衛前久《このえさきひさ》の養子になり、みごとに「藤原秀吉」になりすました。

もちろんこれには、もう一つ先に目標があってのことだ。こうしておいて彼は藤原氏しか任じられない地位を獲得したかったのだ。望みどおり彼が関白になるのは天正十三（一五八五）年の七月、そして翌年には太政大臣へ昇進する。と同時に豊臣の姓を申請して許可をうけ、名実ともに豊臣秀吉になるのである。

秀吉にしてみれば、明智を倒し、柴田を倒したと同じように、次々と位を占領して行ったつもりだったかもしれない。

が、内大臣になるあたりから、彼の出世劇は勇壮さよりも滑稽味を帯びてくる。だいたい姓をあれこれ取り替えたりするというのが愚劣きわまる成上り根性なのに、彼はそのことに気づいていない。

彼の魅力は、むきだしの庶民性にあるはずなのに、彼は、自分でそれをもぎとろうとしているのだ。今でも彼が人気があるのは、庶民的英雄と見られているからだが、もし、彼がひょっくりよみがえって来てそれを知ったら、

「おれが庶民的だって？　とんでもない」

かんかんに腹を立てて怒りだすかもしれない。それほど当時の彼は必死になって「貴族」になろうとしていた。後世の太閤伝説は、こうした彼のくだらなさから目をそむけがちだが、このへんで彼の本質は、もう一度みつめなおす必要があるのではないか。

秀吉がいかに庶民性と訣別したがっていたか、それには、ここに一人の証人がいる。大村由己《ゆうこ》という右筆だ。これまでも彼は秀吉に呼び出されて、後々のために、その手柄話を書きとらされているのだが、ある夜、大坂城の例の寝室で、思いがけないことを書きとらされる羽目に陥った。

おねねと一緒にその部屋にいた秀吉は、その夜、いつもより上機嫌だった。

「いいか、由己。今夜はこれまで一度も話したことのない、重大秘密を教えてやる」

由己は一言も聞きもらすまいとして筆を構えた。

「それは、この俺の祖父のことだ。俺の祖父はな――」

俺の祖父。

その言葉に眼を丸くしたのは、由己よりもおねねだったかもしれない。二十数年つれそっている間、一度も夫が祖父について語ったことがなかったからだ。

「あの、おじいさまって、お父さまのお父さまのことですか」

すでに世にない実父の父といえば、多分、尾張中村の貧農のことであろう、と思ったが、

「うんにゃ」

秀吉は歯ぎれの悪い頭の振り方をし、ちょっとためらいを見せ、

「そなたの知らない祖父さまのことだ」

無愛想に言った。

「では、姑さまの?」

それには答えず、秀吉は、大村由己をふりむいて、筆をとるように促した。

「祖父君のことは、思うところあって、今まで誰にもあかさなかったが――」

次の言葉を耳にしたときのおねねの驚き。結婚以来、こんなに思いがけない経験をしたことはなかった、といってもいいだろう。

夫は言ったのだ。

「じつは、祖父君は、萩中納言という高貴なお方であらせられたのだ」

――萩中納言ですって。あの姑さまの父君が?……

あのいまだに田舎まる出しの姑どのの父親が、そんな身分のお方だということがあるだろうか。

が、秀吉はしごく大まじめで、重々しく語り続ける。

「そのお方はな、時の帝《みかど》の信任この上もないお方であったが、そのためにかえってまわりから憎まれ、あらぬ濡れぎぬを着せられて、尾張の国に流された。それが飛保村雲《ひぼむらくも》という所でな。そこで詠まれた歌が、
ながめやる都の月にむらくものかかるすまいもうき世なりけり

というのだ」

秀吉はすらすらと、歌を口にした。

──まあ、歌まで用意しているの。呆れた。

おねねは眼を丸くしたが、さすがに大村由己は忠実な右筆である。顔色ひとつ変えず、さらさらと筆を動かしている。

「そのとき、俺の母君は数えで三つの幼さであられたが、父君に従って尾張まで下って来られた。後に父君の無実の疑いが晴れて、ともども都へ戻られ宮仕えをなされた。そこで」

秀吉は一度言葉を切ってからさらに続けた。

「かしこくも帝の寵愛を賜わったが、数年後故あって尾張に下り、木下弥右衛門に嫁いで三月《み》の後に男の子を産んだ。いいか、三月の後だぞ」

力を入れて念を押した。

「そして、その子がつまりこの俺だ」

と、そのとき大村由己が筆をとめて困ったような顔をした。

「恐れながら、そういたしますと、先日上様より承りまして筆記いたしましたのと話が相違いたしますが……」

じつは、彼はついこの間、秀吉から言われるままに、その生いたちについて、

「秀吉、もとこれ貴《たっと》きにあらず……」

と書いたばかりなのだ。それが、いつのまにやら天皇の落し胤《だね》になりかけてしまったのだから、びっくりするのもあたりまえである。

――これでは作家的良心が許さない。

多分彼はそう思ったのであろう。

「では、前のほうは書き改めましょうか」

すると、秀吉は造作もなく首を振った。

「いや、かまわぬ」

「しかし、そういたしますと、話が前後で変ってしまいます」

「だからいま言ったではないか、今まではかくしておいたのだと」

――しかし伝記というものはそういうものではない。あとで真相をあかすなら、それ相応の書き様がある。

そう言いかけて由己は口をつぐんだ。由己は今の伝記作家とはちがう。彼は単なる書きとり役だったから、秀吉の言葉は絶対なのだ。

「それでは、今までどおりに……」

言いながらも、もう一度作家的良心のようなものに、ちくりと胸を刺され、何ともこ

そばゆげな顔付になった。ちなみに——彼の書いたこの秀吉伝『天正記』は、だから今も話のくいちがったままで残っている。

いや、しかし——

このとき由己以上に乳のあたりがこそばゆかったのは、むしろ、おねねであろう。秀吉の話を聞いているうちに顔がほてって来た。

——なんてまあ阿呆らし。

——阿呆らしいよりも、目の前の由己に恥しい。

神妙に筆を動かしているが、そのじつ、夫の言うことなんか、ひとつも信じていない顔付をしているではないか。

いや、由己にかぎらず、誰が聞いたって本気にするものか。このひとが、天皇の落し胤だなんてことを……。萩中納言が聞いて呆れる。第一姑さまの顔を見ればわかることだ。どこを突っついても尾張在の農民そのもの、ハギだかキキョウだか知らないが、中納言さまの姫君などと言えた柄ではない。

——およしなさいってば、あなた……

由己がいなかったら、おそらくおねねは、こう言って秀吉の袖をひっぱっていたろう。が、それもできないでいるうちに、いったん秀吉の口をとびだした言葉は、すでに存在権を主張しはじめている。

——なんて体裁の悪い。どうしてまたこんなことを思いついたのだろう。このひと、頭がどうかしたんじゃないかしら……

おねねの観察は半ば当り、半ばはずれていた。たしかにこのころから少しずつ秀吉はおかしくなって来ている。しかしおかしくなりながらも彼は、一方ではひどく冷酷な計算も忘れなかったのだ。

降って湧いた秀吉天皇落胤説の裏側にあった冷酷な計算は、その数か月後に種あかしされる。

秀吉の養子、羽柴秀勝が死んだのだ。数年前からとかく健康のすぐれない毎日を送っていた彼は、天正十三年十二月十日、ついに亀山城で、十八歳の短い生涯を終えた。

秀勝の病気が重くなったとき、しかし秀吉は、この前ほど心配そうな顔を見せなかった。

この前——つまり柴田攻めの直前、秀勝が病気になったときは、おろおろと取り乱し、医師よ薬よ、祈禱よと大騒ぎをしたのに、今度はさほど驚く様子もないのだ。

もちろん、医者も薬も万事行届いた世話をしたが、その底に、

——死ぬ者はしかたがない。

そんな、ひやりとしたよそよそしさが流れていた。

が、秀勝の病気に心を奪われていたおねねはそれに気づかない。いやそれどころか、

葬儀が終って、
「あんなやさしい、いい子はなかったのに」
そう洩らしたとき、秀吉の口から、
「そうだな。せめてものかたみに、秀勝の名を誰かに継がせるとするか」
という言葉を聞いて、夫もまた、早世した若武者へのかぎりない追憶にひたっている
のだと思いこんでいた。
「そうですねえ、誰にしましょうか」
「小吉はどうだ」
小吉というのは、秀吉の姉の次男である。前の秀勝からすれば数段見劣りはするが、
気だてはよい。
「そうですね、あの子なら……」
こうして小吉が三代目の秀勝に決ったが、秀吉はこの秀勝を養子にはしなかった。そ
のかわりおねねの兄の家定の五男、辰之助が、まず、おねね自身の養子になった。例の
本能寺の変のとき、近江の山奥の寺に逃げこんだあのどさくさに生れた男の子だ。
「俺の勝戦さのとき生れた子だからな」
秀吉はそう言い、やがて、彼の猶子として扱うようになった。おねねは単純に、自分
の血筋の子を養子に迎えたことを喜んだが、読者の方々は、おねねより先にこの養子交

替劇の底に流れている、秀吉の冷酷な計算に気がつかれたことと思う。

つまり、秀吉の天皇落胤説は、秀勝の死を見こしての大芝居だったのだ。それまでの秀吉は秀勝――つまり織田信長の子の養父であることを唯一の権威の支えとして世の中に乗り出していった。柴田攻めのときにも、だから秀勝は、必要欠くべからざる「旗」だった。

そしてその「旗」が倒れる前に、彼はそれ以上の権威を持たねばならなかった。かくて彼は黄金の城のあるじにふさわしい落胤説をふりかざしはじめたのだ。

が、おねねには、そんなことはわからない。ただ、何となく、秀吉のしていることに違和感を覚えるだけである。

――このひと、少しおかしくなったのかしら。それとも大芝居なのかしら？

もし大芝居だとしても、自分にはとてもついてゆけないと思った。もともと芝居っ気がなさすぎて、嘘のつけないたちなのである。

ちょうどそのころ、おねねの侍女のまんという女が暇をとって嫁に行った。あとに残った朋輩たち、いわ、るんなどは、寄るとさわると、おまんの嫁入り話で持ちきりだった。好奇心半分、やきもち半分、女の社会の噂話は、今も昔も変りはない。

「その殿御というのが、思いのほかにしわいお方なんですって」

どこから聞きつけたか、るんが眼を輝かせて声を低めた。

「おまんどのが嫁入り衣裳を作ろうとしたら、たった一度の祝言に、そんなものを作るのはよせって」

「まあ、たった一度だからこそ作るんじゃありませんか」

誰かがすぐに応じた。

「そうですよねえ。御披露も内輪に内輪にっておっしゃって、とても簡単だったんですって」

ひそひそ話を聞きつけて、おねねも話の仲間入りをした。

「何ですって、おまんの祝言のこと？」

「はい、それが……」

るんの話にうなずきながら、おねねは眼をぱちぱちさせた。

「けっこうじゃありませんか、なにもお金をかけるばかりが能じゃなし」

「それはそうでございますけれど」

「祝言のお膳の皿数で女のしあわせが決るものでもありませんからね。まあそれでも、私たちの祝言にくらべればりっぱなものですよ」

ふとおねねは秀吉との結婚のころを思い出した。

「私だって、ろくなきものも着やしませんでしたよ。織田の殿様にいただいた左義長の幟をたてて――」

「幟を？」

女たちは、それが結婚にどんな関係があるのかというような、いぶかしげな表情をした。

「ええ、何てこともないのだけれど、賑やかしにもなるだろうっていうわけなの」

「まあ」

「なにしろ狭い家でね、お客を招《よ》んでも坐るところがない。仕方なしに土間にすがき藁を敷いて、その上に薄縁を敷いてその上に坐ったものさ」

「まあ……」

考えられない、というような顔を侍女たちはした。

「花嫁の私はそこに坐りっきり。おかげで足が痛くなって、祝言が終っても起ち上ることもできない。思わずわあっと泣き出しちまったのさ。殿さまも驚いたのなんのって……」

「まあ、おほほ、うふふ」

身ぶり手ぶり入りのおねねの話に侍女たちは笑いころげた。

「ほんとに、祝言ってこんなに辛いものかと思いましたよ。こんなことなら、一度でたくさんだってね」

人間はとかくみえを張りたがるものである。恥しいことは、なるべくかくしておきたいと思うし、自分が出世してしまうと、特にそうした心理は強くなるものらしい。みじめだった昔をさらりと話すということは、なかなかできるわざではない。

が、おねねは嘘のつけるたちではなかった。万事あけすけなので、体裁が作れなかったのである。別に意識してりっぱな人間であろうとしたわけではないのだが、地金をかくすことができない人間だったのだ。が、けんめいに「天皇御落胤説」をでっちあげようとした秀吉とくらべて、どちらが健康的な人間であったかは、おのずとあきらかであろう。

もっとも、ときには秀吉もおねねのペースに巻きこまれて、思わず昔の地金をむき出しにすることもなかったわけではない。二人で話をしているときは、つい昔の尾張なまりの早口に戻ってしまうこともあったらしく、都人には、それがけんかでもしているように聞えたという。

こうしたエピソードが伝えられているために、秀吉はいつまでも庶民的な男のように思われがちだが、庶民的なおかみさんの味を忘れなかったのはおねねのほうであり、秀吉は、むしろ内心では庶民性と訣別したがっていたのである。

王者《おうじゃ》の妻《つま》　上
豊臣秀吉《とよとみひでよし》の正室《せいしつ》おねねの生涯《しょうがい》

朝日文庫

2023年6月30日　第1刷発行

著　者　永井《なが い》路子《みち こ》

発行者　宇都宮健太朗
発行所　朝日新聞出版
〒104-8011　東京都中央区築地5-3-2
電話　03-5541-8832(編集)
03-5540-7793(販売)
印刷製本　大日本印刷株式会社



ISBN978-4-02-265103-7